须尽欢

江言／著

百花洲文艺出版社

图书在版编目（CIP）数据

须尽欢 / 江言著. -- 南昌：百花洲文艺出版社，
2025.7. -- ISBN 978-7-5500-6081-4

Ⅰ. I247.5

中国国家版本馆CIP数据核字第2025SU3341号

须尽欢

XU JINHUAN

江言　著

出 版 人	陈　波
责任编辑	余丽丽
封面题字	贾平凹
腰封题字	郭飞耀
书籍设计	黄敏俊
制　作	何　丹
出版发行	百花洲文艺出版社
社　址	南昌市红谷滩区世贸路898号博能中心一期A座20楼
邮　编	330038
经　销	全国新华书店
印　刷	江西千叶彩印有限公司
开　本	889 mm×1240 mm　1 / 32　　印张　11
版　次	2025年7月第1版
印　次	2025年7月第1次印刷
字　数	260千字
书　号	ISBN 978-7-5500-6081-4
定　价	58.00元

赣版权登字　05-2025-229
邮购联系　0791-86895108
网　址　http://www.bhzwy.com
图书若有印装错误，影响阅读，可与承印厂联系调换。

关于江言长篇小说《须尽欢》的感言

李 星

茅盾文学奖三届评委、国内著名文艺评论家

记忆的虚实，真假；跳跃的情节，意识的穿越……此作之风格、本质并不是江言所谓的"现实主义"和"浪漫主义"这些中国文学传统概念可以包括的。它让我想起二十世纪四五十年代美国文学潮流"垮掉的一代"，或者说它更接近国内流行的"意识流"和"意象主义"。

意识流曾经的代表人物有《人民文学》所推出的刘索拉，其作品呈现的是改革开放初期社会和人疯长的蓬勃欲望，如"一夜暴富"成"亿万富翁"的致富神话。

此作还让我想起村上春树的与我这个老年读者"牛头不对马嘴"浅尝辄止的《挪威的森林》。《须尽欢》有一个叙述者或主讲人——报社主编江河，又有一个青春貌美、成为一众人追求对象的女性主角庄眉。她是一个实存主体，又或许是一个新"意象"，与江河之间演绎出了似幻或真的爱情故事，其中又有一些中国传统香草美人的文学叙事原型。

可以说，如其《须尽欢》抒情意味浓厚的命名一样，此作在相对沉寂的新世纪中国文坛上，是积淀了传统、现代，与之夹缠、相融的一股清新的风。我从中感觉到了作者"我"的一种迷惘，或者说忧思。

序　章

一直以来我在设想，如果时光倒流回到从前会是什么场景？是否会看见我们青涩的模样，又能否亲自和自己打个招呼，或者能够修正某些正在发生的事情？

可他们说，虽然时空穿越理论上可行，但有一条绝对法则——穿越无法改变历史。即是说过去发生的一切都将无法改变。

但问题又来了，除去那些影响人类进程的大事件，那些日常生活中的小事，比如过去某个清晨一朵花的盛开，前线哨兵一次隐秘的擦枪走火，甚至都市黄昏里一只猫的失踪，谁又能说就是历史长河中不可动摇的真实存在？

而我们曾经的岁月，又有谁能够证明？难道靠一张似是而非的老照片吗？一张网络上偶然发现的，疑似我和她在山间牌楼下一前一后行走的照片，草木幽深、山色晦暗。照片色泽泛白，人物表情落寞，像是时间忠实的使者，一言不发传递着往事的暗语。

我凝视着她的身影，在一瞬间，我突然觉得她是那么的美！可为什么我将她忘却了？在我模糊的记忆里她就是一个平凡的女子，我竟然记不太清她的面庞，她身材好像也并非这般窈窕。这是为什么？

显然，我们不能窥一斑而见全豹，不能单凭一点蛛丝马迹去感知过去的岁月。消失了的过去，如同米兰·昆德拉《生命不能承受之轻》中所言："它像影子一样没有分量，也就永远消失不复回归了。"

那么，我们如何才能探知这不复回归的世界？

著名的"薛定谔的猫"思想实验告诉我们：除非进行观测，否则一切都不是真实的。设想在一个封闭的匣子里，有一只活猫及一瓶毒药。当衰变发生时，药瓶被打破，猫将被毒死。按照常识，猫可能死了也可能还活着。但是量子力学认为，存在一个中间态，猫既不死也不活，直到进行观察看看发生了什么。

爱因斯坦不承认猫的非本征态之说，认为一定有一个内在的机制组成了事物的真实本性。他花了数年时间设计一个实验来检验这种内在真实性是否确在起作用，但他没有完成这种设计就去世了。

物理学家尚不能探测世界的绝对真实性，作为一个不入流的小说家的我，又能如何感知过往的面目？但我可以作一尝试。唯有回到过去，才能目睹其沧桑或者平静的容颜。就像打开匣子，我们才确定猫是否还活着。

回到过去，在科学界是个难题，但在文学界轻而易举。无论借助时光穿梭机抑或时光飞车，还是用法国导演吉诺特《时光倒流七十年》里的心理暗示假象法，甚至用庄周梦蝶一眼百年的催眠大法。也可像村上春树《刺杀骑士团长》里的我"想把时间拉过来向着有利于自己的方向发展"一样——总之，在文学界我们可以轻而易举地回到过去。

这也是我喜欢写点什么的原因，无边的想象不受限制，只要你能够自圆其说。我可以在时间的经线上自由跋涉于从前、现在和未来。从现的基点上窥视过去，在现在的基点上探究未来，同样让人着迷。更重要的一点，我可以自由地增加人设，譬如一个神秘的小人儿！我也搞不清它是谁，来自哪里，又将到哪里去。

很长时间里，我闭上眼睛，就会看见神秘的小人儿出现，姑且管它叫"梦中人"吧。它一会儿蹲在我的屋子的窗台上，一会儿坐在酒店房间的椅子上，一会儿猫在度假山庄黑漆漆的屋顶上。最清晰的情景是，它纵身一跃，从楼顶荡进五楼的窗户，进入过去的时空里，帮助我把照片上的女孩从意外时空里拉了回来。我和梦中人远远跟着她。她出了体育场东门，穿过车辆川流不息的长安路大街，沿着人行道向北行走。一路上店铺都还营业着，唐乐宫门前金碧辉煌，草场坡夜市人声鼎沸。

它是谁？它说："我是你意念的一部分，随意念而生，随意念而灭！"它从哪里来？它说："只要有足够的诱因，随意念召唤而来。"它要到哪里去？它可能被我遗失在过去的空间里了。"她从那房间里出去了！"如果梦中人在的话，它一定会这样欣慰地说道。可是梦中人不在，它消失了，圆胖的身躯再也没有出现。

一切都有赖于时间。只要时间足够长，梦中人会回来，所有的事物都将不可思议地消融和解。河流干涸又会丰盈，群象重返

须尽欢

森林，白垩纪最古老的兰花都将绽放。

我的故事就此开始，似是而非，真假莫辨。

"写文章最重要的是尺度，而非感性！"我努力拿捏，力求自圆其说。你相信便好。

一

四月末的一天下午，我在国际机场送我一哥们登机。我看着他进了检票口，将行李放进传送检测带，举起双手像投降似的接受安检女警检查。她长相甜美，我那哥们还不失时机和她开句玩笑，逗得她抿嘴一笑。当然他不忘和我挥挥手算是告别。

我点头回应，却不离开，目送他走进登机厅消失在视线之外，这才转身向外走。

就在此刻，我看见前方有个似曾相识的背影。我心里咯噔一下，猛然加快步伐追赶，但她已经出了候机厅大门。我追到门口，她却上了机场大巴。她靠窗户坐下，低头在看什么，一头黑发遮住了她的半边面孔，我看不清她的长相。我赶过去，很遗憾大巴迅速开走了。

我越过栏杆，几乎是小跑进了停车场，钻进汽车里发动，一溜烟地追出去。

几分钟后我追上了大巴，和它保持约20米的距离。大巴一直靠边行驶，那女子在车厢右侧靠窗坐着，我只能远远地这么跟着。

前面大巴上十有八九就是庄眉！在我的梦境中，她走向五月酒店，走进537房间。她的背影我早已铭刻在心。我绝对有把握是她，这个失踪了五年的女子，今天突然出现在我的眼前！我抑制住内心的激动，将车保持在80码的速度，平稳地向市区行进。好比战机锁定目标，我的心情慢慢平缓，心中思量着相认后的场景——她是惊喜呢还是无动于衷？我甚至还考虑她是来旅游还是来省亲的。总之，在三十分钟的车程里我思绪奔涌。

终于在进入市区的第二个十字路口等红灯时，我从非机动车道挤到大巴的右边，和它并排而停。我将车窗降到底，探出头去热切地招呼她："庄眉！"此时她还低头在看手机，半边面孔依旧被黑发遮挡。所有人都看我，当然也引起了她的注意。轻轻甩了下头发，她侧头朝我看来。

我终于看见了她的面容，是一张秀美的面孔，虽然和我想要追寻的女孩庄眉有那么一丝神似，但她的的确确不是庄眉，而是一个美貌的陌生女孩。她无辜地看着我，我尴尬地将头缩回车内，迅速升上车窗。

她不是庄眉，只是很巧合地有着和我梦境中的女孩相似的背影而已！

绿灯亮起，我沮丧地一脚油门，打转向插到大巴前面，再踩油门，将大巴甩在身后。在下一个路口右拐冲上二环。大巴彻底消失不见，我才从尴尬中完全解脱出来。

二

在春天的傍晚，我看见她沿着街道独自前行。

她左手边是徐徐行进的车流，各种品牌和颜色的车汇成的车的洪流。她右手边是一排五彩缤纷的店铺。店铺前有槐树站成岗哨模样，结着漂亮的紫色花串，淡雅的香气撷着温凉拂面而来。有花瓣落下吻她的头发、衣衫，再轻轻跌在地上。

她着蓝色的一字肩衫，短发齐耳，是散发着晚春气息的清爽打扮。有小青年经过她身边或吹口哨或盯住她看，有女孩回头偷偷打量她。她有着姣好的面容和曼妙的身姿，这是吸引他们的原因。

她心无旁骛地向前走，没有注意到我的跟踪。她在前面第一个十字路口右转，进了体育场大广场。广场上立着酒类的大广告牌，中间是花卉摆出的图案造型。她无心欣赏，我也是浮光掠影地瞄上两眼。

五月酒店就在右侧约100米的距离，有五层高，楼顶的金字招牌在夕阳的余晖下熠熠闪光。我看见她走入酒店的大门，我尾随其后，她在前台稍作停留，然后径直走向大堂左边的电梯。我略作停顿，侧身佯装看商品展柜。电梯合上，我立即跟了过去，我看见电梯指示灯亮在五楼，指引着她的位置。电梯快速下来载着我又快速上去，我再次捕捉到她的背影。她踩着红色的地毯，走向楼道的尽头。她开门进了右侧的房间。我跟了过去，看见房间金色的537号牌……

我常常做起这样的梦，非常清晰的一个梦。我清楚地知道这是个梦，甚至提醒自己将梦境牢牢记住，并想努力延续后面的内容。但遗憾的是，无论我怎样努力，都不能如愿，梦境很快跳跃成别的场景。总之，梦中的场景往往杂乱无章，天马行空般缺乏因果联系。最后，我仿佛置身一处高山之巅。如梦魇附身，我似大鸟一般不由自主地张开双翼飞向深不可测的谷底。我感到来自心底的深深恐惧以及胸口喘不过气来的巨大压抑——这瞬间的惊恐迫使我醒来！

醒来后大部分的梦境都遗失了，唯有五月酒店的这一段无比清晰，像是被复制在我梦的国境里了。在某些诱因下，它被打开了。

事实上我是做了准备工作的。从机场回家以后，在小区门口的湘菜馆要了菜和米饭，还给猫要了条鱼。这间80平方米的屋子住我和猫。回到家，我和猫一同进食。吃完饭，我从冰箱里取出听装啤酒，打开电脑一边喝一边玩"夺宝奇兵"的挖坑（纸牌）游戏。只要海选打进前50名，就可在电视上比赛，争夺擂主，连续六场守擂成功，便可赢得16000元的奖金。奖金倒是其次，关键在于我的朋友杜老板，每次我数落他水平低劣，他便嚷嚷："有本事你去电视上比赛！"我决定做给他看看。

整整3个小时我聚精会神地在电脑上鏖战，完成了规定的200次局牌，赢了2万分，一查成绩排行，竟然连前100名都未进，再看排名第一的一个叫"力口石少"的家伙，竟然赢了5万多分。我自叹弗如，心想别让杜老板这家伙笑话我。不过目的达到，感觉确实困了。我关了电脑，愉快地进入睡眠状态，但不料还是又一次做了这相同的梦。

整个晚上我一直在梦里奔波，情节杂乱无章。唯一清晰记得的场景，依旧是关于她的：她走入五月酒店的大门，我尾随其后，看见她进了537房间……

　　这其实是个温柔的梦境，女人、酒店、花之类，并非刀剑追杀般的噩梦。但每到这个时候，我都会有莫名其妙的疼痛感，奇怪的疼痛感，撕心裂肺的疼痛，无法言表。上高中时我下河游泳被刀割了脚后跟，没打麻药缝了九针的疼痛我都淡忘了，但相比而言，这种虚无的疼痛却尤为剧烈。

　　多么诡秘的梦境，不知有何隐喻？五月酒店、537房间，细致入微的梦境！我知道这是梦，却无法摆脱，无论怎样努力，它始终如影相随。我见不得那些熟悉的场景，见不得那些熟悉的人，听不得那些熟悉的话语。我常常防备着，但某些诱因，使它总是出人意料地涌将出来。好比路边突然蹦出的行人，常常让人猝不及防。

三

梦中人便在此刻出现。

夜半时分，我从梦境中醒来。睁开眼来，房间里黑蒙蒙的，窗子里透来小区路灯投射上来的微弱的光亮，看什么都是隐隐约约的，估摸着应该是凌晨三点左右。

我想起梦中的景象，仔细回味一遍，竟然像电影的胶片一样，一帧一帧历历在目，简直跟真的一样。

"这是梦吗？"我自言自语道。"是梦！"一个声音回答道。"谁？"我一个激灵从床上坐起。静谧的夜里我的自言自语够瘆人的了，现在还冒出这么一个陌生的声音。"是我。"这声音说。这次我听清了这声音，一个低沉却有力的声音，像是从天花板传下来的。

"你是谁？"我惊恐地问道。"他们都叫我'梦中人'，你也可以这么叫。当然也有人叫我'神秘人''讨厌人'啦。""梦中人？"我说，"你是梦还是人？""是梦也是人。"梦中人说。"此话怎讲？"我疑惑地问道。"因为我是被人的梦所召唤而来的，所以是梦，但我能和你讲话，你也能看见我，所以是人！"

"看见你？"我说，"你在哪，我怎么看不见你？"我睁大眼睛朝天花板看去，但什么都没有。"睁开眼当然看不见啦，"梦中人说，"既然是梦中人，必然要闭上眼才能看得见！"

我闭上眼，稍稍平静几秒钟，看见一个神秘的小人，像是《捉妖记》里胡巴那般大小的一个小人儿蹲在窗台上。只能看见，准确地说是感悟到这样一个人形，面孔是断然看不清楚的，在黑暗中隐隐约约的，像是某个遥远的朋友的面容，又像是一个长者的模样。总之，是似曾相识的某人的面孔，因而没有一点恐惧，相反还感到亲切！

"看见你了！"我说。"好，"梦中人说，"你找我有什么事吗？"我说："这话应该我问你。"梦中人说："我说过，我是被你的梦召唤而来的。"

"这样啊，"我说，"那我可不可以问你个问题？""当然可以，只不过只能是三个。"梦中人说。"为什么是三个，这有什么讲究？""闲聊的话，说多少句都行，但若要涉及机密的话，只能问三句，这是规定。""谁的规定？"我说。

"第二个问题？"梦中人避而不答，催促我道。"为什么是第二个？我还没开始问呢！""你已经问了，连现在这个已经两个了。"梦中人狡黠地说道。

"好吧，"我说，"第三个问题是——我为什么老是梦到五月酒店？""解铃还须系铃人，这你需要问五月酒店！"梦中人悠悠地回答道。"问五月酒店？"我说，"怎么个问法？""正式回答已完成，我要走了！"梦中人说。

"别走啊！"我说，"你还会回来吗？""这要看你了，只要你召唤的话！"梦中人依然离开，我听见他从窗外传来的回答声。

我跳下床去，按下门边的室灯开关，房间顿时亮如白昼。房间里什么都没有。拉开窗子，天色依然暗黑，外面一片寂静，连虫鸣都没有。

"哪有什么梦中人！"我怔怔地发了会儿呆，"刚才一定是做梦了！"也就是说，梦中人是我梦境的延续！

当然，也可能是某种隐喻！谁知道呢！

四

在梦中人的暗示以及我漫无边际的臆想中，五月酒店像伊甸园之果，散发着诱人的香味和迷人的光泽，使我欲罢不能。中午时分，我终于按捺不住，顺应它无声的召唤，探访了它。

酒店在本市属于中上之列，口碑还行。外墙已显露老态，但擦拭得还算洁净。由于地处闹市，因而生意一直不错。这样的酒店才是宾至如归的酒店，你随时到来都不会失望，永远有房间等着你。

我如愿开了537房间。"先生，祝您入住愉快。"前台接待中的一个递给我房卡，微笑着说。我接过房卡，去537房间。走到电梯前的一瞬间突然改变了主意。

我出了酒店的旋转大门，走到体育场广场，向左拐便是熙熙攘攘的长安路大街。我再度左行，走到十字路口，然后转身，向来时的方向返回。

街道的模样几乎未变，店铺依旧繁华如初，唯有紫槐经历了岁月的洗礼更加葱茏，花色饱满，暗香浮动。我目视前方，直行300米左右，右拐，走进体育场广场，五月酒店再度出现在面前。我端详了它片刻，推开了旋转大门。大堂女经理对我说："先生好！"我无暇理会她，径直走进电梯，按下五楼的按钮。电梯启动，片刻间到达目的地。我踩着红地毯前行，不紧不慢走到537房间门口。

我停下脚步，完美的一次梦境复原！我打开房门，房间里陈设无甚特别，沙发、茶几、电视、椅子、床，墙壁是条纹状的壁纸。除了是个套间，面积较大之外，房间乏善可陈。

"来过五月酒店？""绝对没有！"我刚生出疑问，心底另一个声音已经替我做了肯定的回答。我确信我没有住过五月酒店，甚至没有陪别人来过。也没有人给我描述过五月酒店，但是为什么会梦见五月酒店？连楼道的场景都这般清晰，我不得而知。

我拉开窗帘，外面是体育场大广场，三三两两的行人，鱼贯而过。

我倒在柔软的床上，思索了片刻。突然电话响了，是我朋友杜老板约我打麻将。昨晚睡眠不好因而头脑昏涨，乐得摸几把放松放松，便答应了他。

我下得楼来要求退房，祝我"入住愉快"的前台接待说："你不住但钱不能退的。"我逗她说为什么。她很认真地说房间一开就不能退了，看她认真的样子我笑了。我说没事钱我照付，你把押金退给我就行了。她长得很可爱，我无意为难她。她给我退完钱，我问她我是不是他们酒店接待过的住宿时间最短的客人，她说那倒不是，有个客人刚交完钱接了个电话就急匆匆走了，不但没住，这都一年了押金都没退。

"是吗？"我将信将疑，边说边向外走。"真的！"那姑娘微笑着说，她笑的时候露出两颗小虎牙，很是可爱。

五

"人生得意须尽欢！欢迎来到《青春须尽欢》节目，我是主持人童麦。今天是农历四月的最后一天，'人间四月芳菲尽，山寺桃花始盛开'，原以为春天已经过去，没想到它却藏到山中的寺院里去了。其实生活中这样的惊喜很常见，您又有什么样的体会呢？欢迎致电我们和听众分享，分享您在春天里遇见的惊喜、快乐，甚至小遗憾也行……"

车载电台里女主持人微作停顿，依旧麻利地述说："前三名打进电话的听众将获得尊豪饭店的一千元代金券一张、时代风情装修公司的五千元装修优惠……"

时代风情是我朋友杜老板的公司，他非独家赞助了电台《青春须尽欢》这一栏目。"人生得意须尽欢"成了他的口头禅，尤其是在酒桌上。他逢人便说："兄弟，《须尽欢》听过没？哥们赞助的！"电台节目名灵感从李太白的《将进酒》而来，杜老板附庸风雅，请人写了《将进酒》装裱好挂在办公室。"人生得意须尽欢，嘿嘿！"杜老板经常自我陶醉道。

像杜老板这种人，开着好车，整日无所事事，除了喝酒唱歌打牌玩乐，再没别的事可干。他接一个大单，像刚才酒店前台小姑娘单靠工资恐怕许多年都未必挣得来。

我突然觉得自己有点患得患失感悟伤怀。这不好！我调整情绪，将车从拥挤的车流里挤出，杀到二环上，猛踩油门，一溜烟奔向前方。

二十分钟后我到达迪加咖啡，这咖啡店位于美院附近，来来往往的美女不少，像花蝴蝶来回穿梭，看得人眼花缭乱。我进了咖啡店说找人，服务员径直把我带到最里的包间，我注意到包间门上赫然写着"追忆"两个大字。我推开门，我朋友杜老板赫然在目，他正和两男的在麻将桌上玩扑克牌，另有两个女的在看电视。

"江总来了，蓬荜生辉啊。"杜老板笑着起来迎接我。

"追忆？"我说，"现在玩起高雅了，包间名都这么诗意。"

"哈哈，那是，"杜老板说，"跟咱江总在一起，不会作诗也会吟啊，大家说是不是……"

杜老板向我介绍在场的人员，两个男的都是什么"总"，是他的朋友。两个女的都是他的表妹。我对杜老板所谓的"总"级朋友没什么兴趣，这家伙经常嘴里没实话，我曾经差一点就栽在他介绍的一个所谓的"总"级哥们身上。倒是他的两个表妹引起了我的注意，她们长得各有些姿色。其中一个和杜老板举止暧昧，类似于"小蜜"角色；另一个被杜老板称为"双双"的看来名花无主，坐在沙发上安静地看电视，她有着妩媚的面孔，尤其一双眼睛很有杀伤力。

"不错，不错，"我说，"红袖添香玩麻将。"

"这是文化公司的江总"，杜老板向大家介绍我，"文化人到底不一样，玩麻将也能玩出品位来。"

"废话少说，开战，开战。"我反客为主，招呼大家入座。

我很佩服古人发明的这个国粹，能让人沉迷其中忘记时间的流逝。不知不觉间鏖战了四小时，我手气不佳。其间杜老板和他的小蜜轮番上阵。双双则乖巧地不时给大家添茶倒水，一会儿看看电视翻来覆去地换台，一会儿站在我身后看我出牌。我突感"龙体"欠安，起身去厕所，把牌局让给双双替我玩。

我拉上门，再度看了看包间银色的镀铬门牌"追忆"，心中略有所思。再看旁边几个包间的名字，也各有千秋，右边的叫"相逢"，左边的叫"惜缘"，想必咖啡馆老板是个文艺老青年。

可能是中午吃的东西有问题，我的排泄工程工期稍稍长了些。等我回去时桌上局势已是风云变幻，双双已给我连坐三庄。见我回来，杜老板连忙轰双双下场。不料意外的是我携双双之勇，再下三城，总共坐了六庄！桌兜里用以娱乐计数（不带彩头，输家请客）的筹码装满了。

"哈哈，大功告成！"我说，"双儿，来……"我突感不妥，忙改口道，"下一句少儿不宜。""什么下一句？"双双追问。"《鹿鼎记》第三十四回，韦小宝给他的丫鬟双儿说：'大功告成……'"杜老板故意卖关子。

"做什么呀？"双双好奇地发问。杜老板已忍不住笑了："韦小宝说，大功告成，双儿，来亲个嘴儿。"话音未落，大伙笑成一片。"不理你们了！"双双满脸通红。

杜老板更是笑得直不起腰来："老大，上学时你就爱玩这一招，现在毛病还不改。哎哟，真是笑死了。"

上大学时我和杜老板经常狼狈为奸捉弄女生，每次杜老板都忍不住道出谜底，这次也不例外。

玩笑见好就收，我已觉察出双双的尴尬，连忙提议打麻将结束，由输家杜老板请大家去锦瑟华年吃饭洗浴。提议得到了大家的一致赞同。我希望双双坐我的车，但杜老板的小蜜却把她拉上了杜老板的奥迪，剩下杜老板的两个朋友上了我的帕萨特。

用滚烫的热水沐浴皮肤畅通经脉，再经专业按摩技师的一番"分筋错骨手"的抚慰，甚是受用。杜老板还点了拔火罐服务，看着他背上留个硕大的火罐印记，惨不忍睹，但杜老板却乐得享受。等杜老板出来时，所有人都衣着整齐，整装待发。

　　我们在门口告别，杜老板一个劲地说晚上不安全，让我护送双双回家。我说没问题包在我身上。

　　我驱车送双双回家，她说室友带男朋友在，她现在无家可归。我开玩笑说那去我家我收留你。

　　她响亮地说："好啊。"

　　我说："真去？"

　　她说："不然呢？"

六

楼道里漆黑一片，每上一层我都使劲跺脚，声控灯才应声而亮。我掏出钥匙开门，却发现插孔不太灵光，好像被人动过一样。

"是你家吗？"双儿打趣道。"当然，"我说，"不过好多人都有钥匙，哥们人缘好，他们都爱来我这玩。"

还好门打开了。我打开冰箱找饮料，却发现空无一物。她从客厅茶几下搜出袋装咖啡，不嫌麻烦去厨房打开煤气烧水。

"杜老板早告诉我了。"大约15分钟后，双儿的午夜咖啡制作完毕，一杯递给我，一杯她托在手上用小勺轻轻喝，边喝边神秘地说道。

"什么？"我端起咖啡喝了口，味道不错。"杜老板说你喜欢我啊。"她说。"哦，"我不明就里，"他都给你说什么了？""他说你看过我的照片就喜欢上我了，求他把我介绍给你！"

我想起来了，杜老板一直说要给我介绍个对象来着，说那女的貌美如花。但杜老板认识的女孩子我比较怀疑，所以一直拖着未见。原来是她。难怪她要来我家，原来他们是有备而来的。

"有这么回事。"我说。"我美吗？"她起身去卫生间对着大镜子左顾右盼。"当然，"我说，"本人比照片好看得多。"

嘀嘀，嘀嘀……正在此时门铃响了，声音在寂静的夜里格外响亮。

"谁？"

"警察！"

"杜老板，别他妈开玩笑了。"我们有一次冒充警察作弄杜老板，吓得这家伙差点尿裤子。我想是他在和我们开玩笑。然而我从防盗门的网孔里看到的是货真价实的警察，其中一个是本小区的片警，我好几次见他在小区里处理纠纷。

我很客气地请他们进来，招呼他们入座，给他们发烟。他们接下放在茶几上，神情没有半点放松的意思。

"坐，"另一个长相威严的警察反客为主招呼我坐下，"叫什么？""江河。""一个人住？"片警问我。"一个人。""房子是你的？""嗯，前几年买的，便宜。"

"屋里是谁？"长相威严的警察突然发问。"女朋友。""认识多长时间？""一年了。""叫什么名字？""双双？""全名？"

"全名"——我暗暗叫苦不迭。刚才实在过于麻痹大意，竟然连姓甚名谁都未搞清楚。

"还女朋友呢，连叫什么都不知道！"

"不好意思，刚刚认识。"

"走，跟我们去派出所走一趟。"长相威严的警察边说边敲了两下卧室门喊，"里面的，出来！"

"哎，还真去呀，至于吗？"我说。"有人举报这有人卖淫嫖娼，你说至于吗？"长相威严的警察反问道。"我们真是在谈恋爱，真的，我发誓！"双双从卧室里出来，她想必在里面听清了事情的缘由，真诚地为我们辩解。

"是不是恋爱关系到派出所一定能说清楚，我们不会冤枉一个好人的。"一直沉默不语的片警开口了。

"哥们，市局的许汉军，市局五处的许汉军你们认识不？那是我哥们。还有八处的韩卉，是我好朋友……"

"行了，走吧。"两警察不为所动。

边下楼我边问双双："刚才还真忘了问，你叫什么来着？""程柏霜，禾苗程、柏树的柏、冰霜的霜……"她小声地回答。

七

公元2016年5月初的一个深夜，我在红叶路派出所黑乎乎的留置室里度过。刚刚和我有过一丝纠葛的女孩双双则被关在隔壁的女留置室里。

不足20平方米的留置室里关押了十来个人，个个神情沮丧。后来又进来了两批，房间一下子拥挤起来，预备的长凳都不够用了。有人只好靠在墙上，有人蹲在地上。

我向身旁一个长相斯文的"难友"打听，才明白是碰上警方扫黄打非了。这家伙是在一家宾馆的房间里被当场抓了个现行。他问我的情况，我说我和朋友在家里莫名其妙地被带来了。他笑了笑说都一样，肯定是有人点炮，否则帽子叔叔也不会到你家里去。我问这种事警察怎么处理，他说罚款5000元以下都算正常，遇到严打说不定还要劳教，如果让单位知道麻烦就大了。

我心想真他妈倒霉，钱倒无所谓，要是熟人知道了就大为不妙，不知大家会怎样看我。我给杜老板打电话让他想办法把我弄出去，结果这厮关机了。

接下来的时间十分难熬，开始还有人窃窃私语，相互交流，后来便没人吭声了，毕竟这并不是什么光彩的事。我坐在凳子上靠墙假寐，思维却异常活跃，怎么也睡不着。时间一分一分地流逝，耳畔传来别人轻微的鼾声，我的思绪飘散开来，迷迷糊糊坠入梦乡。

是做了个梦，梦不甚清晰，像是有些熟识的人晃来晃去，一会儿是昨晚那两个警察，一会儿是程柏霜，一会儿是杜老板，一会儿是许汉军，到最后成了一个女警官在审问我。开始好像是我的警察朋友韩卉，到最后发现竟然是庄眉，她身着警服，十分威严，我一直向她辩解我是冤枉的，我是个好市民。可在梦中我口齿笨拙，话都说不完整。突然庄眉冲我一声冷笑："你这个坏人，拉下去……"

我从梦中蓦然惊醒，一摸额头，全是湿漉漉的细汗。彼时已是凌晨5点，天色微亮。我惊诧于这个怪梦，正在努力回想梦中的情节时，听到门外有人叫："江河出来！"

等我出来，警察咔嚓一声将门重新锁上。

我跟在警察后面问去哪儿。警察头也不回地说："没事，你可以走了。"

我发了会儿呆，慢腾腾地踱步走到派出所门口。这时，一辆警车停在我身边，我看见昨晚抓我的那个面相威严的警察从车窗里探出头来。

"许汉军真是你朋友？"

"那还有假，货真价实的哥们。"

"他是我警校里的同学。"警察说。

"这么说，咱是自己人了。"

"谁跟你自己人，"他说，"你这家伙心理素质够好的，连警察都敢开玩笑。"我笑笑："昨晚和我一起的那姑娘，一块放了吧。"我突然想起了程柏霜，"罚款我认。""看不出你挺仗义的，"他说，"她呀，早放了，有人担保的她，她说和你是恋爱关系，这才让你走的。"

他驱车离开，车行出几米远，他突然刹车再次探出头来："许汉军死了，你知不知道？"

"不会吧？"

"听说在西山省被人砍了十三刀。"

我还欲发问，车已绝尘而去。

八

大清早从派出所归来，我关掉手机蒙头大睡。直到中午座机发疯似的大响，我看了眼是杜老板的手机号便挂掉。挂掉了他再打，再打我再按掉，索性我拔掉电话线。

但没安静多久，一会儿房门被敲得咚咚作响。"警察查房，开门！"杜老板在门口大喊。"你大爷！"我骂杜老板。伸伸懒腰，极不情愿地起身去给杜老板开门。

"江总，听说昨晚进去了？"杜老板嬉皮笑脸地说。"杜老板，你小心眼了吧？"我先发制人，装着用严厉的声音质问杜老板，"昨晚是不是你点的炮？！"

"看，看，江河，我就知道你这个人心眼小，疑心重。我就怕你怀疑我，这不赶紧给你解释来着呢。""你怎么知道我进去了？"我问。"程柏霜说的。就你的那个双儿，"杜老板说，"你不接电话我只好打给她了。""哼。"我懒得理他。

"哈哈，"杜老板笑笑，"老白从外地回来了，打电话说要请咱们吃饭。""你不早说！"我佯怒道。"我哪有机会说，一进门你就数落我到现在。"杜老板辩解道。

老白在酒楼的包间里等候多时，一见面就说："江河你咋又发福了。"我说彼此彼此。寒暄一阵后，我们觥筹交错，沉浸在好朋友相聚的喜悦之中。

酒过三巡后，老白突然站起，举杯颤悠悠地说："对不起，兄弟要先走一步了。"我亦举杯站起："不准走，哥们还没尽兴呢。""就是。"杜老板做捋袖状,"谁走扁谁。""误会了,兄弟是说要脱离你们的单身生活先走一步,要结婚了。"

"结婚这么大的事还瞒着兄弟们,该罚!"杜老板说完喊服务员,"拿条中华。"我说:"老白,看不出,你小子是真人不露相啊。""夜总会的姐吧?"杜老板一脸坏笑。我说:"杜老板,不许对弟妹无礼。""拜托,叫嫂子好不好,"老白说,"工厂子弟,标准的良家妇女。"

"月底我结婚,把弟妹都带来。"老白说。"人家杜老板有小蜜,我混背了,朝中无人啊,恐怕还得单刀赴会了。"我说。"程柏霜呀,她对你挺有意思的。"杜老板说。"你说她呀,谁知是不是你杜老板的二蜜,我可不敢太岁头上动土。"杜老板说:"行了江河,干就干了,都进派出所了,别不承认。"

我说:"杜老板,你欠揍吧。"起身慢腾腾地向杜老板逼近,然后用迅雷不及掩耳之势将杜老板胳膊扭到身后压倒在酒桌上。"老白救我。"杜老板夸张地喊,看老白无动于衷,转而改口喊,"江河饶命!"

我们大笑。闹腾一番后我们重新坐到酒桌上。

"人生得意须尽欢!今天咱们兄弟难得一聚,要一醉方休!"杜老板边说边开酒。"对了,差点忘了,本来还有一个贵客,结果临时有事来不了了。"老白说。"谁啊?"我问。

"玫瑰姐!"老白说,"她是我们行的贵宾客户,最早是在东新街卖啤酒的。""不认识!"我和杜老板异口同声地说道。"她可说认识你们,"老白说,"尤其是江河,她说你以前帮过她!""不记得了。"我说。

"好吧，那咱们换个话题，"老白说，"江河，你是不是对庄眉一直念念不忘？""庄眉是谁？"我只顾夹菜。杜老板说："江河，别装了，你这厮从来就是死不认账。""没有，别冤枉兄弟了。"我举杯吆喝："喝酒喝酒。""多好的一个姑娘啊，只可惜落入贼子江河之手，大好青春毁于一旦，可惜可惜。"杜老板做落泪状。"怜香惜玉了？连朕都感动了，"我清清嗓子，"杜老板接旨！"

"嗻！"杜老板单腿跪在椅子上做领旨状。"奉天承运，江河诏曰：鉴杜老板一片赤诚，其心动日月、惊天地，现赐庄眉为妻，封一品诰命夫人，钦此。""谢主隆恩。"杜老板装模作样。"行了，庄眉知道了不骂死你们才怪，"老白说。"说实话，现在还真有点想庄眉了。"杜老板说。

"庄眉现在在哪？"老白问我。"我哪知道，"我说，"最后那次不是你们把她送上车的？杜老板，最后还是你在劝庄眉呢。""别，兄弟和你们一样，也是那次最后见的庄眉。不过——"杜老板说，"说了你别生气。""没事，你说吧。"我和颜悦色地劝道。杜老板说："我也是听人说，庄眉跟老贾和许汉军他们去了东北。""不可能，庄眉一直不是挺讨厌老贾嘛。"老白表示反对。

"不过也有人说前年5月在云南见过她，和一男的，长得很帅。好像是蜜月旅行哩。"杜老板边说边看我："这可是老六说的。老六还记得不，这厮现在在他们家开了个棋牌室，生意还不错。我前几天刚好在街上碰见他。"

"看我干吗，她好坏与我没一点关系。"我说，"不过，有个消息我还是要告诉大家，"我顿了顿，"许汉军死了。在西山被人砍了十三刀。""骗人。"杜老板说。我说："真的，昨天在派出所警察告诉我的。""那老贾呢？这家伙不知骗了多少人，早该千刀万剐了。"老白问。"警察没说。"我说。

"庄眉一直跟他们可就坏了,"杜老板说,"不说了,喝酒喝酒。"我们再举杯。

九

这顿饭吃了很久。我们不知不觉开始回忆过去。大约是受许汉军之死的影响，我们翻来覆去地提到了老贾、许汉军、庄眉、齐悦、老六以及其他一些人。我们提到了和庄眉的最后一次的见面。但遗憾的是到底是哪一年搞不清了。我记得是2010年，杜老板和老白非说是2011年。还有一些细节我们也存在重大分歧，直到告别时我们谁也不能说服对方。

大概是2010年，也可能是2011年，将近一年的时间里，我、杜老板、庄眉、齐悦、老六、老白，我们跟在老贾身后，以及数十个和我们一样怀着相同目的的各色人等，聚集在一起，整日混迹于茶楼、宾馆的大堂及房间。

那时候是有个叫庄眉的女孩跟着我，好像是我的女朋友。至于说好像，原因在于那时我们都期待跟着老贾一夜暴富，爱情只不过是无心所得，所以我印象不是特别深刻。也可能我当时不谙世事，或者说不解风情，也可能是我性格太过冷血。

总之，这个叫庄眉的女孩并没能在我脑海里留下太深刻的印象。是好像有这么个女孩存在过，而且可能还和我有过不一般的关系。但是很抱歉，我实在想不起她的容颜，杜老板和老白说她貌美如花，我也承认她的确很漂亮，但是，她还是一个象征性的符号，她的面容始终不能清晰地浮现在我眼前。

和她交往的细节，实在无从想起。能想起的只是些笼统的场景：我、她还有杜老板一起，我们吃饭，看电影，打台球。更多的时候和老贾那帮人一起在饭店里大快朵颐，去歌厅唱歌，打保龄球，玩麻将……

至于和她分手的原因，更是一片茫然。杜老板和老白说我当众打过她一巴掌，我实在记不清了，当时好像是许多人的聚会，她情绪激动，说了些过头的话，我起身阻止她，并没有打她，最多是吓唬她做个样子罢了。她夺路而逃，然后杳无音信。

我记得我还给她打过电话，甚至还到处找过她，但杜老板否认了，他说我突然失踪了一个星期，不知去哪鬼混去了，根本没找过庄眉。他说得很确凿，我将信将疑。这之后老贾带着许汉军悄然失踪，我们一干人各奔前程。

四五年过去，也许太过遥远，时间模糊了一切。记忆的底片已经褪色，我们只能从中看出轮廓，无法看清局部。如果有一点蛛丝马迹，比如说一张旧照片，一封书信、一段录音，我都有办法按图索骥，探得往昔岁月的本来面目。但遗憾的是，她什么都没给我留下。她戴着朦胧面纱占据着我记忆深处的一处萋萋绿洲，我却没办法请她移驾半步，更别说一睹芳颜！

当然还有一个人为的重要原因，那就是我实在不愿提起回忆，往事是沉重的枷锁，这样的沉重回忆并不能给人生增添精彩，相反还会带来诸多遗憾甚至烦恼。除却心理上的因素，更要命的是一开始思索，我的头会作痛，大概是用脑过度留下的后遗症。

所以，她和那些往事在我脑海中冬眠了，除了重要诱因和不得已的缘故，将不再醒来。

十

她端坐在靠窗的位置安静地等我。我从车上下来的那一瞬间就认定了是她。有些女子会让人感受到犹如油彩般鲜艳欲滴的新奇狂想，有些女子会带给人宛若香水般漫溢的浪漫趣味，而有些女子则会带来水墨意境里的清纯淡雅。她显然属于最后一种。

"你好，"我彬彬有礼地在她面前坐下，和蔼可亲地问她，"你是庄眉的表妹吧？"

"我是，"她微微一笑，落落大方地回答，"你是江河吧？"

给我一万次的想象，我也想不出有这般的情形。下午刚上班的时候，一个陌生的女孩突然致电于我，邀我一见。她自称是我记忆中的女朋友庄眉的表妹。短暂的惊愕后，好奇心占据了上风。我迫不及待地应允赴她的约会。

"两杯咖啡。"我招呼服务生道。然后笑吟吟凝视着那姑娘："庄眉有你这么漂亮的表妹，我怎么一直不知道？"那姑娘微微一笑："你不记得我了吗？""我……"我微微思忖两秒，恍然大悟，"你——你不是机场大巴上那姑娘吗？"

"是我。"她说。"你和庄眉背影挺像的。"我说，端详着她。她今天换了衣服，难怪我没认出来。"那天你喊庄眉的名字，所以我才给你打电话。"她解释道。"叫什么名字？"我单刀直入。"谢薇。""恰似猛虎嗅蔷薇，好名字。"她笑笑，对我的恭维愉快地予以接受。

"你怎么找到我的电话？"我好奇地问她。"这很好办啊，"她说，"我记下了你的车号，托车管所我一朋友帮忙查出来的。""原来这样，"我说，"不过那天真的很巧啊。""是很巧。"

咖啡上来了，我撕开糖袋殷勤地问她："加糖吗？"她优雅地摆摆手。"你表姐现在在哪？"一个消失多年的老朋友就要有音讯了，我压制住心中的喜悦语气平静地问道。

"不知道，"她说，"我也是很多年没有她的消息了。"这回答令我大失所望。我疑惑地看着她，但她的神情，一点也没有开玩笑的意思。"她不是你表姐吗？"我问道。"是我表姐，但我们两家很久都不来往了。"她说。

"哦，是这样。"我说，"我现在也不知道你表姐去哪了。"我没有深究她所说的"两家很久都不来往了"这话，她不想说，想必有不为人道的缘由。"哦。"她说。"我和她已有五年时间没见了，不过听说她和以前公司的老板去了东北，后来又到了西山省。"我说。"他们公司是做什么的？"她饶有兴致地问道。"我也说不清楚，算是投资公司吧，风投公司，"我说，"从美国花旗银行解冻什么民国资金。""民国资金？听着就很玄啊！"她质疑道。

"这我给你解释不清楚，"我说，"反正当时有上百号人指望她们公司一夜暴富呢。"我停了停继续说道："不过他们公司也做什么锰矿投资呢，在甘肃还有陕南据说都有矿源。""哦。"她应道。

"不过现在看来当初我们都被骗了。"我说，"听说警察正在追捕他们公司的老板。"

"我表姐不会有危险吧？"她紧张地问道。"不会，她只是普通员工而已，追究不到她身上。"我说，"有人说去年在云南见过她，她和人蜜月旅行呢。""这我就放心了，"她露出了欣慰的表情，不过却提出了一道难题，"怎么才能找到她？"我回答道："我最近也在找她，一有消息我会通知你。"

"你和我表姐——"她欲言又止。不过我听出了她的意思。"朋友关系。"我说。"你是她男朋友?"她问道。"曾经算是吧。"我回答道。"那你怎么不知道她在哪?"她质疑道。

我看了她一眼,她就是一个怀疑论者,对什么事都抱不信任的态度。我说:"这个问题说来话长,有机会慢慢告诉你。""呵呵。"她尴尬地笑笑。"你在哪高就?"我端起咖啡喝一口,很苦,没一丝甜味。"家在汉中,"她说,"现在在工大这进修。""佩服,"我说,"我一见书本就头疼,所以看见上进的姑娘就顿生好感,真的。"她抿嘴笑而不语。"汉中是个好地方,汉高祖刘邦当年在汉中休养生息,韬光养晦,这才取得天下,"我继续侃侃而谈,"还有三国刘备也是屯聚汉中……"

这时手机响了。是我公司胖姑娘打来的,下午约好一客户,人已到公司了。"对不起,"我说,"下午有个接待我给忘了,事情挺重要的,不回去还不行。""没事,你忙你的。"她说。

我招呼服务生结账,意犹未尽地和她道别。"回头请你吃饭。"我说。她微笑着摆手,和我说再见。

晚饭的时候,我给她打电话,结果提示"您拨打的电话已关机"。真奇怪,一个陌生的女孩主动致电于我,我和她短暂地攀谈,感觉意犹未尽,结果她关机了。

十一

老白大婚。大清早我接上杜老板朝老白家赶。那天天气晴朗，朝阳从东边升起，城市笼罩在一片暖色调中。我们驱车一路飞奔，车辆纷纷被甩在身后。行至高新路时，一辆贴着实习牌子的红色卡宴缓慢行驶，我使劲按喇叭它才靠边让道，放我们过去。

"你会不会开车？！"杜老板摇下车窗冲卡宴司机嚷道。

司机是个年轻女子，戴着墨镜。隔着车窗看不太清面容，她侧头向下看我们一眼，并不作声。

"肯定是个小三！"杜老板不怀好意地笑道。我脚踩油门，一溜烟将卡宴甩在身后。"世风日下啊！"杜老板不停感慨，"好白菜都让猪啃了！"杜老板一见漂亮姑娘就会愤世嫉俗。

车行至一个岔路口时，有小学生排队过马路，我们停下车。杜老板从车窗探出头去热情地向学生们打招呼："同学们好，慢点过，注意安全不要急。"这时，那辆卡宴跟上来了。车窗摇下，那姑娘墨镜遮面，对着我们一本正经地说："你们见过有起这么早的小三吗？"

我和杜老板面面相觑，一时语塞，不知如何应对。卡宴却加速前进。

"玩我们，快追！"杜老板发令道。"好嘞！"我加大油门，车嗡的一声奔上前去，将卡宴锁定在我们的视线范围内。卡宴在前面左拐右拐，最后停在一小区里。

我乐了，这不是老白家的小区嘛。我跟上去将车紧挨着卡宴停下。那姑娘翻下车前的化妆镜旁若无人地补妆。

"美女，你这车真不错"，杜老板摇下车窗笑吟吟地搭讪道。

那姑娘白了杜老板一眼："咱们认识吗？""当然，"杜老板说，"刚才在路上不是认识了嘛，一回生二回熟嘛。""切，"那姑娘轻蔑地说道，"你们这种无聊的男人我见多了！"

"可别包括我，"我向前支起身子伏在方向盘上冲她微笑道，"我只负责开车。"她用目光冰冷地扫我一眼，连口都懒得开，继续涂她的口红。

"留个电话吧？"杜老板说道。她抿着嘴唇对着镜子看，对我们的话置若罔闻。

"看来咱们这一套已经过时了。"我说。"关键你这车不行，跟人家不在一个档次，"杜老板说，"换我那A6说不定还有戏。"

那姑娘补完妆，白了我们一眼，下车走到车尾打电话。我们也跟着下车。杜老板扬着头朝楼上大声喊："老白！"那姑娘突然回过头来望着我们，然后面带惊喜地对我说道："你是江河吧？"

"正是在下。"我说，"您是？""不认识了？"她摘下墨镜微笑道。"齐悦！真是你啊！"我惊讶地说道。"是啊，好几年不见了。"她说。"你不是出国了吗？"我说。"最近刚回来。"齐悦说。

"你是杜老板吧。"齐悦面向杜老板说，"几年不见富态多了，真成老板了吧？""瞎混呗，"杜老板说，"几年不见，你倒越发漂亮了！"她笑笑，从包里取出两张名片分别递给我俩。"你们也给老白帮忙吧，"她说，"我也是。"我瞄了一眼："都总裁了，厉害！"我说。

老白从五楼探出头来："先上来吧！"

"××贸易有限公司副总裁？"杜老板拿起名片端详片刻，"这是啥公司啊？""××贸易。"我说，"还真没听过。""哦。"杜老板沉思片刻，神秘兮兮地低声说道："你说她会不会是小三呀？"

"你们嘀咕什么呢？"齐悦从楼道上探下头来。

"没什么。"我说。

十二

婚礼在银堡大酒店进行，离老白家也就几站路的距离。杜老板陪老白去接新娘，齐悦和我被分配去酒店招呼。其实没什么可招呼的，客人到来还早着呢。服务员正忙着铺上新桌布，摆上高脚玻璃杯、筷子、碟子。我俩巡视一番后在酒店大厅的沙发上面对面坐下。她看着我不停地笑。

"笑什么呢？"受她的感染，我也情不自禁地笑了。"不告诉你。"齐悦卖关子。稍稍停顿了下她继续说道："见着你高兴，不可以吗？""可以可以，"我转移了话题，"你和老白怎么还有交往，我怎么一点都不知道？""上周我去银行办事，看见老白在柜台里面，就这么认识了呀。"她说。

"老白也不给我说一声，前几天我们还一起吃饭呢。"我说。"是我不让他告诉你的。"齐悦说，"我准备到时给你们一个惊喜，没想到提前撞上了。""呵呵。"我尴尬一笑。

"哈哈，不好意思了？"齐悦笑了，"你难为情的样子才有点像以前的你。""见笑，见笑。"我说。"现在怎么样？"齐悦收起了笑容，一本正经地问道。"弄个小公司，一般般。"我反问道，"你呢？听说你出国了？""没，在深圳待了几年，这不刚回来。"她说道，"我朋友在这刚收购了一家公司，我过来打理打理。"

"男朋友吧？"我笑着说道，"改天带来我给你把把关。"她抿嘴一笑："你呢，和庄眉还在一起吗？""没有，"我说，"庄眉当年不是跟老贾他们一起走了吗？"她问："你们再没联系？""没有。"我说。她若有所思："庄眉蛮聪明的，何苦跟老贾他们走呢，真是的。""我也不明白。"我说，"现在不知道她在哪？"

"老贾有消息吗？"她问道。"老贾失踪了，他和许汉军被人追杀，"我引用警察韩大鹏的话，"老贾逃掉了，许汉军被人砍了十三刀当场身亡。""啊……"她惊讶道。

婚礼仪式开始了。偌大的礼堂里人声鼎沸，大约40桌人满为患。巡视四方竟无一处空席。我和齐悦只好站在一侧，远远地注视老白和新娘在台上被司仪折腾。

齐悦侧立我身旁，衣着华丽，散发出咄咄逼人的气势。随便放眼望去便能捕捉到诸多向她扫射过来的眼神。就连台上的伴郎杜老板也不时投来窥探的目光。

老白婚礼的程序复杂、结构冗长出乎我所料。作为某银行南郊支行的副行长，自然是嘉宾云集。先后有十多位有分量的人士上台致辞。每人致辞一分钟，差不多半小时，加上其他的仪式还有司仪的废话，一番下来50分钟过去了，婚礼议程才告完毕。客人都已饥肠辘辘，有的桌子早已动工，服务员上来开酒时桌面上一片狼藉。

这时老白和杜老板才有空照顾我们。按老白指示，杜老板招呼我和齐悦还有几位刚才在台上放花筒的老白的哥们跟他走，上到二楼包间重开一桌。

"多日不见漂亮了许多，"杜老板边走边和齐悦搭讪，"你们公司还有漂亮姑娘没？给我介绍介绍。""有。"齐悦笑着说。"真的？"杜老板两眼放光。"只是都嫁人了。""没事，我等他们离。"杜老板一本正经地说。众人大笑。

我们在包间里等老白和杜老板忙完后归来。齐悦和另一个女孩打开电视看中央8套午间重播的老片《情定爱琴海》。我和另外两人把凳子一并玩"挖坑"。大约半个小时后老白和杜老板他们才出现。老白招呼我们入座，喊服务员拿一瓶茅台、一条中华。杜老板说别，酒店里东西太贵，他去超市买。我带头起哄说好好，伴娘一块去。

一会儿工夫，伴娘落落大方地跟杜老板回来，手里提着烟和酒。伴娘还买了果汁分给在座的女士们。饭局终于开始了。我们一个劲地给老白敬酒，老白摆出一副来者何惧的姿态，和我们干杯，新娘想阻拦，被老白推开："今儿个高兴，来，咱再喝一百年！"不一会儿他就烂醉如泥。

杜老板也好不到哪儿去，他也是我们重点"攻克"的对象，开始还很勇猛，一会儿也摇摇晃晃。我说杜老板你醉了。杜老板说没醉，话音未落身子旁侧，倒在伴娘肩上。我原以为他借酒使坏，结果他哇的一声吐在地上，污秽溅了伴娘满鞋子。

伴娘看起来是个贤淑的女子，一点也没有生气的意思，耐心地给杜老板擦拭。

我和齐悦、新娘连拉带扯扶起老白出了包间。身后伴娘喊："别走啊，他怎么办？""他装醉呢！"我说，"出门右拐叫个车让他自个儿回，或者把他撂路边也行。"

"这行吗？"齐悦犹豫地问我。"都是成年人了，有啥不行的。"我笑嘻嘻地将胳膊搭在她肩上。"你们也太坏了，"齐悦将我的胳膊移开说，"江河，连你也学坏了，过去你可不这样。"

"坏了吗？"我笑嘻嘻地问她。酒意上涌，一个趔趄差点摔倒。"没事吧。"齐悦上前扶起我。"没事。"我推开她。

玩笑归玩笑，把新郎和新娘送到酒店的新婚套房安排好，齐悦还是开着她那红色的卡宴，顺道先把伴娘送到家，然后把我和杜老板放我家楼下。

彼时天色尚早，还不到晚饭时分。"要不上去坐会儿？一会儿我再给咱组织饭局。"我一边搀扶着耷拉着脑袋昏昏欲睡的杜老板，一边邀请道。"就是，上去坐会儿！"杜老板突然嚷道，"他家的猫会唱歌……"

"改天吧。"齐悦抿嘴笑道。

十三

抛却有些模糊的追忆，总体来说生活是平淡无奇的。工作、应酬，我平铺直叙的生活几无可圈点之处。这么说似乎也不尽然。如同现在，也偶有惊艳的时候，像流星划过深邃的夜空，会留下刹那间明亮的光华。

我给谢薇打电话，就是那天在工大南门咖啡厅见过的那姑娘。结果提示："您拨打的电话不在服务区。"真奇怪，十多天过去了，她的电话先是关机，再就是不在服务区。

"搞什么搞啊。"我嘟囔了一句。给杜老板打电话，结果关机了。再给几个牌友打电话，不料都忙着。

百无聊赖，我驱车去了工大校园。将车停在成人教育学院的楼下，靠着车头点上烟抽。不时有清秀的姑娘走过，我含笑盯着她们看，直到她们惊慌失措地走开。约莫十分钟后我眼前一亮，看见谢薇走过来了。

"这么巧？"我佯装惊喜地说道。"是你呀。"她平静地说道。对我的造访竟然没有半点惊讶。"是不是我姐有消息了？"她问道。

"算是吧。"我边说边拉开车门。"干吗？"她疑惑地问道。"到饭点了，带你去个地方。"我说。看她有点犹豫，我继续说道："你表姐最喜欢去的地方。"

她这才欣然上车，坐在后排，和我保持着距离。"你的手机怎么回事，一直打不通。"我问道。"丢了。"她说，"那天去逛街，在公交车上丢了。"我问："都丢什么了？""手机、钱包，还有身份证也丢了。"她说，"没身份证，我想去补个号都办不成，只好用别人的办了个新号先用着。"

"那你怎么不通知我一声。"我不满地说道。"没你的号，你的号存在丢了的手机上了。""你可以找你车管所的朋友问啊。"我依然不解。"号码都在老机子上，"她笑说，"怎么，这很重要吗？"

"那倒不是。"我尴尬地笑笑。

她说："你说一下号码，我拨给你。""139×××××××。"我说。手机响了，是她用新号拨了过来。

多日不来，红方酒店二十楼的旋转餐厅生意愈加红火。服务生将我们领到仅剩的一处位置坐下，彬彬有礼地询问我们要点什么。

我将菜单递给她，她摆摆手。我便毫不客气点餐。"少点一点，多了吃不完。"她提示我。"没事。"我说。

在等待上菜的间隙，我示意她看外面的风景。其实也没啥风景，满眼不过是城市丛林，积木一样的高楼，面条一样的街道，汽车小得像玩具，人都成了小人国的了。唯有放眼眺望，才能看见大雁塔的英姿，虽然只能看见塔尖，却也不失雄伟之风。

"好晕。"她看了片刻，收身坐下。"你姐就爱看这。"我说。"你们常来吗？"她问。"来过几次。"我突然想起了什么："你真是庄眉的表妹？""真的。"她说。

在这个问题上她好像不愿意过多纠缠，立即转移了话题："你是庄眉的男朋友吧？"她反问道。"算是吧。"我说。"为什么说'算是'？"她继续问道。"这个，说来话长。"我说。"不妨说说。"她说道。

她用鼓励以及期盼的眼神看着我。她是个与众不同的女孩，心里有着坚定的主意，还有几分机灵劲儿。虽然迫切想让我开口讲述，但表现出来却漫不经心。她用比年龄略略高一点的城府抗衡着我的世事洞明。

我注视着她，她的眼眸甚是清澈，脸颊光洁，尤其双唇，色泽红润，唇形完美。她未施半点粉黛，只有头发是用心收拾过的，从耳际盘绕过去在脑后束成漂亮的发髻。

"真的想听？"

"想听。"

"好吧。"

十四

真的说来话长。"我和庄眉其实很久以前就认识。"我开口说道。

面前的影像似乎渐渐模糊了，我慢慢陷入了追忆的美好氛围之中。那似乎是个熟悉却又极其陌生的年代。

我和庄眉第一次单独相处是在一辆行进的公交车上，从西郊开往东郊。她拉着左边吊环，我扶着右边的栏杆，相互示之以背，40分钟的路程里，没有说一句话。

说单独相处是相对在单位而言，单位是一家名气和规模都平常的报社。我在广告经营部已待了两年，她刚应聘到新闻部，是有三个月试用期的见习记者。我的一个客户同意在报纸上做整版产品广告，在签完合同时他要求在报纸上发他一个人物专访。我装出很为难的样子，最后还是答应了。按理说报纸要对读者负责，他的成就还远不到专访的地步，可从效益上考虑，报社对经营部这种事也就睁只眼闭只眼了。我跟新闻部主任要人，他就把她派给我。

到终点我下了车，她紧跟了下来，在我面前站住。她上身穿一件浅紫色的束身短袖，下身是米黄色短裙，还扎着两只小辫子，有点像一部青春电影《危情少女》里面的女主角。

她两眼怯怯地看着我，欲言又止。

"怎么啦？"我问。"忘带采访机了，走之前还记着呢，一紧张给忘了。""算啦，带笔没？""带了。""采访本呢？""嗯。"

采访对象在十楼，在快上电梯前她又欲言又止。

"又怎么啦？"我问。

"要注意什么吗？"

"也没什么，不需提报社的事。例如印量多少呀，发行范围之类，如果他问你，你就说刚来，什么都不知道。"

"噢。"她很乖巧地答应。

电梯无声地开启，前台坐着一位端庄秀美的小姐，她把我们带到会客室，沏好茶，说总经理一会儿就到，让我们稍等片刻。

这一等就是很长时间，我欣赏了一会儿窗外的风景，拿起一本商业杂志津津有味地看，她则起身把墙上贴的企业介绍和一些形象宣传文字看了个遍，还在本子上写些什么，显然是做采访的提纲。

"哎，没必要的，只不过是个小人物。"我说。"什么？"她抬起头来看我。"只不过是个小公司，随便写写就行了。""好。"她报以一笑。

两小时过去了，我拿起电话拨给采访对象，手机一直没人接听，我们起身告辞。

"不是约好的吗？"在电梯里她问我。"是呀。"我说。"怎么不守信呀。"她有些替我抱不平。我笑笑。"你怎么你一点都不在乎啊？"她打抱不平。"这有什么，见多了，也就不奇怪了。"我平静地说。

我请她吃冰淇淋，她说还急着回去赶稿子。我目送她走过马路坐上了回去的公交车，然后坐下要了一瓶冰镇啤酒，看到旁边有两个人下象棋，便凑过去给溃败的一方支招，最后索性亲自上阵。不料对方棋艺太高，连战三局后我悻悻败下阵来，像她一样穿过马路上了公交车，目的地也是报社。我之所以避开她，原因在于我不善言谈，她好像也不爱说话，总不能两人又互不理睬，从终点再回到起点，实在有点尴尬。

十五

第三天，采访对象打来电话，就他失约的事略表歉意，并让我赶快过去完成采访，赶在周末的报纸上登出来。

我叫上她，打车赶过去，这次很顺利，她没忘带采访机，还专门买了本人物访谈类的书。采访对象也没失约。我提问，采访对象作答，她记录，用了一个小时，一切OK。

赶回报社，我填好广告发布单，找主任签字，再送总编审批。她则坐下来，打开采访机回放，把采访内容记在纸上，再整理成文章。

她太过于认真，又显然没有经验，把内容从声音变换成文字已过了下班时间了。在我的注下她的耳边已透出细汗。

"不用太认真，随便写就行。"我说。"嗯。"她心不在焉地应声。"去吃饭，我请客。""不了。"她抬头莞尔一笑。

我去报社楼下的小饭馆吃完饭，给她要了份带上来，她已写了个开头，我凑过去看，她像个小学生样双手捂住。"不许看。"她说。"好，不看，不看。"我笑着退回，将盒饭放在桌上，把听装饮料打开递给她。"谢谢。"她显然渴了，接过饮料喝了一口，发出很好听的声响。

"以前干什么的？"

"在××空调。"她说的是一个很有名气的国内著名空调品牌，总部在南方某市，在市区各个交通要道口都会见着它的路牌广告。我每天坐公交车回家，都忍不住透过车窗看广告中的漂亮女孩冲我微笑。

"做什么？""行政部。""很好的工作，怎么不干了？"

她稍有些迟疑："很多原因。"她埋头写着，不再言语。

我很知趣地回到经营部的办公室，拿起《广告学》看了一阵，找了一张客户的过塑名片，踱步到会议室门口，伸进锁口捅了一阵，门开了。我打开电视，调到体育频道看足球转播。

大约过了4个小时，这期间我看了大半场央视的意甲足球直播，ESPN（娱乐与体育节目电视网）的一场方程式赛车实况，一场大专辩论赛，半部本地台放的港台录像。她把稿子给我拿过来时已到晚间11点了。

我坚持送她回家，她不再反对。一个女孩深夜打车走在街上总有些不妥，我是如此认为。

她和女伴租住在郊区村子里的一间民房里。离大街还有一段距离，村子里黑乎乎的，像敌人封锁的黎明时刻。我走前面，她紧跟于后，她叫了好一阵门，房东才睡眼惺忪地来开门，很怀疑地多看了我好几眼。

我和她说再见，她说谢谢并让我小心："最近坏人多，真的啊，这村子里前天晚上有个女孩被抢了。"她煞有介事地说道。

"不会抢我的。"

"为什么？"

"因为我也是坏人啊……"我说。

十六

文章发出来了，效果挺不错。几乎是原文照发，我只将她的文章毫不吝啬地删去几大段，使脉络顿显清晰。

见到报纸客户很高兴，立即开支票同意上广告。我拿支票回到报社时，她出去采访了。想着见到她怎样感谢时，经营部主任让我赶快收拾行装和他随老总去沿海参加一个重要的广告洽谈会。原来两人去，考虑到我业绩突出，决定把我也带上。用他们的话说去锻炼锻炼，见见世面。我找了几个借口都被主任否决了，只好随行。

会只开了三天，我搜集了近百张名片，接下来几天里我陪总编和主任游山玩水，遍尝当地美食。回来后总编欣然写就美文一篇，被当地较有品位的晚报副刊刊发，领来稿费总编一高兴赏我买了烟抽。

她就在此间辞职离开了报社。我查了她留在记者部的联系方式，给她打电话没人接听，很久才回过来。

"怎么了？""没什么，是自己的原因。""不喜欢这行啊？""也不是，最近心情不太好。""需要帮助吗？""不用。"

一阵沉默。彼此都无语，她将电话挂上了。嘟嘟、嘟嘟嘟……

月底发工资，我的广告提成下来了，还很可观。按一般广告经营部和记者的私下约定，我将她应得的稿酬（这行称润笔费）装进信封里给她送去。她不在，我托房东转给她。

这之后我很久没见过她，我曾几次想给她打电话，约她吃饭或去玩，可在拨号的一瞬间，突然改变了主意，觉得这种事情好像无所谓。见了又怎样，不见又怎样呢？

半年后，我终于给她打了个电话，不料她停机了。

这顿饭吃了很久。我一边讲述一边进餐，故事太过于生动，连胃口都比下去了，饭菜剩了一大桌。环顾四周，食客就剩下我们了。

终于讲完了。此时已是华灯初上，朝窗外看去，一片绮丽的灯火。此时的街景方才变得好看起来。道路像金色的丝带，夜色下的高楼灯光点点像缀满繁星的天幕。

"后来呢？"谢薇意犹未尽。"《后来》？问刘若英去。"我打趣道。"你们后来再见面了吗？"谢薇问道。"当然。"我说。"继续讲呀。"她催促道。"不讲了。"我说，"回忆是毒药，讲多了伤身体。"

"切。"她表示出对我此话的不信任态度。"下次再讲，"我说，"就像好酒要细细品才有味。""那好吧。"她喊道，"服务员，结账。"她掏钱包想要付账。"你这不是打我脸嘛，"我阻拦她道，"让女孩付账算什么呀。"我掏出五张递给服务员，"收我的，不用找了。"

我送她回学校，目送她走进校门。突然一声刺耳的刹车声，接着砰砰数声，原来是三车追尾。为首俩司机从车里下来，一两句话不和竟然扭打在一起。我赶忙上前拉架，同另外两个路人硬生生将他们拉开。在围观众人的劝阻下他们各自掏出电话拨打，表情木然地傻等交警以及保险公司前来。我等了会儿见没热闹看了，这才发动车心情愉悦地回家。

十七

我和杜老板去红叶路派出所。

我在派出所的公示栏上看到了那个国字脸的警察的照片。上面写着他的名字叫"韩大鹏"。我问办公室里的一位眉清目秀的女警，女警说调市局去了。杜老板说能不能把电话给说一下，女警提高警惕问你们干什么的。我说找他反映点情况。杜老板说"你实习生吧"，还想跟人家磨蹭两句。我赶紧把杜老板拉了出来。

我说："杜老板，搭讪也不看地方！"又说，"杜老板，你他大爷的不说我还忘了。上次是不是你告密？"我指和程柏霜进去那次。

"真没有，谁告密天打雷劈。"杜老板说。"少发誓，进工大派出所你也这样发誓来着。"我说。

我俩在车上回忆了一下上学时因为在宿舍赌博被弄进派出所的故事。那天我们在宿舍玩牌赢饭票，结果学校派出所外聘的联防队员突然来袭，将我们一干人悉数弄进派出所。我们分别被问询，然后录口供，在两页纸的笔录上按指纹，在那个小年轻警察写"错后改正"的地方也要按。折腾了老长时间这才重获自由等候处理。后来我找了校综治办主任，我的一篇文章参加综治办主办的法制征文大赛获得二等奖，领奖时见过他一面。在他的说情下，我们每人写份检查，罚50元完事。

我和杜老板都是从小县城考到省城读大学的，相似的家庭背景和生活环境，使得我们志趣相投。此外我在学校还"有人"，凭以上两点，这让杜老板对我很认可，于是死心塌地成了我的"党羽"。事实如此，杜老板成了我学生时代最好的朋友。那时候我们开始叫他杜老板，他周末喜欢在校园里摆摊卖些旧书、磁带之类的。至于他成为真正的老板那是后话。

回想校园光阴，回想那些不堪的往事，我们不胜感慨。正唏嘘间，只听见砰的一声，杜老板紧急刹车，我身体猛向前倾，头差点撞到挡风玻璃上。我看着前面车尾陕×的警车专用号牌，对杜老板说，你小子这次死定了。

车门打开了，一个身材魁梧的警察走下车来。我一看乐了。我说："杜老板看来你小子命不该绝！"

"老韩，是我。"我上前去给韩大鹏打招呼。韩大鹏向我招招手算是打招呼，走到车尾看了看被蹭的痕迹，半开玩笑半是认真地对从驾驶位置走下来的杜老板说："袭警啊？"

"给一百个胆他也不敢。"我说，"我们刚去派出所找你哩，他们说你到市局了。""来得真巧，我还正想找你们呢。"韩大鹏说，"走，到局里再谈。"

我笑着说："别，还是我请，咱去茶馆谈吧。到公安局里别人看到就说不清了。"

十八

我们从韩大鹏那里进一步得知了老贾的消息。这家伙失踪了，他和许汉军被人寻仇，许汉军被砍十三刀当场身亡，老贾下落不明。老贾一失踪，当地警方就接到多人举报，称老贾诈骗他们钱财，总额有800万。当地警方正在通缉老贾。老贾在西安待过很长时间，警方怀疑他会潜回西安。

"你不会怀疑我们窝藏老贾吧？"杜老板说。

"我可没说，不过听说你们和老贾挺熟的，是怎么回事？"韩大鹏旁敲侧击道。

"说出来其实挺丢人的，我们当初都上老贾的当了。"我说，"我由熟人介绍认识了老贾。当时有很多人跟着老贾，以为他在做一件很了不起的事。当时，他在收集一批据说是国民党时期美国花旗银行发行的债券。新中国一成立，这些债券都成了废纸，但老贾说，现在上头要解冻这批资金，这种事国家不方便出面，由某高干子弟牵头组织民间力量来完成。老贾说这批解冻的资金有85个亿，当然是美元。债券收集工作及前期手续都已办妥，但手续费用数额巨大，大约万分之五的手续费，折合人民币3700万。现已筹得3000万，还差700万的缺口，由于响应国家西部大开发的号召，将来30亿美元要投在西部的能源基础行业及新兴行业。所以决定在西安筹集一部分手续款项。"

"这你们也信？"韩大鹏说。

"开始当然不信。但老贾身边的人个个有头有脸，不由得不信。"

"这些人你全核实过吗？"韩大鹏问。

"有些核实过，像电厂的冯副厂长，老贾答应事成之后给他10亿元人民币的投资，办西部最大的民营电厂，电厂说确有其人。还有许汉军，我找人专门打听过他，照片和身份证号码都核对过，确有其人。没想到许汉军也受骗了。"我说。

"许汉军确实在公安局干过一段时间，但没多久犯事被清退了，"韩大鹏说，"想不到他干了这个。"

"我们不知道他被清退了，后来也没人怀疑过他的身份。老贾介绍他时，都是称他在公安局。"我说。

"他很可能被老贾拉下了水，有把柄握在老贾手中。"韩大鹏说，"我了解这个人，人很仗义，有时候容易被人利用。但他人倒不坏。"

"老贾从你们这拿过钱吗？"韩大鹏问。

"拿过。但老贾很狡猾，从不问你要，总是先给你画个饼暗示你，然后等你主动送钱上门。拿钱后老贾连个条子都不打。"我说。

十九

"你们从来没想过报警？"韩大鹏问。

"虽然后来我们有所怀疑，但老贾这家伙把骗术玩得炉火纯青，你一有不满的苗头，老贾主动找你还钱，这样一来反倒显得我们小气。"我说。

"老贾从来不缺钱花，他的包里总装着好几万，每次聚会都是他买单。后来才明白这都是花大家的钱。老贾不停地发展新人，这样他总有用不完的钱。"我说。

"你们的钱老贾都还了吗？"韩大鹏问。

"还了，"杜老板说，"老贾从西安消失的前一天，我们都按老贾的指示办了银行卡。老贾把借我们的钱大部分都还回来了。给我们发短信说，他去美国办理兑换手续去了。可能要些日子，先把大家的本钱都还上，请大家见谅。后来我们明白这是老贾的手段，打他的两部手机都停机了，他可能觉得西安不太安全了，转移到别的城市了。再后来听人说他和许汉军去了东北。"

杜老板想了想，补充道："虽然还差一点，但大家都很满意了，所以也没人报警。""你知道这叫什么吗？"韩大鹏说，"你们这是斯德哥尔摩综合征，老贾骗了你们的钱，还回来一些你们竟然还很满意！"

"我们只是想着能回来一点是一点，没想太多。"杜老板说。"知道什么是斯德哥尔摩综合征吗？"韩大鹏问杜老板。

"通俗点说就是人质情结，是指被害者对于犯罪者产生情感，甚至反过来帮助犯罪者的一种情结。"韩大鹏说，"你们呀，被他洗脑了！"

"没这么严重吧。"我笑着小心翼翼地说。"这还不严重？"韩大鹏反问道。停了停继续问道："知道他给你们还的钱是从哪来的吗？"

"他同时在好几个城市活动，钱好像用不完，实际上是拆了东墙补西墙，到最后东窗事发也是必然的。"我说。

"你分析得不错，"韩大鹏点点头，"其实这种骗术很拙劣，你们怎么会上当？"我笑着说："你们警察也不是没有觉察吗？"

韩大鹏笑笑："你们整天在西宾、延炼、丽苑酒店、外贸宾馆这几个地方晃悠，目标那么明显，警方岂有不闻？只是没人报案，也没发现犯罪的证据，我们没有立案罢了……"

我惊出一身冷汗。

"还有，"韩大鹏继续说道，"我听说当时有一个女的叫庄眉，还是她扬言要报警，老贾害怕了才离开了西安……"正说着，韩大鹏的电话响了，他走出去接电话。

我哑口无言，和杜老板面面相觑。

"那个庄眉你们有联系吗？"韩大鹏接完电话进来问道。"没有。"杜老板说。"真没有？"韩大鹏问我。我说："真的没有，我现在正准备找她，今天找你就是想问问她的消息。"

"她的消息我还没有。"韩大鹏说，"先这样吧，有任务，我得先走了。有情况打电话。""一定，一定。"我们欠身目送他出去，坐在沙发上半天没说话。

"单我买过了！"韩大鹏走到门口时突然折回来，"最近你们不要出远门，有事我还要找你们。"

二十

韩大鹏走后，我和杜老板继续坐在茶馆里发呆。

"不会吧，把我们当犯罪嫌疑人了。"杜老板抱怨道。

"还有庄眉，"我说，"看来谁和老贾沾上谁倒霉。"

"我们都是受害者，罪犯只有老贾和他上线，"杜老板说，"幸好庄眉和齐悦这些员工也只是拿个死工资，也就干个办公室工作，没参与到老贾这些烂事上去！"

"杜老板，你介绍我认识老贾是哪一年来着？"我问道。

"一〇年吧。"杜老板说。

"不对，一〇年你不是还在深圳玩期货吗？"我说。

"那应该是2011年。"杜老板说。

关于杜老板在深圳的日子有必要交代一下。据说杜老板是大学我们班少数几个先富起来的人之一。他毕业进了一家科技公司。在这种高科技公司，技术人才吃香，杜老板这种专科生根本没有用武之地，何况像杜老板和我这些年年补考、勉强混得毕业证书的人来说，对技术根本是一窍不通。于是杜老板就转入业务部门，长期活动在广州、深圳之间。后来不知怎么投身期货行当，两年时间杜老板已有100万存款，干脆辞职一心一意玩期货。但2011年却是杜老板的灾年。年初的时候，期货市场一路飘红，许多人的财富直线上升。杜老板开始进出量并不大，到后来见挣钱容易一下挣红了眼，在瞬间做了一个让他一生都后悔的决定，将借来的100万和自己的100多万悉数买了大豆。天有不测之风云，期货市场风云变幻，结果在很短时间，市场突然走衰，大豆期货跌破

10%。杜老板加了十倍杠杆，200万撬动了2000万资金，跌破10%就到爆仓的警戒线。杜老板到处找钱想要补仓，但认识的人几乎都被套牢，个个自顾不暇哪有闲钱给杜老板。因没有在约定时间补仓，杜老板被机构强行平仓，200万的财富瞬间灰飞烟灭。借给他钱的大老板念在杜老板给他出过主意挣了不少钱的分上，免除了他的债务，临走时还给了他3000块钱做路费。

"我差一点从南方证券大楼29层上跳下去。"杜老板说，"你们能体会到这种滋味吗？"杜老板总爱向人讲述他从百万富翁到一贫如洗的期货传奇。久而久之，有点祥林嫂的味道。

对他的南方经历我不甚了解，期货我也是门外汉。至于他是否真的拥有过100万，财富一夜之间不见踪影的传奇的真实性也无从考证。此外被债主免除债务这点也有待商榷，我估计是债主同意了债务暂不追究，放他回来筹资东山再起而已。但据到过深圳受到杜老板招待的我们班的班长称，当年杜老板确实混得不错，在深圳的一家有名的饭店招待他们吃粤菜。杜老板大方地给在座的人每人点了一碗鱼翅。一顿饭估计在万元朝上。

2011年夏天杜老板从深圳回来出现在我面前的第一件事就是借钱。杜老板是从报纸上看到我的名字找到报社来的。上大学时我和杜老板还有老白臭味相投，毕业后大家各奔东西，开始混得都不如意。刚毕业还偶尔朝单位打打电话，后来老白去了上海，杜老板去了南方，我从单位停薪留职出来了，所以断了音讯。想不到隔了多年后杜老板还能找着我。见了杜老板我分外高兴，请他在报社对面的煎饼楼吃饭。杜老板面容憔悴，精神萎靡，给我讲他的期货故事。临走时杜老板要借1000块，我把当月的工资全给了他。

这以后杜老板常给我打电话。他把老家县城里的一所房子抵押到银行贷到了20万元准备弄个装修公司。他常和我探讨开公司的事，缠着我讨论如何在报纸上给他做免费报道。

二十一

那年秋天的时候，杜老板兴冲冲地给我打电话说带我去见个人，说可以给我们报社投资。当时我已升至执行总编，全权负责报社事务，我所在的报社由于资金困难正在多方融资。所以对杜老板的消息很感兴趣。

我在丽苑酒店见到了老贾，50岁不到的样子。他和我们打个招呼后让我们稍等，我们一等就是两个小时，这期间有形形色色的人等一拨又一拨地过去和他谈话，个个态度毕恭毕敬。我和杜老板坐在酒店茶秀的一角远远看着他们，老贾看来业务繁忙，谈话中间电话频繁地响起，我粗略估计了一下，两小时中间大概接了30个电话。

那天老贾接待我的时间不到5分钟，我大概说了一下我们报社的情况，他就豪爽地表示，报纸这个项目不错，可以考虑，他手头有近百亿的资金，还没有投资媒体，可以试一下。我将报社的材料给老贾留下了。老贾说等他看完后再和我联系。我们随即告辞，老贾说就不留你们吃饭了，晚上他还要和中国银行的刘副行长商谈租用银行保险箱的事。

回去的路上，杜老板才告诉了我老贾的身份，以及他收集债券要到花旗银行兑换民国资金的事。开始我对此持坚决的否定态度，但杜老板却坚信不疑，劝我接触接触再说。

第三天下午，我接到了老贾的电话，电话里老贾说晚上请了几个朋友吃饭，问我方便去陪一下不。我当然满口答应。在小肥羊包间里，我见到了电厂的冯厂长、周边某区的区委欧副书记。

中途还有一个"大腹便便"风度极佳的50岁左右的男子从别的包间过来敬酒，大家称他为郭主任。老贾小声告诉我这是K市人大的郭副主任，也是来融资的，老贾已答应给K市投资20个亿。如果这些人的身份我还有些质疑，许汉军的到来让我对老贾的怀疑减小到最低程度。

许汉军是饭局进行到中间时候进来的。留着小平头，40多岁，人很精干的样子。他一进来，大家都亲热地叫他老许，说怎么才来。许汉军说，本来下班了，临时处理了个案子。老贾热情地给介绍："市局五处的老许，这是报社的江总编……"

许汉军落座后不久，饭馆的老板亲自前来打招呼："许哥，好久不见了，局里忙吗？"

趁上厕所时，我问服务员那个留平头的人是干什么的。服务员很肯定地说是警察，我问你怎么知道，她说他是我们老板的朋友，大家都知道他是警察。

第二天，除了人大郭主任的身份不便核实外，我调动各种关系对头天晚上就餐的几个人做了调查，令我失望的是他们的身份竟然都是真实的。尤其是许汉军，我托市公安局的朋友韩卉打听一下，她一个领导以前和许汉军是同事，她发过来有他合影的照片，上面的人与我见到的许汉军别无二致。

二十二

老六家住硫化厂的家属院。西郊国营老厂林立，空气中飘着淡淡的药水味道，夹杂着烟尘的痕迹。我升上车窗，东拐西拐，按照电话里老六的指示，艰难地到达硫化厂家属院。

硫化厂属于困难企业，从破败的围墙就可看出端倪。大门口一个被撞歪的栏杆挡住了我的去路。戴红袖标的门卫老头过来收进门费。我说找老六，老头小声嘀咕了一下放我进去了。看来老六的确没吹牛，他在电话里说西郊一带只要报他的名字没人不知道的。我向院子里晒太阳的老太太打听，很容易就找到老六家。

我咚咚地敲门，几秒钟后老六打开里门透过防护窗很警觉地向外看。我说是我。老六边迎我进去边说："我这都是熟人玩玩的，所以得防生人捣乱。"

进得屋来，我发现里面别有洞天。客厅有三桌麻将，两个卧室也各有一桌。人们激战正酣。"来来来，玩两把。"老六拉我进一边卧室，里面三个人正围桌而坐，等待老六。

"实在没人我凑个腿子，"老六说，"要搁平时我就过去了，就不劳你大驾。"我说："没事，过来认个门也好。"我边说边落座，让三缺一的牌局完美无缺重新运转起来。

老六过来倒茶水："玩得小，你就当娱乐娱乐。"我说："没事没事，大小都一样，娱乐为主。"

牌局到下午六点结束，人们陆续散去。有输家不肯罢休，组织人继续战斗。老六让人招呼着，和我出去吃饭。我和老六驱车到三桥夜市上要了一斤烤鱼、50串筋、50串鸡胗、50串涮羊肉、

6瓶啤酒。时间尚早，还不到夜市开张的时间，伙计手忙脚乱地准备。

我和老六举杯相庆，感慨人生。

老六说："四年不见了吧。"我说："是啊。"老六说："行啊，都开公司了。"我说："瞎混呗，你现在干吗？"老六说："离开老贾后，晃荡了两年，开了个棋牌室，挣个茶水钱，还算过得去。"

我说："许汉军死了。"

"知道了。"老六很平静，"杜老板电话里给我说了。"

"警察怀疑老贾会来找我们。"我说。

"不会的，老贾那么狡猾，怎会自投罗网？"老六说。

……

我想不到多年之后会和老六在这种场合，以这样的方式见面。我俩大口吃肉，大杯喝酒，气氛热烈而友好。当年我怒而举杯向他劈头砸去的冤仇已经不复存在。

我和老六其实是有些过节的。当时老贾公司办公室女主任结婚，庄眉是伴娘。我和杜老板坐接亲的大巴去随份子。第一次见到老六，他坐我前排，他算是老贾发展的外围人员。他们几个也不认识新来的庄眉，在车上意淫伴娘取乐。

我提醒他们重点："哥们，人家一姑娘家，这样说人不好吧！"

"你谁呀！"老六口气很是蛮横，"你管！""行，我不管！"我说。"伴娘这胸还挺大的……"老六继续说。

"啪！"我顺手抓起满装的矿泉水瓶砸在老六的脑门上，水流了老六一头。"你！"老六扑过来准备和我拼命，被旁边的人拉开了。

我俩回忆起当年的人和事，不胜感慨。

老六说："你当时还真砸啊？""那是，"我说，"你女朋友被欺负了你也不会手软。""我哪知道她是你女朋友啊！"老六委屈地说。

我的酒量显然不如老六，我以为我俩都快不行的时候，他突然冒出一句："想不想知道庄眉的消息。"

我没有回答。"我也是前年春天见过她一面。"他说。"他和一个男的蜜月旅行。"我说，"你给杜老板说过。"

"听他胡说。其实我也是远远看见她在一辆旅游大巴上，邻座是个女孩，长得也很漂亮，你知道，漂亮女人都很吸引人……不过也不能确定说见过她，但我肯定那个女人就是她……"

二十三

老六显然不是个好的叙述者，我梳理了他杂乱的思路，才明白了事情的过程。

大体是这样的：前年春天，在昆明混的老六的一个哥们发了点小财，招呼老六去玩。那天他们在世博园逛累了，便坐在台阶上看风景。老六的哥们色眯眯地盯着过往的美女看，行人纷纷侧目。老六没那么露骨，他架着望远镜仿佛是赏风景的游人，这使得他的行为隐蔽而不惹人非议。在望远镜的帮助下，远处的风物尽收眼底。

老六显然乐此不疲，直到一个女孩的出现。老六把望远镜定格在不远处的一辆旅游大巴上，从车头数向车尾第三个窗户座位上的两位姑娘吸引了老六的视线。那是两个面容姣美的女子，看上去很年轻。老六解释说车身和他的位置处于锐角上，所以他能清楚地看见两人的长相。

老六观察了她们很长时间，靠里的女子好像对靠窗的女子很照顾，一会儿给剥个橘子，一会儿拧开矿泉水递给她。在很长时间（我估计就是几分钟）里，老六很是受用。后来两个女孩好像发现了老六的偷窥，靠窗的那位还特意探出头来，好像还冲他笑了一下。这一笑让老六的多情油然而生到极致，老六突然觉得这女子有些面熟，当然漂亮的女孩总是似曾相识的。

经过快速记忆扫描，老六终于确定这个女子的确是他认识的。然而最终确定的结果让他有点失望，因为他想起了这个女孩是谁了，她叫庄眉，是他认识的一个叫江河的家伙的女朋友。尤其令人气愤的是因为这个女人，那个叫江河的家伙二话不说一水瓶砸在他头上，至今还有浅浅的一道痕迹⋯⋯

后面的部分夹杂有我主观的叙述成分，当时的场景容不得老六如此遐想，因为老六刚想起她是谁时，车开了，老六还在犹豫喊不喊庄眉，车开走了。老六只记住了车身上"中国旅行社"的字样。

"哪儿的旅行社？"我问

"中旅。"老六说。

"哪个城市的旅行社？"我追问。

"真还没注意。"

"你确定是她？"

"没问题。"

⋯⋯⋯⋯⋯

二十四

手机上的安卓娃娃老是流着泪哭丧着脸，提示内存占满，看得我很不爽。我正在摆弄时齐悦来电话了。我立马按了接听。

"接得这么快呀！"电话里齐悦愉快地说道。"那是，齐总的电话那是优先接听。"我笑道。"晚上没安排吧，咱一块吃个饭。"她说。"没，有安排也要推了。"我说，"齐总召唤，在下是赴汤蹈火，在所不辞。"

"那好，"她笑了，"你把杜老板也叫上，人多热闹。""叫他干吗？咱老朋友叙叙旧，要那么多人干吗？"我笑嘻嘻地说道。"别闹，"她说，"有正事呢。"

杜老板从北郊赶过来，路上堵车耽搁了会儿。我俩到达时众人已经上座了。"对不起，对不起，"我说，"大家久等了。""我们也刚到。"齐悦招呼我在她身旁坐下，"我给大家介绍一下……"

齐悦订的是酒楼的豪包，包间里富丽堂皇，看来请的是重要客人。我们彼此交换名片，齐悦右边这位是北京某管理咨询公司的麦总，40多岁的一个男人，相貌很精干，看来是今天宴会的主角。旁边依次是他公司的康副总、漂亮女律师。对面是一个富态的光头男人，手上戴着硕大的绿色翡翠戒指，是某贸易公司的李总。挨着的是脸上有条小伤疤的男人，被称为常总，名片上的头衔是某收藏公司的老总，还有民办商旅学院的呼延院长，某餐饮公司的薛总……再有几位也是公司的老总之类。总之是藏龙卧虎，让人不能小觑。

"幸会，幸会。"我将名片收好。"今天有幸请大家来，我非常荣幸，"齐悦落落大方地托起红酒杯，"我提议咱们先干一个……"

几杯酒下肚，我对饭局的意图有了大致的了解。北京来的麦总可以帮助大家在纳斯达克上市。今天的饭局就是招待他们一行的。至于光头李总、收藏公司的常总、商旅学院的呼延院长都有此方面的意向。

麦总城府极深，不太言语。倒是他的副总和女律师侃侃而谈，说起他们公司的辉煌业绩，说某某网就是他们策划在纳斯达克成功上市的。

"一夜之间，网站元老都成了亿万富翁。"那副总情绪高昂，说得在座人等热血沸腾。"我们这种贸易公司也能上市吗？"光头李总笑容可掬。"当然，通过我们的运作，问题不是很大。"副总说道。

"其实上市这事，不在于你公司大小，只取决于美国人民，"麦总发话了，"美国人民认为你公司能行，愿意买你的股票，你就能行。我们做的就是，让美国人民相信你的公司，就这么简单！"

"我们这种小型的民办学院也可以吗？"呼延院长发问了。"商旅学院不错呀，"麦总说，"旅游属于朝阳产业，办旅游学校大有可为！何况你们西安民办学院在美国都很有名，美国人民很佩服你们。""那太好了，麦总你可要多帮我们。"呼延院长很是激动地举杯，"我今天借花献佛敬您一杯！"

"具体细节有我们康总和江律师会帮你们。"麦总说。"我们会协助你们做好三年的财务报表，完成注册审批手续，找美国银行做存托。"颇有几分姿色的江律师说话了。"再次感谢麦总、康总、江律师。"齐悦端起酒杯。

"我期待各位在美国路演！"麦总很有风度地和大家一一

碰杯。

饭局气氛融洽，大家相谈甚欢。席间我去洗手间。收藏公司的常总也来方便，和我站立一排。我点头向他致意。"江河，你小子不认识我了。"常总突然对我说道。"您是？"我十分纳闷。

"常吉林呀，当年在延炼酒店咱们还玩过牌。"他说，"咱们那时候都跟老贾混呢。""噢，想起来了。"我说，"是有这回事。"我随口说道："你那时候挺瘦的。""哈哈，"常总笑道，"那时候咱们都很苗条。""那是。"我问，"有老贾的消息没？"

"没有，"常总说，"早都不跟他混了，不过我一朋友听说还一直跟着老贾，前半年刚回来……"正说着，管理咨询公司的康总进来了。

"康总，您亲自来了。"我们毕恭毕敬地招呼道，腾出位置后在门口，等康总如厕完毕热情地将他迎回饭桌上。

其实，这常总我没有一点印象，我实在想不起当年和他玩牌的事。但这没关系，他自称和老贾混过，而且还有朋友跟老贾混，这就够了。但是在宴会上再无机会说话，宴会结束他负责送麦总一行，开着一辆大奔一溜烟消失在城市街头。

二十五

"一壶仙毫,一杯咖啡。"我对服务生吩咐道。

这年头银根紧缩,但茶楼却一反常态如雨后春笋般不停地冒出来,马路对面就有新开的一家。送走麦总他们,齐悦意犹未尽提议再喝会茶,我们便径直坐了进来。

"你俩帮我把把关,"齐悦说,"你们觉得这麦总怎么样?""势挺大的,"杜老板说,"别人谈事带小秘,人家带律师,一个字:'牛'!""说不来,这些年眼力不行了。"我说,"不过,接触接触倒没啥,掏钱的时候可要谨慎点。"

"我也觉得先接触接触,商机都是在沟通中涌现的。"齐悦说。"行啊,"我说,"齐总令我刮目相看啊。""那是。"齐悦笑盈盈地做自我欣赏状。

"你们是被老贾骗害怕了吧?"杜老板说,"我怎么觉得这事靠谱。我有个朋友在××网,人家去年就在纳斯达克上市了,他老板一下子赚大发了,从迈腾直接换成宾利,800多万呢。"

"你要有兴趣,可以和麦总再谈谈。"齐悦说。"我那公司小,怕不够规模。"杜老板说。"这没事,"齐悦说道,"咱们可以多找些公司组成集团,以集团公司的名义上市。"

"我看行,"杜老板说,"江河,把你的文化公司也弄进来,咱就是集外贸、家装、文化、教育、收藏、投资于一体的跨国公司了。""你们折腾去吧。"我说,"我这人淡泊名利,视钱财如粪土,要是钱多了我还不知该咋办了。""唉,一看就是小富即安型的,没啥前途。"杜老板数落我。

"呵呵。"我憨厚地笑笑,"问你们个事,今天饭桌上那个常总你们认识吗?""认识呀,"齐悦说,"以前就认识,当时老贾公司他也在啊。""是吗?"我说。"难怪有点面熟。"杜老板说。

"他当时不太出现,所以你们没印象。"齐悦说,"当时他脸上没疤痕,可能是后来受的伤。""也是,"杜老板说,"当初跟老贾混的至少有100人,这么多人咱咋能都记得。""100人差不多。"齐悦说。

"我也就纳闷了,这么多人咋就被老贾骗了呢?"杜老板愤愤不平地说道。"还不是您老介绍我认识的老贾?"我说。"也不怪我,"杜老板说,"要不是碰着你那庄眉,我怎么会找到老贾公司去!"

齐悦含笑看我俩:"听说你俩当初争庄眉来着?"

"没有的事。"我说。"还说是哥们呢。"杜老板说,"趁我不注意撬我的女朋友,江河你也太坏了吧……"

欲加之罪何患无辞!我懒得理他,任凭他抱怨。

"庄眉现在在哪?"齐悦问道。"不知道。"我说。"跟老贾他们跑了,"杜老板说,"想到这我就来气,我念兄弟情义把庄眉让给他,结果他看不住!"

"行了,我错了还不行吗?"我阻止杜老板继续说下去。

"这事也怨你,"杜老板忽然话锋一转,对齐悦说道。"关我什么事?"齐悦笑道。"你当初要是把江河收了,也不至于祸害别人!"杜老板说。"那我不牺牲大了。"齐悦笑说。

"哎,我有这么差吗?"我辩解道。"谁差谁知道。"杜老板说。"要不今天就到这!"我说。杜老板站起身,发现我俩坐着不动。"你俩是不是想把我撇开单独行动?"他狐疑地问道。

"你想啥呢！"齐悦笑笑，"今天就到这，咱们改天再聊，我老公还在家等我呢。"

"你结婚了？"杜老板愈加吃惊。

二十六

杜老板至今还津津乐道于他和庄眉的第一次相遇。他喜欢滔滔不绝地向我讲述，在他绘声绘色的描述下，连我也相信那是一次无比浪漫的邂逅。

那是2010年夏日的某天。那时候天刚下完小雨。街面上湿漉漉的，杜老板从我报社编辑部出来，绕过玉祥门大转盘，沿着环城公园一路向南，享受这雨后的舒适和宁静。

古城墙在细雨的洗刷后愈发显得沧桑和伟岸。公园里的树木在雨后格外清新。护城河刚刚经过细雨的滋润，微风拂过泛着柔和的涟漪。

公园里偶有人声，有一对恋人牵手徐徐前行，有一位老人在练太极，护城河畔则有三两人专心垂钓。一幅静谧的雨后画卷。

就在此刻一个女孩进入他的视线，她在一棵玉兰树下驻足，踮起脚拾一朵被风雨打落卡在枝丫上的玉兰。杜老板停下脚步饶有兴致地观赏这幅少女拾花图。那朵玉兰仿佛在和她作对，无论她怎样努力却总是差那么一点距离。

"我来，"杜老板走过去，轻轻一跃将花拿下。"宝剑送英雄，鲜花赠美女。"杜老板将花递给她。"谢谢。"她嫣然一笑。唇红齿白，令人怦然心动。"×××牙膏广告是找你拍的吧！"杜老板笑着恭维她。

她不语，这次抿嘴浅浅一笑。挪步从树下回到青石道上，杜老板紧紧跟上。"姑娘贵姓？"杜老板继续搭讪。"姓庄。""哦，这姓好，听着就很端庄，"杜老板恭维道，"在下杜斌。""庄眉。"

她说道。

"西大学生？"杜老板笑说，"也只有你们西大文学系的学生才会有这般雨后漫步的诗情画意。"

"早毕业了。""看不出来。"杜老板说。"你做什么工作？"她问。"以前在深圳玩期货。""哦。"

杜老板兴致勃勃地给庄眉讲述他在深圳玩期货的传奇。讲他毕业后单枪匹马南下发展，炒期货从不名一文到坐拥百万存款。他最津津乐道的是他一夜之间从百万富翁又到一贫如洗的故事。

"你信不信，我差点从南方证券大厦29层上跳下去！"杜老板这样讲述道。在他无法考证的描述中，庄眉完全被他丰富的经历折服，两人颇有惺惺相惜相见恨晚的意味。杜老板告诉庄眉他准备东山再起，弄个装修公司。庄眉对他的年轻有为很是欣赏。那天他们聊了很长时间，分别时互留了电话。

庄眉给了杜老板她的名片，上有所在公司的地址。杜老板找了过去，认识了老贾。老贾答应给他投资5000万，开家西安最大的装修公司。杜老板又把老贾介绍给我，有杜老板这好兄弟引荐，我们最终一点一点地在老贾这个"阴沟"里翻船。

我去老贾公司，自然而然巧遇了庄眉——两年前和我同事了三个月的女孩庄眉。故人相见自然彼此相悦，可杜老板非说我横刀夺爱。我给他解释了许多次，可他至今都无法释怀。

二十七

我给昨日饭局上认识的常总打电话，无人接听。一会儿短信回过来了："刚飞云南，回来联系。"

这家伙，昨天还一起喝酒，今天就飞到祖国的南部了。

我给谢薇打电话，所幸她在。"想继续听故事吗？"我说。"当然。"她欢快地回应。

我约她在工大南门口见。我来早了点，便信步走进旁边的书店，不料发现了一个熟悉的女孩的身影。

她拿起一本书在翻看。我侧头看了下书名，是村上春树的《国境以南，太阳以西》。这么老的书，现在竟然还在热销。我有点佩服这日本老头。

"这么巧啊。"我笑盈盈地凑上前去。"是你呀。"她小声地和我打招呼。"你喜欢俺哥的书？"我一本正经地说。

"村上春树是你哥？"她笑出声来。"四海之内皆兄弟。"我笑嘻嘻地将书递给服务员让给包上。转头对她说："真巧，就差这一本，俺哥的书我就全了。"她说："我来付账吧，我本来就打算买的。"

"我来吧。"我说，"我再买点别的。"我并不精挑细选，只看书封上的介绍。《莫言文集》："中国首位诺贝尔文学奖得主莫言最新全本文集。"《追风筝的人》："美国2011年最畅销小说。"《巴别塔之犬》："一只狗如何说出女主人的死因。"《远离》："《纽约时报》《出版周刊》畅销书排行第一名！"《重逢》："全球已畅销1000万册！"《昨日之旅》："首次同中国读者见面的茨威格作品。"

连同《国境以南，太阳以西》，我将这些书摞成一叠抱到收款台。"买这么多？"她不解地看我。

"这算啥，你还没见我那些陕北朋友，他们来西安买房就像我买书一样，对着房屋户型图说：'这，这，还有这，我全要了。'"

"是吗？"她表示怀疑。"那是，更牛的还在后头，付账不用支票和刷卡，直接让人从后备厢里搬出个麻袋，"我说，"你知道里面装的啥？""啥？""钱呗，上百万买房的钱。"我说。"你骗我吧？""哈哈，没见过吧！""不理你了。"她佯装生气。

她就是我约在工大见面的女孩谢薇，她也提前来了，在书店再次和我相遇。还是上次这家咖啡馆。我们在同样的位置坐下，点上咖啡，开始进入正题。她单手托腮期待着我的讲述。"上次讲到哪儿了？"我问。"你给她送稿费去，结果她停机了。"她认真地说道。

"嗯。"我喝了口咖啡润润嗓子："从那之后，有两年时间我再没见过她，再见她是两年后的那个秋天，我的一个朋友叫杜老板，在南方玩期货赔得血本无归，回到西安找到我。他介绍我认识了一个投资公司老板，我们叫他老贾。庄眉恰好在他公司上班。我和杜老板去他公司找老贾的时候，很意外地又遇到了你表姐庄眉……"

我清楚地记得那天的情景。在认识老贾一周后，我和杜老板受邀去老贾的公司。老贾的投资公司在财富大厦的18层，门面十分气派。我跟在杜老板身后，前台的两位小姐身着黑色正装，模样均很标致。她们和杜老板很熟，"杜总、杜总"很热情地招呼。杜老板说这是报社的江总编，和贾总约好的。"江总好。"俩小姐向我问好，其中一个将我们带进老贾办公室。

老贾的办公室超级豪华，房间有70平方米左右，偌大的黑色老板桌上摆着台笔记本电脑，墙上悬挂着本地著名画家所作的伟人站在海边的巨幅画卷，气势磅礴。尤其引人注目的是一排长柜，里面满满陈列着各种书籍。老贾热情地招呼我们，亲自给我们沏茶。我们怀着满腔敬仰之情和老贾攀谈。当然谈话时间没能太久，大约10分钟的模样，老贾接到个电话，很抱歉地对我们说市里的王副市长要他赶过去，定一下投资高速公路的事。

"您忙，您忙。"我和杜老板慌忙起身告辞。"不急，不急，你们随便参观参观。"老贾拨了个内线，半分钟后一个职业装束的女孩进来了。老贾说："不好意思我先走了，让我们庄助理带你们参观参观。"

"好的，好的。"我和杜老板恭送老贾出门。

"这是我伙计，报社的江总编。"杜老板给那女孩介绍我。"你好，我叫庄眉。"那女孩笑盈盈地和我握手。"真是巧啊！"我伸手握了下她的手，温暖而又柔若无骨。我认出了她竟然是两年前报社的女孩庄眉。

她笑笑，并不言语。"你们认识。"杜老板满腹狐疑。"不认识。"我说，"不过现在认识了。"

二十八

第三天下午，我按庄眉名片上的电话号码打了过去。

她听出了我是谁。我在电话里直接邀请她："庄姑娘，请你吃饭如何？""好啊。"她答应得非常干脆。

晚上7点，我和她在红方酒店22层的旋转餐厅共进晚餐。她打扮得很讨我喜欢。我和她惺惺相惜，在餐桌上我俩像所有互有好感的恋人那样，小心翼翼地彼此用言语展示着自己，谈什么其实已经记不清了，但语言交流迅速拉近了我俩的距离。吃完饭我俩已经难舍难分了。接下来我俩在朱雀大街上散步向城内走，到钟楼影院我们去看了场电影，是部韩国片，名字我还记得，叫《假如爱有天意》，很感人。尤其片中萤火虫在夜晚的河边翩然翻飞的场景十分震撼，至今记忆犹新。电影进行快到尾声的时候，她靠在我肩头，我吻了她。

接下来的一周内，我们几乎天天晚上见面，我带她去吃小吃，逛夜市，登城墙看夜景，看电影、打台球玩，总之挥洒所有的青春热情。

周六晚上的时候，她随我回到我住处……

我洋洋洒洒地述说，到此时方感口干舌燥，我端起茶杯一饮而尽。"很好，"谢薇给我添满水，笑着说，"继续呀。"我看不出她笑的含义，但突然我觉得我讲得多了，正所谓言多必失，于是我的讲述戛然而止。

"讲呀，"她督促我，"怎么不讲了？"我说："就这些，后来很类似，谈恋爱就开头新鲜，后面其实都很雷同。""也是，男人嘛，追女孩时觉得新鲜，一得手就觉得没劲了。"她笑说。"哦。"我微微一怔，不知她这句是何意。

"后来呢？"她问道。"后来真的没啥可讲的。无非就是我俩的恋情公开化，老贾知道了，杜老板也知道了，他一度和我反目。"我说。

"再后来呢？"谢薇穷追不舍。"后来杜老板默认了，不和我生气了。大家都知道了我们的事，我和谢薇公开场合也不避嫌。"我说，"我们几乎每天都待在一起，关系真的很好。我们甚至幻想老贾事成之后给一大笔钱，我们买房买车登记结婚。"

"结婚？"谢薇对此表示怀疑。

"真的，我们那段时间关系亲密度与日俱增，真的到了谈婚论嫁的地步。就差钱了，我就指望投在老贾身上的我的10万元能够开花结果，老贾许诺事成之后给我一大笔钱，足够我花一辈子了。"

"你们太幼稚了吧，"谢薇说，"我实在想不出我表姐那么聪明的人也会被骗子蒙蔽！"所谓的骗子想必是指老贾。我说："那时我也挺傻的，被老贾骗了。关键是被骗的人都是有头有脸的人，大家都相信，我为什么不信？"

谢薇说："所以说你们傻嘛，都被人利用当枪使了。""这话不假。"我说。"最后怎么了？"她问道。我说："我和你表姐闹矛盾了，她跟老贾她们去了东北，后来又去了西山省，再也没了联系。""哦。"她看着我微微地笑了，"你的故事，怎么说呢，有点虎头蛇尾。""怎么讲？"我不解。"在报社那段，你讲得十分详细，但和我表姐相处的那段明显有些敷衍。"她说。

"没有敷衍，是我真的不记得了。"我说，"我感觉我脑子不好使了，能记得很早的一些事情，但越近的事越是记不得了。"“啊，不会吧？”她笑道，"你才多大啊。"“你说这是不是老年痴呆症的前兆？”我担心地问她。

"不会，不会。"她安慰我说，"你这是初老症状。"“初老症状？”我疑惑地问她。"初老症状第一条：越近的事情越容易忘记，越久以前的事情反而越是记得。"她说。"谁定义的？"我问她。"网上呀。"她说。

我用手机上网，在网上查初老症状，列有十条之多。我怀着忐忑不安的心情逐条对照。初老症状第一条：越近的事情越容易忘记，越久以前的事情反而越是记得。这条符合。初老症状第五条：对完美起疑，对不完美深信不疑。这条符合，因为我天生就是个不追求完美的人。初老症状第十条：对诈骗集团开始产生周旋的战斗力。这条符合。

"十条症状我符合三条！"我说。"没事，十条症状你才占三条。"她说。"十条症状我竟然占了三条！"我沮丧地说，"我是不是真的老了？”

难道我真的老了？关于庄眉的事情，我对谢薇的确没有隐瞒。我记得和她在公交车上相处的情形，记得她扎两条小辫子的样子，记得她婉拒杜老板时狡黠的笑容，记得她吃齐悦醋一言不发不悦的微妙神态，甚至记得她身体散发出的清香，但我记不得最后的分别时刻。

我面朝谢薇端坐在咖啡馆里，双目游离，思想早已开了小差。杜老板他们说我在最后的那次聚会上打了庄眉，庄眉因此夺门而去。可是我一点点印象都没有。莫非我真的老了吗？我不得而知。

也许我还年轻，也许我已经老了。

二十九

我邀谢薇有空光临寒舍，她欣然应允。当然不是我魅力有多大，而是猫的功劳。我说庄眉唯独给我留下了这只猫，她立刻来了兴趣。

第三天是周末，下午时分，谢薇如约来访。其实我住的地方离她挺近，就在工大对面的小区，她只需步行十分钟便到了我的地盘。

为迎接她的到来，我做了准备。房间早已整理一番，书房的藏书被我擦拭一新，整齐排列，显示出主人的博学和修养。干净的物品显示出主人的勤劳和整洁。

我甚至给猫也洗了澡。拿干毛巾给它擦拭干净。一见水，蓬松的毛发黏在一起，个头儿整个儿小了一圈，丑得我都不认得它了。

谢薇对猫表现出了强烈的喜爱。一进门，猫怯生生地看着她。她蹲下身子，双手伸到猫的前面，向猫示好。她是个温柔的女子，猫似乎被她的这种温柔感染，在她略微试探一下后，将猫抱入怀中。

"挺乖的。"她说。

"跟你挺乖，"我说，"别人抱它每次都被它抓伤。"

"是吗？"谢薇将头贴在猫身上和它亲昵，"养了几年了？"

"四年了，"我说，"你表姐送我的。"

猫的故事要追溯到很久很久以前。一天下午，我和庄眉路过文艺南路，路两旁三三两两都是卖猫狗的小贩。原本我们并没有买宠物的打算，但有个卖猫咪的小姑娘实在嘴甜，可着劲儿夸庄眉长得可美了，像电影明星似的，说得庄眉心花怒放，要我掏钱买只猫。我当然无法拒绝。抱着猫走了不到一站路，被猫尿湿了衣服，她这才发现养宠物的麻烦，便盘算着将猫给我养，她的理由很充分，这是她送我的礼物，要我一定珍惜。我心里虽然老大不愿，但一个大男人岂能为一只猫所难，所以当时一口应承。到后来和猫朝夕相处，不单是我，连庄眉都和它有了感情。没想到世事无常，如今庄眉杳无音讯，剩我和猫孤独二人。

"想不到你是个重感情的人。"谢薇说。

"不说了，说说高兴的事吧。"我说。

我和谢薇说了一下午的话，我们东一句西一句。我讲的话恐怕比平时一个月讲的还要多。我对她有了大致的了解。她在南部的一个小城上班，被单位派送到工大进修半年。那天坐机场大巴被我错当成庄眉，她才通过车管所的朋友找到了我的电话。

我们聊起了上学时光，很容易找到了共同点。我们竟然还是校友，都是和工大遥遥相望的二环那边科大的毕业生。只不过我毕业两年后她才进校。我讲起了校文学社，我告诉她我是社长，办了份报纸叫《野草》，火得一塌糊涂，在校园里无人售报2角一份。她惊讶地说她还是文学社成员呢。她说报纸开学时还常见呢，后来半年才出一期。我便装痛心疾首状，叹息后继无人。她住26号楼，我告诉她26号楼原来是男生宿舍，和27号女生楼面对面，所以男生都喜欢坐在窗台上，有的弹吉他，有的看书，有的吹口哨，有的什么都不干坐在窗台上装酷。后来有个可怜的家伙一不小心从窗台上掉下去，摔断了一条腿。后来学校就把26号楼换成了女生宿舍。她将信将疑，我说我当时就住三楼45号，26号楼的最北头。有一天夜里突然听到楼道里喊声震天，我们以为地震了，许多人光穿着裤头就往外跑，结果发现是下雪了，我们班那帮广东仔在那大惊小怪哩。她乐得笑出声来。

三十

常总回来了，请我、齐悦还有杜老板去他的会所玩。

他的收藏会所在北郊一处偏僻的所在，不过风景还行。车从窄窄的一处水泥路面开进去，沿途是茂盛的树木，树干有手腕粗细。车行200米开外，迎面是古色古香的庭院。

常总早早在门口迎候，殷勤地亲自来开车门。"挺气派啊。"我说。"刚起步，"常总说，"下半年准备再向东边扩300亩。"

"真香，"齐悦边走边嗅花盆里伸展开来的花朵，"这是什么花啊？""蕙兰，"常总说，"我们专门从外地移植的。""嗯，不错不错，幽兰香风远，蕙草流芳根。"我说，"没想到常总这么有品位。"

"一有美女在场，江河就喜欢卖弄文采。"没等常总接话杜老板开口了。"杜老板你，成天挤对我！"我对杜老板做怒视状。"别闹，"齐悦笑，"你俩一见面就吵。""呵呵，"常总说，"这边请。"

我们步入展厅。地方真阔气，大约有800平方米，全部铺着红地毯。墙壁绘着仕女、飞天的彩绘图案，两排金光灿烂的水晶吊灯将室内照得华美通透。最珍贵的是展柜里展示的玩意，古玩、玉器、翡翠、石器、铜钱、书画应有尽有。绿的娇艳欲滴，白的晶莹透明，古的质朴无华。

"不错，不错。"我边看边对常总说，"今天算是开眼界了。"常总说："我这只是小打小闹。""这值不少钱吧？"杜老板问。"去年我们做了评估，值八个亿。"

"厉害厉害，"杜老板说，"这才几年你都成亿万富翁了！""我哪有这能耐，"常总说，"老板的，我只不过打理打理。""强将手下无弱兵，"我说，"管理这么多资产，你肯定也不赖。""见笑，见笑。"常总谦虚地说。

我们在展厅里浏览了将近半个小时。其间不时有散客光临，有打着旅行社旗帜的导游带着游客集体游览。导游介绍说这是本市最好的收藏会所，大家放心购买。

齐悦看上了一枚翡翠手镯，我则看上了一对貔貅，想着摆在办公桌上应该很气派。杜老板无心购物，向长相标致的导购小姐问这问那，逗得小姐窃窃直笑。

结账时常总给打了三折，甚是划算。我接了个电话慢了半拍，被齐悦抢先刷了卡。"这不合适，"我说，"哪能让女士掏钱！""行了，江河，"齐悦笑道，"你还是这么大男子主义。"我一时语塞。杜老板失望地嚷道："早知有人付钱，我也选一件！""多年的老朋友了，谁付钱都一样。"常总说道，"这边请，到贵宾室坐坐。"

我们好奇地随着常总穿过一扇金碧辉煌的大门，门口站立着穿蓝色西装站得笔直的工作人员，拿着对讲机传话："贵宾四位！"玻璃门应声而开，两排穿旗袍的接待小姐彬彬有礼地半鞠躬向我们施礼。

外间展厅十分气派，没想到里面别有洞天。两边展厅分别一字排开，陈列着各种奇石。有的红得像玛瑙，有的纯得如白玉，有的纹理奇异像天外飞石，还有的普普通通似河边鹅卵石。

"这是奇石馆，"常总开口了，"其实收藏这行业做石头最赚钱。""石头最赚钱？"杜老板疑惑地问道。

"对，一块石头值好几千万轻轻松松。"常总指着一块透着鸡血纹路的足球大小的石头说，"像这样的鸡血石，切开后如果'血'

量占到30%的话，市场价值在1000万以上。"

"啊，这么贵重！"杜老板说，"那你摆在这干吗，还不赶快拿去换钱！""这里面有学问哩，"常吉林笑道，"'鸡血'分布没有规律，东生一块、西生一块，有的石头表面有一大块红色，而里面一点红的都没有，有的恰恰相反，所以购买鸡血石毛料风险很大。""明白了，"我说，"像这块，外面看着红色厚重，也可能里面没有一点'鸡血'。""是这样。"常总说，"这才有了'赌石'一说。"

"赌石？"杜老板惊奇地嚷道。"就是掏钱买一块石头，赌里面有没有'鸡血'。"常总说道。"有意思！"杜老板说。"想不想见识一下？"常总神秘地说道。"见识一下。"杜老板说。"江总呢？"常总征询我的意见。见我有迟疑，常总解释道："赌石可不是赌博，这是一种奇石的交易方式，这是完全合法的！""见识一下也好。"我说。"那好，"常总说，"我带大家参观一下。"

常总说的赌石在最里间。门上写着硕大的"奇石交易中心"。工作人员放我们从后门进去。是个大学阶梯教室大小的房间，正中是一处高出地面约50公分的展示台，三面环围稀稀拉拉坐了20来个人。主持人一男一女，正激情洋溢地向观众介绍。

"现在出场的是今天的最后一位宝贝，产自内蒙古巴林右旗巴林鸡血石。巴林石的质地温润，色泽丰富，适合篆刻雕刻，是很好的印章石，也是观赏石中的佼佼者。请看大屏幕！"

屏幕上打出了石头的照片和介绍文字。

"这块石头外面鸡血分布均匀，色泽鲜艳，是块好石头，请大家抓紧时间考虑。"主持人说，"现在请礼仪小姐给大家观赏真石。"

一袭红色旗袍装束的礼仪小姐用托盘端上碗口大小的巴林石，供大家一一传看。石头的一侧有红色，像梅花绽放一样，面积还挺大。我们只是用肉眼端详，还有人用强光手电筒照来照去，仿佛那光亮能穿透到石头里边。

"怎么样？"杜老板问我。"我觉得还行。"我说。"齐总，你呢？"杜老板问齐悦。"我不懂。"齐悦说。

"常总你觉得有戏没？"杜老板不放心，小声咨询旁边的常总。"以我的经验，应该不会亏本。"常总说。"那好，"杜老板说，"江河咱合伙，一人一半。"

这块巴林石拍卖价5000元起，大伙一路加价，最后被杜老板以2万元成交。

我们怀着期待的心情让拍卖师用切石机切开来，欣喜地看见中部掌心大小一块艳丽的红色涌将出来。常总带头鼓掌以示祝贺。

我们运气不错，初战告捷。用2万元拍得的这块石头最后以38000元的价格回卖给常总的收藏公司。几分钟，我和杜老板各自收入9000元。

平白无故赚得9000元，我内心过意不去，特意请大家吃饭。饭桌上大伙畅所欲言。尤其杜老板对赌石一见钟情，和常总聊得热火朝天。

"对了，下月8号我们这要搞一个大的，到时欢迎你们来。"常总说，"上次金牛贸易的李总一把赚了50万。""真牛，"杜老板问，"你说的是前几天吃饭见的那李总吧？"

"是的，"常总说，"这人路子野，朋友多。北京管理公司的麦总还是他介绍的呢。""好，我们一定来。"杜老板说。"欢迎再来，你们这样的成功人士朋友多，多带些给我捧捧场！"常总恭维道。

"没问题。"杜老板说,"我这边好几个大老板,没啥事干正无聊着呢。"

"杜老板啥时候成成功人士了?"我笑道。"没你事,"杜老板冲我嚷道,"没看我正和常哥谈大事吗?"

趁杜老板出去接电话的空当,我低声问常总:"上次你说的那伙计,和老贾混的那个,联系上了吧?""哎,我这记性,把这大事给忘了!"常总一拍大腿,"我现在就打电话把他叫来。"

他掏出手机,划拉着屏幕,给我期待的那伙计打电话,结果传来"您拨打的电话已关机"的提示音。

"关机了!"常总尴尬地说,"肯定还在睡觉,这家伙是个夜猫子。""没事,"我把号码在我手机上拨了一遍,"我回头打给他。""也好,"常总说,"你报我的名字,他是我的小兄弟,人很仗义的。"

三十一

绕了那么大一个圈子，就是为要一个电话，结果常总那伙计电话关机了。不但早上关，下午也关，甚至三天过去了也没开机。我打电话给常总，他也无法联络上那伙计，只是说一有消息通知我。

看来真是众生百态。像我，老是掏出电话看，检查是否有漏接，生怕错过了某些电话。但有的人，整天关机，哪管旁人迫切地找寻。更有人，一去不返，在茫茫人海中再无音讯。

"没事，他总会开机的。"谢薇安慰我道，"可能出了什么事。"谢薇又来看猫。她抱着猫坐在沙发上听我讲述近日的进展。猫真乖，安静地任她爱抚。

"你表姐当年也是这样，忽然有一天就关机了。"我说，"然后是停机，再就突然人间蒸发，从此杳无音信。"

"具体是怎么回事？"她期待地看着我。

"我真的记不清了。"我说，"好像是他们公司，就是我给你说的那个骗子老贾，搞庆功宴。我可能喝多了，和你表姐闹了点别扭。她一气之下夺门而走，再也没有回来。"

"你打了她吧？"谢薇说。我愣住了，像被悟空施了定身法一样，惊讶了几秒才回过神来："听谁瞎说呢，杜老板吧？"

她笑笑。算是默认了。"别听他胡说，这家伙嘴里没实话。"我突然醒悟过来，疑惑地问道，"你和他怎么有联系？""上次唱歌他要了我电话，前两天打电话请我吃饭，说知道我表姐的事。"谢薇说。

"哦，"我说，"他都说什么了？""和你说的基本相同，只是宴会那次，他说你喝高了，我表姐前来劝你，结果你不由分说打了我表姐一巴掌，我表姐这才伤心地离开。"她说，"你不会否认吧？"

"我真的记不清了。"我说，"你看我像打女人的人吗？""从你的性格上看，倒是不大可能。"她微微一笑。

"这就对了，杜老板这家伙，别看是我朋友，经常暗地里给我使坏。"我说，"他老是觉得我抢了你表姐，所以一直耿耿于怀。""谁抢谁的并不重要，"她笑笑，话锋一转，"你爱我表姐吗？"

"这个嘛，"我说，"爱这个字能不能别挂在嘴边上，特别俗气。""俗气吗？"谢薇说，"我怎么觉得很美好啊。""所以说你单纯嘛。"我说，"社会复杂，人心险恶，姑娘你要当心啊。"

"是吗？"她故做顿悟状，"那我可要离你远点。""我是说杜老板，你和他最好不要来往，"我说，"这家伙可是花心大萝卜，见一个爱一个。"

"那你呢？"她笑着反问我。"我？"我说，"我这人天性善良，品行端正，如假包换的真正好人！""是吗？"她狡黠地说道，"夜进派出所的双儿是谁？还有富婆齐悦听说以前喜欢你来着？"

"别听杜老板瞎说，都是没影的事。"我尴尬地笑笑，"他还说我什么坏话了？"

她抿嘴笑而不答，起身告辞。她将脸颊贴近猫，亲昵地和猫作别。

"请你吃饭吧？"我真诚地挽留她。"不了。"她轻盈地起身出门，对我和猫摆摆手，咯噔咯噔地下得楼去。

三十二

现在想起来，除了莫名其妙的五月酒店和诡异的梦境，庄眉没有给我留下什么，唯独这只猫。

然而猫不见了。我一直不愿接受这个事实。但两天时间还未归来，猫定然是失踪了。

发现猫失踪是谢薇看猫后的第三天，星期二中午。我迷迷糊糊醒来，头有点痛，是前夜饮酒不节制的结果。原本每天这个时候我通常要去公司看看的。我看了看墙上的钟，时针和分针呈V字形，指向1:50。我给公司打了个电话，告诉值班的胖女孩下午不去了。

"早晨从下午开始啊。"胖姑娘显然乐得没人管，好全神贯注地在网上和人聊天，当然她也不忘和我这个头打趣几句。

"早晨从下午开始"，这话有点耳熟。我一边想一边打开电视，边刷牙边看。是本地台重播的探索频道的火山爆发的节目，解说员声音很有质感，解说词很精练："在夜的平静中，灾难悄悄降临——"画面切换，火山的岩浆倾轧而下，房舍、树木被摧毁的场景，一只猫在逃命——突然插播午间新闻，一个算不上美人但较可爱的播音员出现在屏幕上。

"新闻直通车，服务你我他"，我不由得随着她的语调说她的开场白。两点钟，午间新闻正点播报。我抬头看墙上的钟，期待"当、当"的两声声响。每到正点，钟声会如期响起。

然而令我失望的是钟声并未响起，秒针发出细微的嘀嘀声昭示着时间还在继续。

一定是钟坏了，我站在原地发了会儿呆。最近老有些奇怪的事发生，比如记得刚买不久的牙膏突然没了，只好硬挤出点了事；再比如水管老是一阵阵地响……再说有些恐怖片的味道了。一定是休息不好，感觉出了问题，单身的生活大概都是这样，我想。

突然想起了猫，我想先给它弄点吃的东西将就一下。打开阳台门的一刹那，一种异样感觉瞬间弥漫全身——猫不见了。

阳台上除了一堆酒瓶外加猫用来栖息的旧沙发外，再无他物。我在房间的各个角落仔细搜寻，不但床底看了，连衣柜顶上都细细找过，但猫显然不是在和我捉迷藏。猫的确不见了。

世上没有隐身术，猫当然不可能凭空消失，唯一的可能是猫从阳台窗户上溜走了。我设想了猫的逃跑路线，猫从沙发上跃上窗台，顺着晾衣竿，沿自上而下的暖气管道下地出走了。

我对我的推理很满意，想福尔摩斯来也只能如此推断。唯一的疑点是猫如何有杂技演员的功力从圆滑的晾衣竿上爬过去。但现在细节已无暇细想，关键是要把猫找回来。

我去小区四处查看，没见猫的踪影，倒是有几个女人在草坪上遛狗，形态各异的狗。我向她们打听有没有见到一只黑白颜色的猫。她们好像只对狗有兴趣，对一只猫的命运不大关心。"一只猫，值几个钱，丢就丢了呗，有啥找的。"几位女士显然因为我打断了她们交流养狗心得而显得不耐烦。

我几乎走遍了小区的角落，没见猫的踪影，假山顶，池塘畔，连小区臭乎乎的垃圾台我也爬了上去，当然不会有猫的影子。

当我绕着小区的供电站想猫是否会卡在顶上下不来时，被两个穿制服的门卫请进了值班室。我费了许多口舌才解释清楚我是小区的业主，刚才是在找丢失的猫。

"猫有腿自己会跑嘛，想回来就会回来，找什么找？"胖乎乎的值班室领导对我给他们添的麻烦很是不满。不过他们看了我的证件后本着为居民服务的宗旨，为我快放星期二小区门口的监视录像，并没有一只猫从门口溜出去。

"会不会被谁捉进家去"——话刚出口，不但我忍不住为自己的不高尚想法脸红，连大家的脸色也变得不悦。"这虽不是高尚住宅，也不是末等社区，住户的素质还是可以的。"值班室领导如此说道，令我汗颜不已。

三十三

猫的确神秘失踪了，星期五，我不得不接受这个事实。此前我一直以为猫是去散步了。如今看来，猫肯定是生气了，一去不归。

我怀着深深的内疚解析猫出走前的蛛丝马迹。我是星期二凌晨回家的。我不胜酒力。回到家，给猫弄好夜宵，但猫好像并不领情，想必对我身上留下的女子的香水味道过敏，鸣叫不止。我不管它，倒头睡了。一夜多梦，早晨8点时被它跳上床弄醒，爪子在我脸上磨蹭，我不胜其烦，将它关进阳台。而后蒙头大睡，醒来后猫失踪了。

猫定然是负气出走了。我无心上班，打电话给我伙计晚报周主编让登一条寻猫启事。他是我当年在报社当编辑时的同事，一直在报社工作。他为人有些清高，最近才升任副刊主编。

我说要悬赏5000元，登个寻猫启事在头版上。他十分吃惊："头版是很贵的啊，一般的信息版面上即可，何苦非要上头版呢？"

"头版效果好嘛。"我笑笑。

"而且，什么样的猫要5000元？据我所知，本市还没有一只猫值这个钱。"

"没事，"我催促他道，"你赶快给我安排，回头请你吃饭。"

"好吧。"他不甘心地挂上电话。

半小时后，就有业务员上门，我把钱和拟好的启事给他。他也表露出瞬间的惊奇神态，但没多说什么，他飞快地下楼，生怕我反悔。

第二天一早，我去楼下买了早点和晚报，回家摊在桌上细看。我的寻猫启事排在报纸头版的下部，一排大约3 cm×5 cm大小的报花广告中间，左数第五个。旁边是一家纯净水送货上门的广告，右侧是一家治疗性病出名的医院的节日义诊广告。

启事红底白字，很是悦目："寻猫，黑白相间，尾黑痣。寻回者酬金5000元。"落款是我的手机及座机号码。

我把启事看了三遍，边吃早餐，边翻阅报纸内容。今日报纸几无看头。头条是领导剪彩之类并配大幅照片。其他版面内容大同小异，社会版是环城公园发生抢劫案，其他是恶女怒杀情夫，恶徒抢劫未遂之类。经济版是经济学家畅谈收藏市场的广阔前景。只有国际版一篇M国研制成功空天飞船的报道让人心中一惊，编辑特意加了引言，说空天飞船可在大气层外飞行，从M本土出发，两小时可打击全球任何目标，有点骇人听闻。

我正准备细细看下去，电话响了。我迫不及待地接听电话。是关于猫的消息。

一个声音沙哑的中年男人的声音，说他刚刚收留了一只猫，黑白相间，只是尾上没有痣。我友好地谢绝了他要带猫上门的提议。但他显然不甘心："痣很可能自动消失了，这很有可能啊——"我挂上了电话。

隔了5分钟，第二个电话打进来了，是一个退休的编辑，他和我探讨广告文字的不规范，说"黑白相间"不就是花猫，他显然对我用词的不精确感到遗憾。我对他的不吝指教表示出由衷的感谢，他满意地挂上了电话。

第三个电话是一家宠物店打来的，电话里声音甜美的宠物店小姐先对猫的失踪表示同情，然后委婉地表明他们店里有各个品种的猫，"博士猫啊、西洋猫啊，甚至纯种的英国皇家猫都有。"当然哪，女孩表示，我一定会在她那里找到一只和我走失的猫一模一样的猫。"人有双胞胎，猫也有。"她说。在我挂电话前她不忘告诉他们店的地址，绕来绕去的一个很复杂的地址，我当然记不住。

晚报的广告效果果然不错，一天时间我总共接下了19个电话，其中有问我丢失的猫的详细情况的，有质疑我会不会遵守诺言进行酬谢的，有对我爱猫的行为表示赞赏的，其中也有保险公司推销保险的，也有一个打错电话的。总而言之，没有一个电话对我找猫有所帮助。

此时已是晚间6:30，电话开始沉默，想必没人打进电话了。我进厨房煮了一包方便面，加了点火腿，看见有剩下的火锅调料，索性也加了点进去，自制的激情面条，尝一下，味道还不错。

就在此时，电话响了。"喂。"一个女人的妩媚的声音。

"你的猫丢了？""是，一只花猫。""没有猫，你是不是很孤单啊。""有点失落。""需要人陪吗……"

"喂、喂……"我想打断他，可她喋喋不休："我这里有很多漂亮姑娘，有温柔纯情的，有火辣劲爆的……"

"不错，不错。"我开始和那姑娘调侃："收费吗。""当然！"电话那头说。

"要是免费还可以考虑"，我一本正经地做那姑娘的工作，"我都这么孤单，你忍心收费……""×××。"那姑娘终于忍无可忍，一改电话里温柔的语态，冲我破口大骂。哈哈，我忍不住笑出声来。挂掉电话，深呼吸，开始享受我的激情面条。

三十四

也不知睡了多长时间，迷迷糊糊我听到猫的叫声。"喵、喵、喵。"我听得真真切切，两长一短。我起身在屋里寻找，并无一丝猫的影踪。

猫已经失踪十多天了。我查了查刊登着寻猫广告的晚报上的日期，的的确确已过了很长时间。登报第二天之后我偶尔还接到几个关于猫的电话，但我的猫还是没一点消息。

猫到底在何方？这么长时间还无音讯，我对猫的命运担忧起来。很可能已经遭人谋害，甚至抛尸荒野。这样的想法有点令人难过。当然也可能遇到好的主人，猫从此乐不思蜀了。然而后者的可能性很小。

人生何以如此，实在难以预料。尼采说人类一思考上帝就发笑。我很少思考诸如此类深邃的问题，一旦我思考，我的头便隐隐作痛。

就在此时我接到一个陌生的来电，电话里是一女声，她一开口我就听出她是谁了，我在听音辨人方面有天生的敏感。哪怕是聊过几句的人我都能轻易地将他从记忆的角落里揪出来。

"小程姑娘啊。"我说，"我这两天正想给你打电话哩。"

"是吗？"听得出来她很高兴，想必是我听出了她的声音的缘故。

"猫找到了吗？"她问。

"还没有。"我说。我没有给她说过猫的事，想必是我在电话里询问杜老板有什么路子帮我找到猫，他讲给了他的小蜜，那小蜜又告诉了她。

"我认识个人在动物收容站，他说最近来了好多流浪猫"。"在哪？"她话音未落我已急不可耐。"你来接我，我带你去吧。"

我驱车到电子商城广场，远远看见程柏霜站在广场的旗杆下，我将车停在路边，摇开车窗，向她招手，她看见我高兴地向我小跑过来，拉开车门的一瞬间突然想起什么。

"等等。"她说。回来时手里多了两瓶绿茶，递给我一瓶。"谢谢。"我问去哪儿，她说："丈八宾馆附近。"

驱车一路向南。奇怪的是虽然有过一夜温存未遂的经历，但心理上和她还是有些陌生。想必她也有如此感觉，以至于车内一片寂静。

"上次的事实在抱歉。"还是我打破沉默。"不怪你"，她淡淡地说，话锋突然一转，"讲讲猫的故事吧？"

"没什么故事，一个朋友送给我的，我总不能给人弄丢了吧。"

"女朋友？""算是吧。""现在在哪？""不知道。""骗人？""真的。"……

说话间已接近目的地。程柏霜在电话里和她的朋友联系。在电话的指引下，车走错了两次，最后从一个不起眼的小道钻进去，拐了两次弯，冲进了一个小院。院子三侧皆平房，几只小狗跑来跑去，见我们来汪汪直叫。

一个三十多岁的男人在等候，程柏霜介绍说是她好朋友的老公，说我是她的朋友。看来他们很熟悉，中年男人问是男朋友吧，程柏霜笑而不答。

猫和狗集中在一间宽大的房子里，最外边是狗的王国，个个被铁笼子隔开，其中不乏体形硕大之辈，冲我们狂吠不休，明显属于挑衅。程柏霜吓得花容失色，紧紧拽着我的胳膊做掩护。我毫不畏惧，带着程柏霜昂首向前，步入里间猫的领地。相比之下猫倒像谦谦君子，仪态好看得多。十来只猫在一个大笼子里，有的假寐，有的蜷卧，有的凭栏磨爪子玩，有的无所事事。

我绕笼仔细查看，甚至把假寐者也用竹竿戳醒。然而结果令我失望，没有一个是我丢失的那只。

我们向中年男子致谢告别，他说凡是本市的流浪猫都会被送到这来。我给他讲了猫的特征，他说一有情况就通知我。

连收容站都没有！回家路上，想到猫极有可能已经惨遭毒手，撒手人寰，我心情无比沉重。

三十五

是时候干点正事了。我承认，因为猫的失踪，我的心中充满对庄眉的内疚。我决定寻找庄眉。既然她是我噩梦的主角，我没有理由不找到她。

我在工大南门停下车。一位穿着牛仔裤、白色短袖的漂亮姑娘拉开车门坐上副驾驶位。

"真美！"我赞叹道。她莞尔一笑："什么事，这么急？""我想去你表姐老家看看，你不会说不愿意吧？""当然愿意，"那姑娘说，"你愿意找我表姐去，我很高兴。"

那姑娘就是谢薇。我们驱车向K市市区进发。路上我告诉她猫神秘失踪的事，她很感兴趣。

"猫从沙发上跃上窗台，顺着晾衣竿，沿自上而下的暖气管道下地出走了。"她说："这也没啥奇怪，猫的攀爬能力非常强。""可能吧。"我猛踩油门，从一辆摇摇摆摆贴着斗大"实习"字样的小轿车旁超了过去。

"我没养过猫，家里养过只西施狗来着。狗比猫忠诚。"她说，"猫这种动物只要它觉得谁对它好，它就会到谁家去。""是不是？"我说。"真的，"她说，"小时候我姥姥家门口有只猫，我们把它抱进来，给它吃了几天鱼，主人找上门它都不愿回去了。"

"这么说，我的猫被别人拐跑了？"我心有不甘地说道。"你的猫逃走了，肯定是你对它不好呗。"她说，"老实交代，你干了什么坏事了？"她将小手握成筒状对着我，像是幼时玩的游戏。

"哪有。"我说，心里有点嘀咕。

车在连霍高速上一路飞奔。4个小时后我们终于到达了K市。K市是外省的城市，可是风物也无甚特别，也是高楼林立，车水马龙。

按照车载导航的提示，很容易找到了庄眉她家所在的M厂。我在网上查了M厂的资料，以前是一家万人军工大厂，不过现在已转成民用。

工厂生活区很大，俨然一个小王国。我将车停在一小商店边上，去买水喝，顺便问售货的满脸雀斑的姑娘："美女，派出所怎么走？"那姑娘惊讶地看看我："左拐，走到头就是。"

大型工厂都设有派出所，这点我很清楚。我依照雀斑姑娘的指引，很容易找到派出所的楼下。是一栋三层小楼，户籍室在最外间，里面挤满了人，不知做什么，十分嘈杂。见旁边一间开着门我便顺手敲了敲走了进去。

"啥事？"一位领导模样的中年民警抬起头来。"您好，"我说，"耽误您一两分钟，向您打听个人。""坐吧，"民警示意我们坐下，"你是干什么的？"我赶忙掏出身份证递上。"我们从西安来，找个亲戚。""叫啥名字？"中年民警将身份证递给我。"庄眉，是我表姐，"谢薇接话道，"她爸叫庄京生，好像是以前厂里的领导。"

"你说庄厂长，我知道。"中年民警说道，"他以前是分厂的厂长，后来被人举报查出了经济问题，进了监狱，家也被查了。他进去后他老婆提出了离婚，跟人走了。没多久他因病去世了。他是有个女儿，但没待在厂里……"

从中年民警那里我得知了庄眉家的情形。我没想到她有这样的家世。和她相处了一年时间，只知道她家在这，别的她没说，我也没问。

从派出所出来，我觉得心情沉重："都怪我，以前对她关心不够。""我们也一样，对她照顾不够。"谢薇说。

我发动车，驱车原路返回。原本计划游览景点的，此刻心情全无。"你们不是亲戚吗，怎么她家的情况你一点都不知道？"我问谢薇。"是远房亲戚，庄眉她爷爷和我奶是同父异母的兄妹。"谢薇说。

我揣摩了下她说的关系，十分复杂，用我一思考就发涨的大脑无法短时间搞清彼此间的关联，只好避重就轻。"是挺远的。"我说道。

"关键是两家不在一个层次上，那时庄眉她爸是厂长，我们家是普通工人，隔得又远，不走动自然就生疏了。"谢薇说，"我也是上初中时见过她一次。"

"难怪。"我说。"大家都说我俩长得很像。"谢薇说。"难怪我会在机场把你认作她。"我说。"你喊她的名字，我就立马知道你和她有关系，所以才会通过朋友打听到你。""看来咱们有缘啊。"我说。"臭美吧你。"谢薇说。

前方似乎出了车祸，车都被压停了下来。我下车去巡视，车流看不到头，看来我们遭遇大堵车了。

"出车祸，堵上了。"我重新坐回驾驶位。"那怎么办呀，"她说。"没事，"我说，"随遇而安！刚好咱也领略一下旅途的风景！"

"随遇而安？"她幽幽地说道，"随遇而安，逢场作戏吧！"我猛然一怔，想不到她突然说出这般不合时宜的话来："你对我表姐难道也是随遇而安，逢场作戏？"

我不知如何回答，讪讪地转移了话题。"听首歌吧。"我说，"跑长途容易困。"

我按下影碟的按钮，有一两秒延时，我听见王菲的歌声："明月几时有，把酒问青天，不知天上宫阙，今夕是何年……"

没人言语了，她低头摆弄手机，我则陷入深深的惆怅中。曾经有一瞬间，我迷恋于庄眉吟唱的神态。她没有王菲纯正的音质，却有发自内心的幽婉之态，在那刹那间我曾为她沉醉，我记得那晚我们喝了好多酒，我们一首接一首地点歌：《明月几时有》《挪威的森林》《追梦人》，不知为什么我们都喜欢这样伤感的歌。在KTV包间，她喝得烂醉，在抱她上出租车时，我的脸颊挨上了冰凉的东西，那时只有微微的恍惚，现在明白那是她的泪。

现在想起来，她很少笑。大多时候她都是郁郁寡欢、沉默寡言的。她的面容是娇美的，但她的美，是落日余晖抑或雪白明月这般的阴柔之美，鲜有春光明媚、雪国千里这样的畅快淋漓。

三十六

一路奔回来，已是晚上8点。路过海洋大厦，我瞥见杜老板的奥迪停在路边，车牌后三位是110，因而十分好记。尤为搞笑的是他的车贴"若要越车，除非坦克！"让人忍俊不禁。我将车停在110屁股后面。"干吗？"谢薇问道。"吃饭去。"我说。我下车来，趴在110车窗看，里面空无一人。我照轮胎踢了两脚，报警器鸣鸣作响。

福记酒楼灯火辉煌，坐满了人，十分热闹。我们上得二楼，选择靠窗的位置坐下。"想吃什么，随便点。"我将菜单递给谢薇说。"我不会点菜，还是你来吧。"谢薇微笑道，将菜单推给我。

我点了六七样，尽挑贵的点。谢薇说："要不了这么多吧？""没事，"我笑道，"等会儿有人请，你放开吃。""谁呀？"谢薇不解。"一会儿就知道了。"我对谢薇说。

我走到前台，拿起座机拨给杜老板："喂，杜总吗，我是一楼的保安，您的车玻璃被人砸了，麻烦你下来看一下。"我变着嗓子说。

几分钟后，我看见杜老板奔到车旁边查看。车完好无损，杜老板醒悟到被人戏弄，怒气冲冲四处张望。

我从窗户探出头去吆喝："杜大老板，抬头，二楼！"

"您老怎么有空过来？"杜老板上得楼来一屁股坐在我旁边。"路过，路过。"我说，"给你介绍下，谢薇。""见过。"杜老板说，"庄眉的表妹，上次唱歌见过。""你好。"谢薇落落大方地招呼道。"服务员，加套餐具，"杜老板喊道，"再加点菜！"

"够吃了！"谢薇说。"那就来瓶酒，"杜老板说，"这顿我请。""不合适吧。"我说道。"北郊是我的地盘，当然我请。"杜老板说，"来瓶红酒。""先生，你要什么酒？"服务员彬彬有礼地说。"来瓶八二年的拉斐。"杜老板说。"没有。"服务员摇摇头。"一四年的也行。"杜老板说。

服务员一样迷惑。"行了，"我忍俊不禁，对服务员说，"他逗你玩呢，把他卖了他也喝不起。""也没有。"杜老板装模作样道，"有啥上啥，把你这最贵的来一瓶。"

"××干红,298元一瓶。"服务员说。"就它了。"杜老板笑道。

"杜老板的豪爽是出了名的，尤其在美女面前，"我举杯，"感谢杜老板的盛情招待。""我这人也就这一个美德，"杜老板举杯和谢薇相碰，"你表姐当年是我先认识的，结果被江河这小子给撬走了。"

"是吗？"谢薇轻呷一口。"可不是，"杜老板说，"当年我念在兄弟情分上没跟他计较。""好好，算你让给我的。"我说。"可惜你看不住，把她给弄丢了。"杜老板遗憾地说道。"都怪我，"我说，"我们今天找他们厂里去了。""找到没？"杜老板问。"没有，房子都卖了。"我说。

"哦？"杜老板疑惑道，"就没有一点线索？""没有，"我说，"庄眉唯一留下一只猫，现在猫也不见了。""哈哈，"杜老板乐了，"连猫都不跟你了……"我耸耸肩做无奈状。

"庄眉不是你表姐吗？"杜老板问谢薇，"你怎么也没她消息？""我们是远亲，一直不曾来往。"谢薇解释道。"哦，"杜老板似乎不太明白，但没再追问。

"现在只有一个办法，可以查一下庄眉当年的号码，"我恭维道，"杜老板你面子大，给咱查一下吧。""没问题，"杜老板喜笑颜开。"号码？"杜老板问我道。"我哪记得！"我说。

"我也没有。"谢薇说。"你们都没有，难道我有了？"杜老板说。"说不定你真有，你当时对庄眉念念不忘，肯定记得住她当年的号码。"我说。"没有。"杜老板说。

"这个可以有，"我说，"谁都知道杜老板义薄云天，过目不忘，区一个号码当然会记得。""133××××××××，"杜老板说，"不过你们别费事了，这个号码早被别人用了。"

我掏出手机拨打这个号码。是一个陌生女人接的。我简明说明意图，对方说这号码是她机选的，已用了四年了。

"没骗你们，我早打过了。"杜老板说。"时间上正好，她之前是庄眉在用，"我说，"咱们去打一下四年前的通话记录，说不定能找到线索。"

"联通又不是你家开的，"杜老板笑道。"别说四年前，一年前的资料早就被删掉了。""试一下又不会死。"我不相信他所言。

"好吧，我给你们查。"杜老板无奈地说。他拿出手机给他朋友打电话。他用了免提模式，我们清楚地听见对方在电话里说："只能查前六个月的，四年前的所有信息早已不在了！"

"查不了，"杜老板说，"这号码四年前的资料早就被删除了！"

"真查不了？"我不信。

"真查不了，就算警察也没办法。"杜老板说，"孙子骗你！"

三十七

这世界上有一种人，路子很广，你要相信他的能耐。杜老板就是。我们常让杜老板给办事，比如解决扣车问题、销违章、弄演唱会票、弄火车票之类，杜老板能够满口应承。久而久之，他给我们留下的印象就是无所不能。其实大部分事情上杜老板是无能为力的，可他的态度很认真，每件事都应允下来，从来不拒绝。至于能否办成好像不在他的思考之列。但是这样一来给我们留下了依赖他的习惯。

杜老板说办不了的事情，我想可能真的不好办。但是我不同意他"警察也没办法"的说法，我对人民警察充满了无限的信任，警察如果真想查一个人的话，有的是办法。可是好像还没有到求助警察的地步。庄眉不想让我们找到她的话，求助警察似乎也没什么意义，何况，警察也未必会受理这样莫名其妙的请求。

但我还是给人民警察韩卉打了电话。韩卉这姑娘人如其名，容貌虽然不及庄眉和谢薇般出众，但是个很贤惠的女子。当年她未被安排正式工作在我们报社临时实习的时候，我被她言谈中知书达理的气质以及待人接物极好的分寸感所折服。她被分在我手下实习，我带她出去采访过几次。报社的小青年好几个都对她有意思，但她在警校时就有男朋友，他们几个都知难而退。后来，她男朋友工作调动过来了，有情人终成眷属，他们很快成婚了。

我在公安大楼对面的茶楼等她。不一会儿她上来了，穿警服的样子显得英姿飒爽。除了电话里偶尔联系下外，这是我和她多年后的第一次见面。

寒暄一阵后，她问我什么事。我说有个多年前的朋友，现在失踪了。

"失踪了？"

"是的。"我给她讲述了事情的大概。

"人不见了，这可不好办。"她略略停顿，"这样的情形很多，失踪三十年突然出现的人都有。人家说不定去了外地，很可能不想和过去再有瓜葛。"

"噢。"我颓废地靠在椅子上，"这么说就没办法了"。"那倒不是，"她说，"还可以报失踪，让警察找，问题你不是这人的直系亲属，你也不是她单位的人，你去报案也不合适。""这么麻烦。"我说。

她端起咖啡，拿起小勺送到嘴边，优雅地喝了一口："她到底是你什么人？女朋友吧？""算是吧。"我憨厚地笑笑。"你呀，老大不小了，也该解决个人问题了。"她说道。"没钱，人又不帅，没人看得上，成'齐天大剩'了。"我说。

"去去，肯定是挑花了眼。"她说，"找老婆不要太挑，好好过日子就行，要不我在我们单位给你物色一个？""那太好了，"我说，"我就喜欢人民警察，穿上警服英姿飒爽的。""那你要找长什么样的？"她认真地说。"就像你这样局花级别的就行，厅花就免了，咱配不上。""去，别捧我了。"她笑了，"不跟你瞎聊了，我还要上班呢。"看来她不喜欢我开这种玩笑。

我起身目送她离开。她边走边和我摆手："回头有合适的我给你打电话。""好，好。"我说。

我从窗玻璃上看见她穿过马路走进市公安局大楼，消失不见。

三十八

我刚打开微信，就被齐悦加到一个群里去了。群名叫"须尽欢"，整天把"人生得意须尽欢"这句挂在嘴上，不用想，群主肯定是杜老板。老六、常总、谢薇等人也在群里。

"欢迎江总！"齐悦在微信上发道。谢薇发过来个微笑的图案。杜老板则噼里啪啦发过来一堆字句："江总大驾光临，本群蓬荜生辉啊！""我对江河的崇拜如滔滔江水连绵不绝，如黄河决堤一发不可收！"

"同志们好，同志们辛苦了！"我试着打出几个字，发出去幽他们一默。"同志这词可不敢乱用，"杜老板发道，"江河这厮太落伍了。""呵呵，"我发道，"美女们辛苦了。"

齐悦发出一个鲜花的图案。"齐悦，听说你当年和江河好过一阵子？"杜老板发出这样一句话，外带傻笑的大嘴图案。齐悦发过来一个红脸上带一滴汗的图案，我不解其意。

"江河是和这位，"一直潜水不语的晚报周主编发言了，外带一张图片。图片上是山间的风光，一位消瘦的留着三七分头的男青年，和一位亭亭玉立的姑娘一前一后，似是前行，又像是举步又止。

"这谁呀？"我问道。"靠，江河，装傻哩，这不是你和庄眉吗？""是吗？"我发道。我端详图片，不由得倒吸一口凉气，照片上两人真有点像我们。遗憾的是图片像素太小，看不清面部模样，一放大就虚了。

"是你们。"齐悦发道。"这女的像庄眉，但这男的不是我。"

我发道，"我比他帅多了。""真不是你？"周编发道，"我真的当成你们了。"

"从哪来的这张照片？"我问道。"我在网上一个论坛上搜到的。"周编发道。"什么样的论坛？"我说道。"一个旅游论坛。"周编回道。"链接给我。"我回道。"找不到了，"周编发道，"当时也不知是找什么呢，搜出了这张图片，发到你邮箱，你一直没回复。""我已经三个月没进邮箱了。"我发道。

"别扯了，江总，这照片肯定是你。"杜老板发道，"你这汉奸发型很有特色，错不了。""汉奸头是五五分，兄弟。"我说道，"肯定不是我，我没到过这种地方。"

"别争了，"一直沉默不言的谢薇发道，"查下这地方就知道了。"

我再度审视那张照片，疑似我和庄眉的一男一女走在进山的小路上，背后是幽森的林木和杂草。所幸能看见半个门楼，牌匾被截掉了，依稀可见三个大字"山福地"。山字留了三分之二，因而可以推测辨认。

"山福地？"我问道，"这是什么地方？""上网查查。"齐悦发道。

在这样一个平淡乏味的周五午后，大伙的好奇心被这张照片吸引。对未知探寻的乐趣占据了上风，微信群暂时平静下来了。我也开始在电脑上搜寻。

我输入"山福地"，显示出一大堆相关条目。"旺山福地""花果山福地""紫金山福地"……应有尽有。我逐一核实，一一排除。

"查到了，顺山福地！"微信嘟嘟响起，杜老板发道，"有图有真相！"杜老板发过来一张景点的图片，是张景点门楼的照片，上面赫然写着"顺山福地"。和先前那张疑似我和庄眉的图片相加比对，最后我不得不承认就是这个地方。

"是这个地方。"我说。"欧耶！"杜老板发道，"兄弟我厉害吧！"大家纷纷发出赞扬的图案以示鼓励。

"现在你承认了吧，"杜老板发道，"顺山又不远，几十公里，你们去那不足为怪。""我承认两张照片有99.99%的相似度，但我不承认照片中的人是我。"我发道。

"死到临头还不认账！"杜老板发道，"明天一早去顺山，探秘带度假，费用我全包，大家有没有兴趣？"

"真的？"

"可以带家属不？"

"几点去？"

杜老板的提议像石头扔进水面，激起了纷纷浪花。大伙纷纷响应。微信群里热闹极了，除我之外纷纷发言，对杜老板的善举大加褒扬。

三十九

满目皆是碧草青禾，随风曳动绿色纹波。树都披上盛装，显得英姿勃发。时有果园闪过，粉色的、红色的花朵装扮其上，这季节的宠儿，它们在肆意地绽放。

大清早，我们在齐悦家小区门口汇合，我车上坐着谢薇和周主编夫妇。齐悦车上带了她公司一女孩。杜老板车上人多，老六带来了他低眉顺眼的小女朋友，还有杜老板一哥们，我们在杜老板办公室挖过坑（一种扑克牌游戏）。还有一个是个美女，我见过的，和我一起夜进派出所的程柏霜。杜老板把人朝齐悦车上匀。程柏霜却跑到我车边，愉快地和我说话，拉开车门和周编辑夫妇挤。杜老板喊："这车空着，谁嫌挤坐过来。"谢薇说："我来。"小跑几步上了齐悦的卡宴，和我们连招呼都不打。

杜老板这厮私自接来了程柏霜，明显别有用心。"走了。"杜老板喊道。我从车窗探出头去说，"杜老板你女朋友呢？"我指的是我们打麻将那次，和程柏霜一起的那女孩。"呵呵。"杜老板憨厚地笑笑。"出发！"他大手一挥，俨然像领兵出征的将领。

"你那朋友呢？"我示意程柏霜坐到副驾驶座来，好给周编和他老婆腾出空间。"你说珊姐吧？本来要来的，早上遇到点急事。"程柏霜话锋一转，"不欢迎我？""欢迎，欢迎，热烈欢迎。"我说。

我驱车跟在杜老板和齐悦的车后，沿环山公路奔驰，贪婪地享受这春夏之交的季节美景，向着神秘的顺山进发。山离市郊不远，大约一个半小时后，远远看见顺山景区标志性的牌楼，上书"顺山福地"四个苍劲的大字。顺山到了。

我们一干人等欢呼雀跃地下车，这地方真不错，依山傍水，景色秀美，连空气也是格外清新。我和杜老板去山庄前台办入住手续，其他人有的在外面赏景，有的坐大厅等。

"见过这位帅哥没？"杜老板问前台姑娘，"他是你们的常客。""没有。"姑娘认真地看了我一眼。我微笑着配合她的注目。"他曾经带一漂亮的姑娘来过，照片网上都有。"杜老板说。

"没见过。"姑娘说，一边麻利地给我们五张房卡。

简单安顿好，我们开始了征服顺山之旅。向上走过200米斜坡，就是进山的大门，"顺山福地"气势宏伟的门楼赫然呈现在我们面前。

大家被这气势折服，纷纷留影。杜老板硬拉谢薇摆出了那张疑似照片中的造型。

"像不像？"杜老板得意地问我。"像。"我笑道。"你别多心，"杜老板说，"我是好心，帮你找回记忆呢。""谢了。"我笑道。

顺山不高，以近45度锐角缓慢向上，这样的走势使得登山之路无比漫长。路上谢薇开始还和我在一块，偶尔说几句话，最后被杜老板拉到前面去了。杜老板一路上对她大献殷勤，她安之若素地欣然接受。其余人相互熟悉，有说有笑，气氛融洽，唯独把我和程柏霜落在最后头。

"不欢迎我？"程柏霜问。"没有，没有。"我说。"拉我。"她伸手撒娇道。我尴尬得不知如何是好。望着这个温柔的姑娘，她香汗淋漓，面若桃花，片刻的犹豫后，我伸出手去拉了她一把。就这瞬间的小小举动，不料还是被杜老板远远看见了。

"江河，进展够快，手都拉上了啊！"在山顶汇合后杜老板故意制造乱局。"哪有，你别乱讲。"我憨笑道。"我们都看到了，"

谢薇讥讽说，"拉手算啥，人家是老相识，一块进过派出所的患难之交。"

齐悦明白个中缘由，吃吃地笑。其他人则不明就里。"合影，合影。"老六识趣地给我解围。

我们在山顶凉亭中合影。合照解散后大家自由组合拍照留念。杜老板和谢薇也亲昵地合影。我注视着谢薇，她却不看我。

彼时清风习习，甚为惬意。我转过身来，眺望远方，苍翠的山峦起起伏伏。俯视脚下，深远的谷底遥不可测。突然我头晕目眩，几欲跌倒。

四十

山庄之夜灯红酒绿，人声鼎沸。大伙都累了，需要饮食的欢愉褪去身体的疲惫。

当然要喝点酒。杜老板举杯："作为地主，我很高兴能和大家一聚，第一杯为了我们共同的友谊，干了！"大伙站起来碰杯。男士一饮而尽，女士各抿一口。"第二杯，为了我们美丽能干的齐悦齐总，也干了！"大家再举杯。"第三杯，敬我们的周主编和周夫人，他们郎才女貌，相敬如宾，是我们的楷模，再干了。"大家复举杯。"第四杯敬我的两位好兄弟，六哥和磊哥！"老六和磊哥急忙站起，和杜老板相碰。我也站起身，还有我呢。我们四杯相碰，一饮而尽。

"第五杯，为了我们远道而来的美女谢薇，她是庄眉的表妹。"杜老板声情并茂地说道，"为我们的重逢，干了！""好，"我首先起身举杯，"干！""第六杯，有点特殊，一为故人，也为新人。"为江总和我们的霜儿的牵手干杯。我尴尬地起身，不知如何辩解。不料他接着说道："由来只有新人笑，谁能听到旧人哭！"

"我……"还未等我发声，他话锋飞快地一转，"庄眉是我让给他的，结果他给弄丢了！所以我一直对他有意见。"他继续说道，"该不该罚他三杯？""该！"磊哥应道。"我怪想她的。"杜老板嚷说："江河你想她不？""想，"我说，"我们都想她。"……

这顿饭吃到很晚才结束。杜老板明显喝高了，他赖在谢薇和齐悦的房间里不走。齐悦打电话叫我过去。杜老板拉着我不让走，非要玩牌。我和齐悦对家、杜老板和谢薇，玩三副牌的升级。

我和齐悦配合默契，一路打到K。杜老板和谢薇才打到6。中间程柏霜过来了，这姑娘胸无城府，腻在我身边看了一会儿，呵欠连天跑去睡了。

我们其实都困了，但因杜老板坚持，只好陪他玩。到凌晨三点，他自己支持不住了，哇的一声吐出来，倒头睡去。

她俩清扫完毕，要了我房卡，把杜老板留给我。"总得留个人照顾他吧。"我说。"你留吧。"谢薇说，"或者你家双儿也行，那么乖巧照顾人多合适。"

齐悦笑而不语。我将房卡递给她们。我将杜老板拖上床，帮他脱掉鞋，盖上被子，算是照顾完毕。

正是夜静人寂的时刻，喧嚣散尽只剩落寞。我突然睡意全无，拉开房门向外走去。值班的姑娘趴睡在前台上，门口的中年门卫倚睡在椅子上，一动不动，仿佛已熟睡千年之久。

我拉开酒店大门，微弱的凉意袭来。外面是深不可测的黑暗。整个酒店的灯火都已熄灭，只留下屋檐下几柱照灯的暗黄光芒。我步上斜坡，再次来到门楼下。什么都看不清，只剩下微弱的轮廓依稀可辨。

唯一的景象残留在脑海里，是微信群里那幅疑似的照片，照片中的男女神色寂寥，相隔数步，他们是否如我在找寻什么？

那是我吗？如果不是我又会是谁？

我缓缓伸出手去，想要抓住什么，可是徒劳无功。群山已融入这无边的黑暗中去，月亮藏匿不见，花草树木芳踪难寻，我伸出去的手臂也被夜色吞没。

我突然感到后背渗凉，有如芒刺在背！我惊恐地回过身去，看见梦中人蹲在房顶上，明亮的双眸像星辰在暗夜中熠熠闪光。

梦中人！真的是梦中人！

我揉了揉眼睛，再看去，梦中人已消失不见，屋顶上幽暗莫名，不见一丝人迹。

四十一

胡大师在我办公室四处巡查。

"水为财，饮水机不宜摆在进门处，搬走！""设置一屏风以隔邪气。""办公桌要换个方向，背靠墙壁，这样才能靠实。""鱼缸里的鱼要双数，再买一条。""墙上的字杀气太重，换掉。"他一口气给我开出了多个"药方"。

"没问题，马上改。"杜老板一边恭敬地对胡大师说，一边示意我办公室的胖姑娘按照吩咐做。

"唔。"胡大师从墨镜里审视我，"老板属相？""蛇。"我说道。"蛇乃水中之物，"胡大师沉吟片刻，"金生水，水生木，木生火，火生土，土生金，五行相克，缺一不可，多一亦不可。"

我们静候他说出下文。"老板姓江，姓中带水啊，"他饱含深意地看我一眼，欲言又止。"大师尽可明说。"我说。

"一般人我也就点到为止，但你是杜总的朋友，我就明说了。"胡大师说道，"你五行多水，本月又是彗星当值，所以流年不利呀！"

"怎么破解？"杜老板问道。"这个，"胡大师说道，"须得金玉之器破解！""金玉之器？"我疑惑地瞅瞅杜老板。

"就是金佛之类，纯金的，许多大老板办公室都摆着。"杜老板解释道。"那得多贵呀，"我说，"我一小公司，哪有这实力。""小点也行，"胡大师说，"不过效果要差点。""铜的行不？"我说。

胡大师笑了。他仿佛在嘲笑我的无知。我赶忙圆场："还有没有别的替代？""这个，这个，"胡大师露出为难之色。"这是我最好的哥们，多少年了，最近一直不顺，大师你就帮帮他吧。"杜老板求情道。

好吧，胡大师从怀里一阵摸索，掏出一个物件。

"这叫马牙种翡翠文殊菩萨吊坠，在白云山开过光的，就送给江老板吧。""不错，不错。"我接过看了看，翡翠物件倒不是很俗。"好东西，好东西。"杜老板赞扬道，"多少钱？""谈钱多俗气，"胡大师说，"我们道家只度有缘人，既然这宝物和江总有缘，就送给江总了。"

"无功不受禄，"我说，"这东西我不能要。"我欲将吊坠还给胡大师。胡大师做出了阻止的手势，双手比画，暗示我接受，否则是对神灵的不敬。我惶恐地收下，趁大师去洗手间的空当问老板需要给多少钱。杜老板说三五千，让我看着给。

大师从厕所出来，我提议请大师去吃饭。胡大师说，吃饭乃人生第一大俗事，能不为之就尽量不为之。杜老板解释说大师现在每日一餐，多进水，可强身健体。我似懂非懂地点头称是。

我将3000元红包塞给胡大师，他略作推辞欣然接受。我和杜老板送他到电梯口，他满脸堆笑和我们挥手作别。

"这值多少钱？"我靠在老板椅上问杜老板。"三五百吧。"杜老板说。"什么？"我怀疑听错了，"你不是说三五千吗？""三五千是人家的出场费。"杜老板振振有词。

"你是不是觉得哥傻，找人来忽悠我？"我愤愤地质问杜老板。"你不懂，现在流行这个。"杜老板笑道，"你都背成马哩，花几千元买个好运气绝对值。"

"我背吗？"我反问道。"庄眉丢了吧？猫丢了吧？派出所进了吧？你今年的几个大单都没成吧？你还不背？"这么说还真有点背。我想了想："进派出所是不是你告密？""孙子告密，"杜老板说，"你碰上扫黄打非了。"

"好了，不跟你扯了，"我严肃地对杜老板说，"反正这次又被你忽悠了，你们这是在搞封建迷信，往大里说都涉及犯罪了！"

须
尽
欢

四十二

"江总吗？"电话里常总的声音极富磁性。

"你好，常总。"我说。"我那小兄弟回来了。"常总说，"你们在哪？我马上过来。"我说。"凤城二路大海洋茶楼。"他说。

我把车停在女生楼下，给谢薇打电话。几分钟后谢薇下来了。

"上车。"我说。"干吗？"她疑惑地问道。"关于你表姐的，"我说，"有个人和你表姐在东北待过一段时间。"

听到她表姐的消息，她不假思索拉开后门上了车。"坐前面来吧。"我说。"后面挺好。"她说。"呵呵。"我笑了。

"你真有男朋友？"我问她。"你管！"她说。"要不以后跟我混吧。"我说。"就你，自个儿都混不明白！"她毫不留情地打击我。"咳，"我尴尬地笑笑，"哪儿不明白了？"她不再理我。

常总的小兄弟叫齐东，瘦高瘦高，二十六七岁的样子。他们比我们早到，在茶楼里候着我。常总给我们相互介绍，安排我们聊。我怀着满心的希望想从他这里得到庄眉的消息。结果我失望了。因为他说，庄眉根本没有跟他们去东北！

那一年，老贾突然决定要去东北，他们连夜坐火车走的，许汉军、齐东，还有一个东北伙计。"根本没有一个女的。"他说。齐东当时处于老贾圈子的外围，受到许汉军的赏识，所以在最后时刻被老贾带上了。

"我们到了龙江，许汉军出面给我找了一处单元房安顿下来。每月老贾给我发5000元，数目还行，所以我高高兴兴地在龙江待了快两年。结果有一天老贾和许汉军跑了。我们打他的电话，先是关机，再后来停机了。还好房子没到期。我就在夜总会找了个保安的工作，一干就是三年，去年才回来。"

"你们在龙江，老贾整天忙啥？"

"干啥我不知道，有时叫我租个车接人送人啥的。"齐东说，"偶尔也装黑社会吓唬吓唬人。"

"这期间你没见过庄眉？"我问道。"没见过。"他说，"庄眉我知道，她没跟我们走。""你确定？"我说。"当然。"他说，"从西安走的时候就没见庄眉，在龙江也没见过她。"

"那你后来有没有听过老贾或者许汉军说起过庄眉？"我问道。"没有，他们谈事都把我支开。"他说，"我也不愿意掺和他们的事。""哦。"我说，"许汉军死了，在西山省被人捅了13刀！"

"不会吧？"

"警察说的。"

"老贾呢？"

"他没死，不知跑哪去了。"

齐东和常总走了，留下我和谢薇面面相觑。我们都以为庄眉跟老贾他们去了东北，谁知事实并非如此。庄眉压根就没和老贾走！

"你真的不知道你表姐去了哪里？"我问她。"我怎么会知道？"她说。她的表情颇为沉重。"迟早会找到她！"我说，"老六前年在昆明世博园见过她。"

我给她转述了老六在世博园见过庄眉的场景。她听得十分认真，确知她表姐的信息，她这才放下心来。"晚上跟我吃饭去。"我征询她的意见。"不了，晚上还有课。"她说。

四十三

周六一大早，我就被方董叫到环山公路上，他是一次饭局上杜老板介绍给我认识的，是某集团公司的独立董事，大家都叫他方董。他打算在环山路上立几面广告牌，立好后把广告牌交给我公司运营。此前接触过几次，我告诉他广告牌手续不好批。他说他关系硬让我不必担心。

方董开着一辆大奔，虽是老款，但保养得油光锃亮。我跟在他车后面，每到一个路口他都下车巡查，研究立牌的位置，在纸上标注。不知不觉已过了十几个路口。

"方总，一个牌子得几十万，全下来得近千万，咱没必要铺这么大吧，"我说，"这资金……""小兄弟你不懂啦，"方董说，"咱上面有人，项目太小报不上去啦。""噢。"我似懂非懂点点头，继续跟着他奔波。

中午一点的时候他才结束勘察。我们在附近的农家乐就餐。结账时他抢着付钱但手机半天扫不上。"我来。"我从钱包里抽出两张大钞递给农家乐女老板。"不好意思，"方董说，"最近开支大，微信被限额了，转不出钱了！"他说。

"没事，没事。"我说，"谁付都一样。""你有现金没，先给我拿点，我晚上还有个应酬！"方董说。"我包里只有3000元，够不？"我打开手包，把所有现金都拿出来了。"行。"他说，"下次见你还5000元！"

方董兴致盎然，打算继续看几个地方。恰好齐悦打来电话。"齐局好。"我无比恭敬地说道。

齐悦来电让我和她去呼延院长的商旅学院。呼延院长和麦总的合作成了，下午举行签约仪式，邀请齐悦、我、杜老板参加。

"好、好，"我说，"我马上到。"我对方董说教育局的齐局让我过去一下。"好，好，"方董羡慕地说，"江老弟你路子很广嘛！""回见！"我摆摆手和方董告别，掉转车头向西飞驰而去。

呼延院长的学校在西咸新城。我跟着导航走，一路畅通，没费多少时间。大门口有门卫，我懒得跟他们废话，目不斜视径直开了进去在停车场停好。十多分钟后我看见齐悦的红色卡宴、杜老板的110奥迪一前一后开了进来，在我车旁停下。

齐悦从车里出来，打扮得珠光宝气、光彩夺目。紧接着杜老板也打开车门下来，副驾驶上跟下来一姑娘，竟然是谢薇！"同志们好！"我笑吟吟地迎上前去。杜老板不自然地迎接我的拥抱，谢薇摆摆手算是打招呼。齐悦耸肩表示与她无关。

签约仪式在学院会议室举行。主席台上背景墙上打着"热烈祝贺××商旅学院和麦估国际签署战略合作协议"的标识红字。在镁光灯的聚焦下，呼延院长和麦总同时在协议书上签字。合作达成了！

"这老麦一把就弄了100万！"杜老板嘀咕道。"换作我一万我都不给，明显被人骗了。"我说，"这帮孙子现在都成大忽悠了。""你就是胆太小！"杜老板数落我，"被老贾骗过一次见谁都是骗子！"

"吃一堑长一智，"我说，"你小学老师没教过你？"齐悦拉了下我的衣袖，示意我们影响到别人了。"你不会上当吧？"我小声说。"先看看，不急着下结论。"齐悦说。

我们只是配角，跟在人群后面在学院参观，完了各自上车跟他们去附近的镇政府重点打造的杏花小镇吃饭。小镇和学院隔一个村子，其实是个规模很大的山庄。山庄风物甚为独特，以杏树为主要林木，花期已过，挂上了青涩的小杏。步入庄园，小桥流水的景致，绿油油的菜地。不单天是湛蓝的，空气也格外清新。尤为特别的是一排排篱笆隔起的自耕田，30平方米一垄，可以认领。

菜地绿油油的，西红柿和黄瓜都已成熟，挂在叶蔓上，像盛装的列兵接受我等主人的检阅。齐悦和谢薇显然喜欢上这田地了，左摸摸右看看兴致盎然。工作人员说一年1888元一块，要是买的话，地里的菜都归你们了，而且收了这茬想种什么就种什么。"不错、不错，"杜老板说，"回头我全种成小麦，磨成面送给大家，杜老板牌。""我种上盆景，你们办公室的绿化我全包了。"齐悦接着说道，"你呢，江河？""我准备种成葡萄树，酿成美酒，"我含笑对齐悦和谢薇道，"葡萄美酒送二位美人呗。""呃——"杜老板做呕吐状："江河，你拍马屁真是脸不红心不跳！""呵呵。"我笑笑。"你呢，谢薇？"杜老板殷勤地问道。"我准备全种成鲜花，朋友们谁想要就免费来摘。""好主意，这叫锦上添花，比江河的品位高得多了去了！"杜老板说。

"杜老板，这叫送人玫瑰手留余香！"我说。"一个意思，一个意思。"杜老板埋怨道，"江河这厮仗着文采好整天欺负我！"齐悦和谢薇抿嘴浅浅地笑。

晚宴比较丰盛，呼延院长带了他的副院长、财务总监、办公室主任以及两位漂亮女老师。麦总一行悉数到场，康副总、她的漂亮女律师也在，还有其他几位没见过。我们这边是齐悦、杜老板、我和谢薇。到场的还有常总和投资公司的光头李总。

呼延院长说了开场白，大意是和麦总的合作已经达成了，感谢大家的支持，特意一聚。来之前常总已经告诉我，麦总公司已经着手给呼延院长包装学院上市的事了，已经打了100万前期费用。

这帮人都是场面中人，尤其呼延院长带来的办公室王主任，打诨插科把气氛弄得十分融洽。他带领他手下两位女老师给大家不停敬酒。不一会儿大家都上头了。除了齐悦、女律师、谢薇喝红酒保持清醒外，所有人都醉了。

四十四

几千亩的山庄设施应有尽有，宾馆自然不在话下，房间早就备好了。杜老板醉得像死猪一般，上楼时我连拉带拽，他就是不醒。无奈我只好把这厮扛了上去。谢薇在后面，和齐悦一步一颠地拾杜老板掉下的鞋子、钥匙串、钱包、打火机、安全套，收获颇丰。

给我们安排的都是两人一间的豪华套间。我把杜老板扔到里间床上，拉开被子给他盖上，他醉得死气沉沉，看样子一时半会儿是醒不来了。齐悦把杜老板遗下的小玩意扔到桌上，捂着嘴打着哈欠说她困回房去了。谢薇在烧开水准备给杜老板泡茶解酒。

她说："说正经的，你最后一次见我表姐是什么时候？""2010年国庆前后，"我说，"我不是告诉过你了吗？"

"他们说你打了她？"她说。"没有的事。"我说，"杜老板说的吧，他的话你最好别信。""顺山的照片上是不是你？"她问道。

"不是我。"我说。"我觉得就是你。"她说。

"长得像的人多了。"我说，"那照片那么虚，脸根本都看不清楚。""你是不是有什么隐瞒着？"她问。"没有。"我说，"天地良心，真的没有。"

"好吧，暂且相信你，"她起身告辞。"晚安。"她说。

杜老板睡得无比香甜，刚一会儿就鼾声大作。仿佛置身炮火纷飞的战场，趁着战斗停歇的间隙我匆忙入睡，可刚闭上眼就被杜老板炸雷般的鼾声惊醒。我踢他两脚他踏实几秒，少顷却又卷土重来。他的鼾声高潮的到来极无规律，时长时短，或紧或慢，所以我要时刻提防这巨大声响何时到来，实在苦不堪言。

我打开电视，电影频道正在播放久负盛名的老片《卡桑德拉大桥》，我躺在沙发上瞄了一会儿。也可能是累了的缘故，随着影片中列车的飞逝，我渐渐进入梦乡。

列车继续前行，窗外是崇山峻岭，我身边的乘客面目陌生而狰狞，倒是邻座女子面容俊俏，我忍不住盯着她看，突然发现她竟然是谢薇。"谢薇，是我。"她看我一眼，竟然没有反应，只顾和对面的两男士说笑。"是我，江河啊！"她竟然看都不看我一眼。满车的人仿佛都在看我，还有人窃窃私语，还有人指指点点……我一下子怒从心起，猛地坐起。

"怎么啦？"我睁开眼来发现谢薇弯腰在我身旁，双手还握着被角，看样子正准备给我盖被子，不料被我吓了一跳。

我注视着她俊俏的面容，如梦境中一般，虽然我知道她是无辜的，但梦中的怒气还未消散，只能迁怒于她。我一把将她揽入怀中，口中念念有词，竟敢不理我！"什么？"她一边挣扎，一边问我。

"没什么。"我放松了侵略的步伐，当然她的抵抗也随之减轻。但她还未能逃离我的掌控，我一只手揽着她的腰际，她半躺着在我的怀中，一只手推着我的身体，想做困兽之斗。我看着她的眼睛，清澈而明亮，她也不甘示弱，双目圆睁看着我。按照影视里的片段，男女主角对视之后，将是剧情的进一步升华，但是在她无声的凝视下，我败下阵来。

"你可别误会，你们睡觉不关门，电视也开着，我这才进来看看！"谢薇摆摆手说，"走了，走了！"

一觉睡到11点，睡眠充足，顿觉神清气爽。我推开窗户，清晨的夏风扑面而来。放眼望去，杜老板、齐悦、谢薇在田间漫步。他们有说有笑好不热闹。我饶有兴致地看了几分钟，他们发现了我。谢薇远远地向我招手，在阳光的照耀下，她的面容被镀上了一层瑰丽的颜色，我觉得美极了。

可是，这却似乎是她不经意间展现的美，并不愿意轻易被人拥有。午饭后返程时，我和杜老板都拉开车门虚位以待，可她冲我们摆摆手，上了齐悦的卡宴，一溜烟走了，留下我们面面相觑。

四十五

我约老六在茶秀见面，问他知不知道我那一周时间里去了哪里。我最好的朋友杜老板及老白能够指证我失踪的事实，但却不知道我失踪的具体情况。当然我也不知道，那么，能知道我那一周干了什么的，可能只有老六了。

"你不是跟老贾出去办事了吗？"老六很诧异。"跟老贾？"我很吃惊。"别人不知道，我可知道。"老六很神秘地说。

"哦？"我充满了期待。"其实我早就怀疑老贾了，所以我一直在跟踪他。"老六说。"跟踪他？简直成了警匪故事片了。"我大吃一惊。

"嗯。"老六说，"我早就怀疑老贾有问题，但还是抱有一丝幻想，指望一把翻身，事成后老贾给个几十万。所以我跟踪了老贾将近一个月。"

"难怪那段时间老不见你。"我仿佛想起点什么。老六这家伙虽然和我关系不咋的，但他和杜老板合得来。有段时间杜老板叫他打台球，老不见他人影，原来跟踪老贾去了。

"那次在外贸中餐厅吃晚饭，我跟踪了老贾。"他说。"哪次吃饭？"我打断他。"最后一次聚餐，在外贸宾馆，就你和你女朋友闹翻那次。"

"女朋友？"我愈加迷惑。"庄眉啊，她不是你女朋友吗？""算是吧。"我说。看来在我迷失记忆的那段时间里，我的确和庄眉有过矛盾。"你够过分的，那天你不停地喝酒，"老六说，"茅台酒，你一口一杯，你一个人喝了一斤多。""不会吧？"我说。"你喝高了，你女朋友过来劝你，你知道你干了什么？"老六说。

"干了什么？"我问。"你叫人家滚，但你女朋友人真不错，脾气真好，人家没生气，还是在旁边照顾你，最后你竟然要对着酒瓶吹喇叭喝。你女朋友把瓶子给你夺下，没想到你当众打了人家一巴掌。太过分！你耍酒疯打女人，的确很过分！"

"不会吧？"我说，"你们是不是和杜老板合伙来逗我玩？""真的，千真万确。"老六说，"我对你这人一直挺佩服的，但这事，你做得实在没品！"

四十六

我颓然向后靠在椅子上。看来我打了庄眉的传言是真实的。

"后来呢？"我问。"你女朋友跑了出去，你也没去追，杜老板帮你追去了，但没追回来。"他说。"你这么一闹，酒是喝不下去了，老贾把你叫出去了。"老六继续回忆道。

"你不说我喝醉了吗？"我质疑老六。"你酒量不错，一斤酒还喝不倒你，只不过有七分醉，走路有点摇晃罢了，其实你心里清楚着呢。"老六说。

"我出去找你们，恰好看到老贾上了一辆黑色的帕萨特，你被两人推着上了辆三菱越野，都是甘肃牌照。我打了辆车跟你们，那车左拐右拐，我跟到土门十字时，你们的车闯红灯走了，出租车司机非要等绿灯亮，结果把你们跟丢了。"

老六讲故事一般讲述了我们最后一次晚餐的情形。我将信将疑。我努力想找出他故事里的破绽："编吧，要是真的，你以前怎么不讲？"

老六淡然一笑："你不也不说嘛，你和老贾干吗去了，你一直保密得很好嘛。"老六继续说道："我把你们跟丢了后，立马给老贾打电话，一直没人接，我便给老贾发短信说刚才看见他和你了，不会出什么事吧。一会儿老贾短信回过来了，说他带你去办个重要的事，让我一定要保密。"

"一个人只有保守秘密，才有人信赖你。更重要的是这秘密用得好可以转化成财富。"老六话锋一转，"你们到底干什么去了？"

"真的有这事？"尽管老六说得有板有眼，但我还是不信。

"不方便说就算了。你们消失的这一周时间我老是担心老贾带你携款跑了。"老六说，"我还专门去了老贾公司，公司一切正常，秘书说老贾出差去了，很快就回来。一周后老贾回来了。我找到他，他给了我20万，说是投资分红，许诺月底他事成后连本带利再给我50万。没想到很快他就消失不见了。"

"幸亏我下手早，否则我和伙计们投的这20万就回不来了。"老六说，"你投的钱回来没有？"

"回来了。"我说，"杜老板、老白，还有我投的钱都退回来了。"

"这还不错，大部分人的钱都被老贾卷跑了。"

四十七

我和老六谈了一会儿老贾，谈了一会儿杜老板，最后话题又转移到我和老贾出去的一周时间上。如果老六所言为真，那么这一周我到底去了哪里？为什么我一点也想不起来呢？实在匪夷所思！莫非老贾给我用了什么致人遗忘的药？哈哈，我边想边笑出声来。

"笑什么？"老六问。"你们就合起来骗我吧，"我说，"故事编得蛮不错。""信不信由你，"老六说，"这秘密我已经保了五年了，杜老板我都没说，这家伙嘴不牢。"

"咱弟兄们，我肯定信任你，只是我的脑子现在不好使，以前的事实在记不住了。"我说。"你好好想想，"他说，"不过……"

"不过，"他欲言又止，"凭直觉我感觉你们是被绑架了。""绑架了？"我疑惑地看着他。"嗯，你们肯定是被绑架了，所以你不愿意说。"老六笑道。"胡说，"我笑道，"越说越离谱了。"

"算我没说。"老六不自然地笑笑，拿起放在桌上的手机看了看时间，"我该走了，等会儿还约了个人。""好，你先忙。"我说。"走了。"他起身告辞。

我目送他走出茶秀，心里揣摩他刚才的话有几分可信。老六和我并无深交，他是西郊一个小混混，当时跟老贾混的时候，也只是在外围，吃饭时连老贾和我们这一桌都上不了，所以我对他说的话原本只有五成相信。他怀疑我们被人绑架，简直是开玩笑。

我在一段我没有一点印象的往事里经历了警匪片的情节被人绑架，实在是难以置信。我曾经因为庄眉用矿泉水瓶砸他让他颜面尽失，莫非他记仇，专门编故事寻我开心？

正思忖间，闻听外间锣鼓声大作。服务员说，是对面的休闲会所在搞庆典仪式。我从茶馆出来，走到车边，看见雨刮器下整整齐齐别着几张票券。是休闲会所的优惠券，五周年庆典当日得此券可享五折优惠。

"盈盈一水间，脉脉盼君来——玫瑰会所欢迎您！"我看了看优惠券，附庸风雅的宣传词配着身着轻纱的曼妙女子演艺图案，不伦不类！

我把优惠券折成一团，瞄准前侧的垃圾桶，瞄准，抛射，竟然准确无误地命中！

哈哈，去你的玫瑰会所！我得意扬扬地驱车离开。

四十八

我尽管不相信老六所言，但是心情很好。

我相信你会有同样的感受。有时候我会觉得阴霾密布，心情无比沮丧，倒霉事接二连三；有时候心里阳光明媚，遇事一帆风顺。

现在我正经历这样心情惬意的时刻。一路上我把专门刻制收藏的老歌来回放着听，我最喜欢的罗大佑的《恋曲1990》《追梦人》《你的样子》，伍佰的《挪威的森林》，周传雄的《黄昏》，王菲的《但愿人长久》，陈明的《我要找到你》。我把音量调到适中，再次享受这让人舒心的歌声，并不由自主地哼唱。一代人有一代人的歌，已经到了说大不大说小不小的尴尬年龄，幸好还有这些老歌陪我们走过岁月的风尘。

音乐中的时间总是很短暂，我意犹未尽，车已至小区楼下。我上得四楼，摸出钥匙打开家门。

房子里依旧乱七八糟，我换下来的脏衣服胡乱扔在沙发上，茶几上我剩下的零食依然残留于此，并没有"田螺姑娘"来清理。

我打开电视，将脏衣服扔到一边，坐在沙发上准备看会儿卫视回放的热播剧《潜伏》。突然听到细细的沙沙的声音，卧室里像是有什么响动。

莫非进了小偷？我心想。最近报纸老报道小偷猖狂入室行窃之类的新闻。我顺手提起茶几上的一个空酒瓶做武器，准备给小偷点颜色。我连西郊的混混老六都敢打，何惧一个龌龊的小偷。我猛地推开卧室门，准备给小偷一个突然袭击。

门打开，一只猫窜了出来，没有小偷的踪影！

猫回来了！我双手举起猫，兴奋之情自不必说。喵喵，猫见到我也很高兴，它欢快地向我示好。

我仔细查看猫的周身，身体完好、毛色光滑，也未见消瘦。看来猫失踪的生活并不是太差。

我撕开包装袋，将残留的猫粮倒在盘子里给它吃，猫像刚出狱的人一般贪婪地进食。

在猫进食的空当，我走进卧室，查看猫回来的路线。卧室阳台的窗户我一直打开着，风雨无阻，为的是给猫留下回家的通道。现在，猫如我所愿，像它离去时一般，从上下贯通的水暖管道上爬上来，再从开着的窗户跳进屋子里。我探出头去观察窗外，虽然从水管道攀上窗户稍有难度，但猫的确做到了。

猫回来了，我的心情更加愉悦。现在一切不快即将过去，是的，没有什么比心情愉悦更有价值了。

但是这愉悦没有持续几分钟，一个更大的问题突然出现在我的脑海。

四十九

猫是在失踪两个月后的一个星期二下午重新出现的。我迫不及待地告诉谢薇这个喜讯。

"猫回来了！"我说，"我的猫曾经于两个月前神秘失踪，一度我以为它已不在人世，如今却又神秘归来！"

"神秘归来？"谢薇不解。"是的。"我开始讲述猫回来的蛛丝马迹。"中午我去见一个朋友，然后去了趟公司。回到家是四点钟。开门时听到房间有响声，还以为进了小偷，进屋后才发现是猫回来了。""失而复归，好事啊。"她说。"问题是猫回来的方式。房门紧锁，猫是怎么进来的呢？"我说，"猫难道会有穿墙术不成？""不会吧。"谢薇迈步到卧室的阳台，开窗探出头去观察地形。

"肯定是从水暖管道上爬上来的。"她指给我看。这是旧式建筑，窗子外面自上而下分布着碗口粗细的水暖管道以及各家粗细不一的晾衣竿。"猫自下而上，爬上水暖管道至和窗子平行的位置，沿着晾衣竿爬过来，跳到窗台上，再跃进阳台，进到屋子里。"

"可是我的窗户和水暖管道还有一段距离。除非猫有杂技师的功夫，或者能飞檐走壁。"我说。"动物的本能是很厉害的，"谢薇说，"有报道说猫从五层楼跳下去竟然没摔死，人要是摔下去早就死了。"

这我也听说过。猫从一个较低的高度跌下时，确实是能够马上调整它的身体安全地四脚着地。看来动物的确有人类无法比拟的特殊功能。想到这，我暂时打消了对猫高难度回归的疑惑。

"喵，喵。"一直蜷缩在沙发上酣睡的猫醒了，如同人午睡后伸懒腰一样，它发出了惬意的叫声，提醒主人它的存在。"宝贝来。"谢薇蹲下去向它发出友好的邀请。猫噌的一下钻进谢薇的怀里。

"可是——可是我还是觉得有点不对劲。"我说。"乖，真可爱。"谢薇将猫举起在脸上蹭着玩："你是不是小说看多了？""小说？"我说。"嗒。"谢薇用眼睛余光扫过茶几上的《象的失踪》。刚才等谢薇回来的时候，我翻出了这本《象的失踪》，查看猫归来和象的失踪有何异曲同工之处，但徒劳无功。

"这本书我看过，讲的是一只象以奇怪的方式消失，不可思议。你不会是中毒太深了，把小说中的情节搬到现实中来了吧？"谢薇说。

我哑口无言。"好了，乖，"她打趣道，"等会儿同学聚会，我先走了。""宝贝再见。"她和猫告别。在关门的一瞬间，她不忘再次叮咛我："不要胡思乱想哦。"

猫在屋子里走来走去。我注视了它片刻，靠在沙发上，翻看那本《象的失踪》。忍不住拿起手机翻看通讯录，想找人诉说。可翻来翻去，不知道找谁才好。

恐怕是某种效应作怪，尽管我表面上已经认可谢薇关于猫从开着的窗子进出的推断，但内心深处我实在不能相信猫是自然归来的，我开始了对周遭事物的怀疑。

一定是感觉出了问题。我强迫自己不再胡思乱想以免走火入魔。我从床上坐起，因彻夜未眠的缘故，脖子僵硬，头疼得厉害。我起身活动筋骨。打开窗户，窗外阳光明媚。猫从栖身的竹篮里懒洋洋地探出身来，发出喵喵的叫声，提醒到了进食的时间。

须尽欢

五十

尽管办公室都按胡大师的要求重新布置了，却还是未能带来好运，反而变本加厉了。

星期二早晨，我早早到办公室，打开电脑，悠然自得地边听歌边浏览新闻。突然手机发出噔噔的声响，有新信息进来了。

我点开一看，大惊失色，竟然是一条勒索彩信。

"江总好！照片上的这个姑娘你还记得吧！你干了什么自己清楚！速准备20万现金。不要报警，否则我把你干的好事全部抖出来！到时你进去了别怪兄弟没提醒你！钱准备好后等我电话！"

彩信上的照片赫然是那天周主编在群里发的那张疑似我和庄眉在顺山牌楼下的照片，竟然有人用这张照片向我勒索20万！

我定了定神，给发信息的这个号码拨电话，传来"您拨打的电话不在服务区"的提示音。我再给杜老板打，能和我开玩笑的只有杜老板。

"嘟嘟"，电话响两声后传来杜老板浑厚的声音："喂。""喂你大爷！"我说，"杜老板，能行啊，敲诈都玩上了，你觉得有意思吗？""什么事？"杜老板佯装无辜。我懒得和他纠缠，直接把短信转发了过去。

片刻工夫，杜老板电话过来了。"我靠，"杜老板兴奋地说，"原来有人敲诈你！""不是你发的？"听他发现新大陆般兴奋的语调，我减轻了对他的怀疑。这事好像真不是他干的。

"这种事咋能开玩笑！"杜老板说，"看来你真遇上敲诈了！""拿张照片敲诈我，有没有搞错呀！"我说。"你先别急，"杜老板说，"我离你不远，一会儿到你那。"

我给几个有可能开玩笑的朋友打电话，他们纷纷表示没给我发什么彩信。我想起周主编，顺山牌楼下的照片是他首先发在微信群里的。但是依他拘谨的性格，平常连玩笑都不可能开，别说这样的敲诈恶作剧。

我简单地描述了事由，周主编感觉事态严重。他说："你别着急，我马上去你那。"

约莫二十分钟，周主编和杜老板一前一后进了我办公室。我给他们看了手机上的敲诈彩信，确定我的的确确被犯罪团伙盯上了。

可是，我们纳闷的是区区一张照片有何威力能够震慑我要到20万？

我打开邮箱，终于在垃圾邮件里找到几个月前周主编发给我的这张照片的链接地址。是本地一个不太知名的旅游论坛里发的帖子。帖主名叫"春天里的放牛娃"，他发了疑似我和庄眉的照片，帖子标题很长："无意间找到的相机里的风景照一枚，超有意境！"发帖时间是2010年6月25日15:27。这张照片没有一个跟帖，所以早早地沉在众多的论坛帖子里。帖主"春天里的放牛娃"的资料十分简练，除了注明是男外，其他信息一概空白。他是个懒散的人，注册两年来总共发了三张照片，其余两张，一张是秦岭风光，一张是樱花盛开的原野。也是无人喝彩，一个跟帖都没有。

我迅速在这家论坛注册，然后给他留言，说我是照片的主人，想买他这张照片，请他看到后给我打电话。

"会不会是这个'春天里的放牛娃'敲诈我呢？"我问道。"不大可能，网上有他信息，他跑不掉的，他不会这么笨。"周主编说。"那会是谁呢？"我说。"网上的信息，看到的人多了去了，"杜老板说，"关键在于人家为啥用这张照片敲诈你？"

"你问我我问谁去？"我说，"真不是我和庄眉，只不过有点像罢了。"我没有说谎，网上这张照片不是专业人员所拍，拍摄位置很远，人物很小，一放大，面部图像就虚了，根本看不清楚。

"要不要报警？"周主编说。"报警也行。"杜老板说，让警察帮咱们查查也好。

"还是别报，咱以不变应万变，他不是还要打电话要钱吗？"我说，"咱就陪他玩玩！"

须
尽
欢

五十一

整整一周过去了，我时时刻刻留心着诈骗集团的电话。遗憾的是他们始终没有打来，我拨过去，电话始终关机。网上发帖的"春天的放牛娃"也没有给我留言。

看来的确是恶作剧。我整理了一下思绪，准备给杜老板打电话找人打打牌轻松一下。刚调出他的电话准备拨号，不料他先打过来了。

"喂，"我说，"杜老板有啥好事情？"电话那头杜老板的声音出奇地平稳，甚至有些欲言又止："江河，有件事我想告诉你，但不知道怎么说才好。"我打趣道："杜老板啥时变得这般扭扭捏捏，有话就说有屁就放！"

杜老板沉默不语，看样子在做思想斗争。"是不是老贾找你了？"我说。"不是。""那是庄眉出事了？""不是。"

"到底是什么，你说不说！"我说。"是关于谢薇的。"杜老板说。"谢薇怎么了。"我问道。"唉，你现在过来吧。快，工大东门。要快啊。"杜老板说完挂掉电话。

在好奇心的驱使下我驱车来到工大东门，老远就看见杜老板的奥迪停在那里。我将车停在奥迪的屁股后面，向它按喇叭。杜老板从车窗里探出身子示意我过去。

"什么事？"我钻进奥迪里。"自己看吧。"杜老板的情绪有些低落。我顺着杜老板的视线看过去，看见对面饭店里一个熟悉的身影。

"不就和人吃个饭嘛，有什么大惊小怪的。"我说。"你再看。"

杜老板说。

从我的角度刚好看见谢薇的侧影，她和一个模样斯文的陌生男士正在共进午餐。吃饭倒也罢了，要命的是谢薇对那男的言谈举止间很是亲昵。

"不会吧。"我说。"刚才我路过的时候正好看见他俩，谢薇当时还挽着那男的胳膊。我气不过才给你打电话。"杜老板说道。

"你确定是路过，不是专程来找谢薇？"我笑着对杜老板说。"怎么会！"杜老板说。

"这姑娘你搞不定的。"我转过视线对杜老板说，"走，凑个牌局，刚好手痒了。""就这样走了？"杜老板说，"这不便宜那小子了！"我呵呵一笑："凡事顺其自然，不得强求！"

就近寻得一家茶楼，我和杜老板上得三楼临窗而坐。杜老板打电话约人朝这赶。等人过程中我俩向服务员要盘象棋厮杀。杜老板依旧不是对手，我棋风凌厉，杀得杜老板人仰马翻。

再来再来！杜老板主动缴械，重新摆过。我瞅准杜老板的一个破绽，跃马踩双车。"悔一步。"杜老板说。"不行，不行！落子无悔，哥都给你讲过多少回了。"我说。

杜老板低头凝视棋盘，做苦思冥想状。"不急，您慢慢思考，"我说，"哥如个厕去。"

我去完厕所出来，遇上一男一女从楼梯上走上来。我习惯性地瞄那姑娘的脸盘看。一看乐了，想必这附近就这一家像样点的茶楼，谢薇和她的相好吃完饭也到这来了。

"这么巧？"我说。谢薇抬头看着我，瞬间脸涨得通红。

我和那男的热情握手自我介绍："我是她表哥。"一边招呼他们一边含笑说，"小薇也真是，有男朋友了也不说一声。"谢薇给他介绍："江河、杜老板。""久仰，久仰。"那男的热情地再度和我握手。杜老板也热情地起身招呼。

想必没有心理准备，那男的受宠若惊，诚惶诚恐地和我们坐到一起，起身给我和杜老板发烟，并招呼服务员拿单子过来问我们需要什么，他请客。

杜老板说："别的也不要，就来条华子吧。"服务员用眼光征询那男的意思，那男的略有迟疑。"这烟太贵了，别听他的。"一言不发的谢薇开口阻止了。

"开玩笑哩，两包好猫，"我对服务员说，"再来个果盘。"

五十二

"在哪高就？"杜老板点着一支烟和蔼可亲地和那男的套近乎。

"工大上研究生哩，今年毕业。""研究生哪，高知识分子，不错不错，难怪我们小薇会看上你。"我说。

那男的笑笑，侧头看了谢薇一眼。谢薇不自然地一笑，用小竹签挑着水果分给我们："吃东西。"

"毕业后准备在哪工作？"杜老板继续发问。"本来我爸让我回他公司帮他，但现在看小薇的意思，留在西安的话，可能在软件园上班。"那男的说。

"待遇不错吧？"杜老板问。

"年薪30万。"

"前途无量。"我说，"你爸什么公司？""一家医药公司。规模不大，也就一百来号人吧。"那男的说，"你们在哪发财呢？"

"流浪社会没人疼，瞎混哩。"联想我的连我共5人的小公司，我倍感惭愧。"要是你们不嫌弃的话，你们到我爸的公司吧，他刚好准备在西安建个分公司，正缺你们这样的人才。"那男的说。

"那太好了。"我做欣喜状。"别听他们瞎说。他们一个个游手好闲，好逸恶劳，只会干些空手套白狼的事。还是让他们在社会上自生自灭去吧。"谢薇插话道。

"才几天就胳膊向外拐了。"我笑嘻嘻地看着谢薇："小心我回去给姨父告状。""切。"谢薇很识时机地一只手挽住那男的胳膊，做亲密状，眼睛并不看我，很是得意。

"打雷了，下雨了，收衣服了！"突然间冒出搞笑的铃声，我们忍俊不禁，原来是杜老板的手机响了。这厮总喜欢把铃声调成乱七八糟的东西。这次他换成了大话西游里唐僧嘶哑的嗓音，迎来一片欢笑。

"在这里。"杜老板站起身给大厅里刚进来的两个人打招呼。我起身："我们去包间打麻将，要不一块去？"那男的眼光看谢薇征求她的意见。

"他们都是闲人，你别跟他们搅和。"谢薇断然拒绝。"还没咋呢就护上了。"我笑对谢薇说，"这几年哥白疼你了。"

谢薇眼光闪烁，并不理会。"下次吧。"那男的满脸笑容接过话来。

五十三

我们鏖战至晚上9点，分出胜负由输家请客。在夜市吃完烤肉，喝完啤酒，我愉快地哼着小曲上楼回家。我伺候猫吃了晚餐，然后半躺在沙发上看电视。电影频道里刚好上演大片，《了不起的盖茨比》，拍得真他大爷的好。开篇就高屋建瓴、发人深省：我年纪还轻、阅历不深的时候，我父亲对我说，不要轻易地判断他人，尽量去看他们最好的一面，这句话我一直铭记在心里。

我坐直了，盘腿在沙发上，将音量调大，贪婪地观看，生怕错过每一句话、每一个画面。

突然门铃响了。我打开门，谢薇怀揣着书站在门口。"不欢迎啊？"谢薇说。"哪能哩。"我把她让进门，夸张地伸头在门外巡视："我表弟呢，没跟你一块来见见我这表哥？""少来。"她说。

原来她是还书来的。她将书放在茶几上。"打你电话怎么不接呀？"她问。"有吗？"我看了看手机说，"调成静音了，没听着。"她在侧面的小沙发上坐下。"咪咪"，她叫猫，猫一纵身就跳到她怀里。

我重新盘坐回沙发："冰箱里有喝的，自己动手。"说完自顾自盯着屏幕看。"能不能说说话。"她一边爱抚着猫一边说。"好啊。"我说，眼睛始终不离开荧屏。"能不能不看电视！"她有些恼怒。

"别，多么经典的电影，原著是21世纪百部英文小说排名第一的。"我说。荧屏上花心汤姆正准备带他的小表弟尼克外出寻欢，画面突然开阔无比，美国西部风光顿时展现在面前，配音十分嘹亮且富有激情："纽约与西艾格之间，一个灰尘四溢的地方——灰烬谷！"

"砰。"谢薇上前不经过遥控直接将电视无情关掉了。一片白光之后荧屏发黑，神秘的灰烬谷不见了。

"说说话吧。"看她动气，我从沙发上坐起，正襟危坐。"你是不是生我气了？"她说。"没有呀。"我说。"真的没有？"她说。"真的没有，我生你气干吗？"我说。"那就好！"她说。

"我表弟（我指那男的）还真不错，一表人才，学贯中西，家境殷实，老实可靠。你可要抓紧了。"我说。"那是，"她说，"不像你们，安于现状，不思进取。你看你们整天就知道打麻将、唱歌，没见你们干一件正事。你们挣钱的方式也就是托干的事，低价弄进，高价卖出。"她说。

我瞠目结舌。

"虚荣心还强，找女朋友要找漂亮的！道德也不咋样，都被弄进派出所了！尤其是你，还爱装！就拿今天来说吧，明明心里难受，还装着没事一样。女孩谁跟你谁倒霉。"她继续道来。

"还有吗？"我强忍心中不快，脸上笑容不减。"还有，更重要的是你们做人不真诚！""不真诚？"我不解。

"拿我表姐来说吧，你和她究竟发生了什么，你就是不肯说。"她说，"起码的信任都没有，叫人如何相信你！""你姐的事我解释过多少次了，我真不记得了。"我说。

"谁信，"她说，"这话谁都不会信！""你不信我也没办法。"我说，"反正这是事实。""哼，事实，"她轻蔑地说道，"你不说，不会是心虚吧！""心虚，我心虚什么！"我抗议道。"心虚什么你自己知道！"她不甘示弱。"欲加之罪，何患无辞。"我说。

我重新打开电视，其实已经心不在焉了。

影片的氛围慢慢从喧嚣、浮华过渡到寂寥、落寞，一如现在我的心境。"整个夏天的夜晚都有音乐声从我邻居家传过来。在他蔚蓝的花园里，男男女女像飞蛾一般在笑语、香槟和烦嚣中间来来往往……"这是最初喧嚣。可到了最后，只剩下人去楼空的苍凉，身为作者的"我"带人重探故地："于是我们奋力向前划，逆流向上的小舟，不停地倒退，进入过去。"

"于是我们奋力向前划，逆流向上的小舟，不停地倒退，进入过去。"——这话说得多好！我何尝不是在逆流倒退，想要进入遥远的过去！可是，我找不到入口。过去是一片暗无天日的黑森林，我徘徊在它的边缘，无可奈何地屈服于它的暗黑魔力。

五十四

射击场内阳光明媚，齐悦在举枪聚精会神地瞄准。她一身运动服装扮，甚为干练。我注视着她，她全身被阳光笼罩，洋溢着温暖的感觉。

"好枪法！"我鼓掌道。

她回头来看见了我，莞尔一笑："来试试？"我摆手道："这是你们女中豪杰干的，我不行。""你等等，我去换下衣服。"她笑笑。

我踱步到露天休息区找个台子坐下，蓝色职业装的服务小姐过来问我需要什么服务。我私自做主给齐悦点了杯玫瑰红茶，我记得从前她喜欢喝这个；给我自己要了杯毛尖。

齐悦换装过来。粉色的短袖上装，和她的肤色甚为搭配。"以前我怎么没发现你原来有这么美！"我笑说。"后悔了吧，"她做出扬扬得意的表情，"谁叫你当时一根筋地追庄眉！"

"呵呵，"我笑道，"此一时彼一时，现在也有机会嘛。""没机会了，"她笑道，"我可名花有主了。""唉。"我做惋惜状。

她端起茶杯抿了一口："大老远这么急跑过来，江总不会是来跟我叙旧的吧？""齐总的唯一缺点就是太聪明了。"我笑道，"的确有事，还真被你猜着了。""关于庄眉的事吧？"她说。"是。"我喝了一小口茶，平静地说道。

"我和她没什么交情。"她说道。这我知道，她和庄眉当初是同事，但关系不怎么样。齐悦说过庄眉的坏话，庄眉也没少说齐悦的不是。但是我必须从她这里打开缺口。

"那年五一你们公司最后一次聚会，他们都说我打了庄眉，你有印象吧？"我开门见山，直接切入正题。"听说了，说你借酒发疯打了她一巴掌。"齐悦说，"不过我那天请假了，并不在场。"

"这样啊，"我说，"后来的事你还记得吗？""后来？"齐悦说，"你那庄眉我再也没见过。""我是说老贾，"我问道，"老贾是啥时候解散公司，跑去外地的？""7月份的时候，公司同事打电话说老贾跑了。"齐悦说道，"我不信，去公司一看，大家都在议论说老贾跑了……"

从齐悦的叙述中，我得知事情的真相。那年五一聚会过后不久，老贾就带许汉军、庄眉跑了。打他们电话都不通。此前财务女孩接到老贾的电话说公司遇到麻烦让大家就地解散。6月份的工资已分别打到大家的卡里，所以除了失望外也没人有意见。倒是有很多给老贾投钱的投资者不停打电话询问老贾的去向。后来大家为生计各奔东西，很多人彼此失去了联络。

"听说你去了深圳。"我说，"走之前也不打个招呼，太不够意思了！""走之前我们一起吃过饭，溜冰，"齐悦说，"在土门伊丽莎白溜冰城，你还和人打架。你不记得了吗？"

"有这事？"我疑惑地说道，"我怎么不记得了？""你是故意的，还是真不记得了？"齐悦狐疑地说道。"真不记得。"我说。"我现在老是头痛，一想问题就头痛，所以把一些事都忘记了。"

"头痛？有没有去看医生？"齐悦关切地问道。"看了，也开了药，没啥作用。"我说，"不是啥大问题，不想问题就不疼。""看来你是用脑过度，"齐悦说，"调养调养就行。"

"我在伊丽莎白和人打架，"我问道，"有这事？"

"你把人家撞着了，好在咱人多，把你们拉开了！"齐悦说，"你不会不记得了吧？""确实不记得了。"我说。

"这之后不久我就去了深圳，一待就是五年。"齐悦说道。"你咋不给我们打电话？"我不满地说道。

"你们电话都停机了，我打给鬼啊。"齐悦说，"我换成深圳号码，和你们也再没联系。要不是上次去银行办事碰到白纲，还不知道你们在哪里。"

"停机了吗？"我说，"肯定是杜老板给我逼停的，他用我的身份证办了好几个号，欠费了被移动一锅端了。"

…………

五十五

我驱车回家，一路上思潮起伏。

虽然思想开小差，却一点都不影响开车的进程。我双目圆睁，脚踩刹车及半离合，在6点的高峰时段艰难移动，思绪却远远地跑到遥远的从前时光。

那时候齐悦是对我有好感的，这一点我早有觉察。但因为庄眉的缘故，我和她保持着一般同事的关系。我在老贾公司意外见到昔日的报社同事庄眉，和她坠入爱河，一直是秘密地发展，直到齐悦的介入，庄眉才高调地将我们的关系示之于众。

那天是在郊县的某个景区，老贾公司组织大伙外出旅游。景区是一个大型水库改造而成的。水面波光粼粼，水深且幽青。我们荡舟其上，甚感惬意。为避嫌，庄眉没和我一船。齐悦和另外一男一女同我分在一艘船上。他们游兴大发，一直划到水库尽头，这才返回。

上岸后，我和齐悦落在最后，我们并排走着，享受着从水面荡过来的凉风，聆听着鸟的鸣叫。突然，齐悦主动握住了我的手。我本能地挣脱。一时气氛尴尬，彼此无话。我们默默地走到宾馆门前，庄眉和同伴们在准备晚间的篝火晚会。她扭头过去，装着没看见我们。

篝火晚会开始了，老贾致辞对大家的支持表示感谢。他唱了一首《莫斯科郊外的晚上》，没想到声音竟然十分浑厚，博得大家由衷的掌声。随后依次是他公司的副总、投资人代表发言，我也被推选上台随便应付了几句。

再看庄眉时她已不在座位上。我乘人不备溜进宾馆，敲开了庄眉的房门。她趿拉着拖鞋给我开门，复又侧卧在床上，支起身子看电视，把台换来换去找不到理想的节目。

"跳舞去？""不去！""怎么了？""没怎么！"

"谁惹你了，我收拾他去！"我笑说。"好意思说！就差泡水里不出来了！"她愠怒道。"怪我吗，你又不跟我一船。"我知道她在说齐悦。"这不给你们制造机会吗！"她说。她吃醋的样子真可爱。我笑了："走吧，咱俩冲浪去，他们那冲锋艇不错，要不试试？"

我俩从宾馆侧门钻了出去，手挽手走到水边。已是晚上9点，船上人已经下班了。值班室里还亮着灯。我们走到跟前，看船的大爷已经靠着椅子睡着了，桌子上摆着小菜，一瓶二锅头只剩下些许。

我蹑手蹑脚溜进去，拿起桌上的钥匙再溜出来，我顺手拾了两件搭在栏杆上的救生衣我们分别套上。看船大爷巡逻的摩托汽艇就在水边上。我解开绳索，骑了上去，庄眉乖巧地搂着我的腰坐在后座上。"走了！"我扭动钥匙，猛踩油门，摩托艇像离弦之箭向着广阔的水面飞奔而去。

空旷无垠的水面，任人驰骋。风越过耳际，呼啸而过。四溅开来的浪花，在月色中泛起点点亮光。

"要不要再快点？"我得意地大声问她。"不要！"她回答道。却把我搂得更紧了，分明是鼓舞。

"好嘞！"我将油门踩到底，摩托艇加速向前飞驶。不料前面是一个硕大的水上浮标，我急忙猛打方向，摩托艇重重地摔倒在水面上，我俩都被抛了出去。都只是瞬间的动作，我从惊慌中回过神来，游到她的身边。

"没事吧？"她不说话，紧紧抓住我，显然受到了惊吓。幸好有救生衣的保护，一会儿她就从惊恐中缓过神来。"都怪你！"她埋怨道，"怎么回去啊？""不怕，一会儿杜老板就会找到咱的。"我说。

我对我的好伙计杜老板充满了信心。事实如此，不一会儿，我俩正随波逐流，仰头研究天上的星辰，杜老板驾驶着摩托快艇找到了我们。他围着我们转了两圈，这才幸灾乐祸地停下，阴阳怪气地说："敢问二位这是要殉情吗？"

我呵斥道："少废话，救人要紧！""只能救一人，你们说救谁？"杜老板说。"废什么话，"我说，"当然是美人先！""不，要救一块救！"庄眉认真地说道。"好我的姑奶奶，"杜老板说，"我先救你，他自个能游回去。""你狠！"我佯怒道。

杜老板说到做到，没再管我，等了好一会儿，才来了两艘救援船，他们合力用绳索将我那翻倒的快艇翻正，系在船尾，连我一同提溜了回去。

大家都在岸边等我，包括老贾、庄眉、齐悦，这一下我和庄眉的事大白于天下，尽人皆知。

五十六

该来的终究躲不掉。

星期三下午，勒索短信又来了。

"钱准备好了吗？"

"好了。"我回复道。

"等电话，晚上我告诉你地址，你一个人来，不许报警，否则后果自负！"

"不敢，不敢！"我说。

我火速叫杜老板过来商议。

"还真有人敲诈你啊？"杜老板一进门就嚷道。

"我原以为是有人开玩笑，没想还真的来敲诈了。"我说。

"赶快报警！"杜老板说。

"先别！"我说，"等等看，我倒想看他们玩什么花样！"

杜老板盯着我看了几秒钟："江河，你老实说，是不是干了什么见不得人的事，有把柄落人手里了？"

"哪能呢，"我说，"哥一直是遵纪守法的好公民！"

"上一条勒索信息我看看。"杜老板说。

我把信息翻出来给杜老板看。"江总好！照片上的这个姑娘你还记得吧！你干了什么自己清楚！速准备20万现金。不要报警，否则我把你干的好事全部抖出来！到时你进去了别怪兄弟没提醒你！钱准备好后等我电话！"

一张疑似我和庄眉的照片，想要勒索20万！我百思不得其解。杜老板也想不出有何奥妙。我俩只好一支接一支地抽烟，坐等电话再次响起。

晚上10点的时候，一个陌生的电话进来了，骗子换了新号码。"现在出发！"电话里说。

我驱车出了小区车库，杜老板的奥迪紧跟在后面，他车上坐着老六和上次顺山之行见过的杜老板的伙计磊哥，还有一个没有见过的平头小伙小姜。

"向西上南三环！"电话里勒索人命令道。"南三环，别跟丢了！"我在刚建的微信联络群里对杜老板他们四个说道。"好嘞，"杜老板说，"哥的车技您老放心，跟到火星都不会丢！"

我从西万路桥下拐上三环，穿过锦业路口，电话又来了，让上西三环。我微信语音告知杜老板。"靠，警匪片啊，不停换地方！""少废话，"我说，"哥的安全全仰仗各位了！""哈哈，江河这孙子害怕了！"杜老板说。

我加大油门，从西高新拐向西三环。西三环为南北车行必经之地，车流突然多了起来，尤其是多了晚间才允许通行的大货车，开得飞快，轰隆隆从旁边呼啸而过，感觉要按紧方向盘才行，否则小车会被掀翻。

说害怕倒不至于，但紧张确实有。这神秘的勒索人，仅凭一张照片敢勒索20万，他究竟知道什么？这神秘的未知感强烈地调动着我的好奇心，所以我才愿意听从他的摆布，他说怎样走就怎样走，他说去哪儿就去哪儿。

在神秘勒索人的命令下，我从西三环向西拐上昆明桥，穿过和平工业园，行到天台五路。像是一处偏僻的街区。路两边有几家商店开着门，屋里透着亮光。"向前第三个路口右拐，天和新远食品厂门口。"我从后视镜上看见杜老板的车在五十米开外。"向前第三个路口右拐，天和新远食品厂门口。"我将神秘勒索人的话一字不差地转述给他们。"好嘞！"杜老板回复道，"你先去，我们布置下。"

前方像是废弃的厂区，家家大门紧锁。沿途只有几盏路灯的微光闪耀，我将车灯全开，探出头去辨认门上的字迹。"天和新远食品厂"，没错，就在第三个路口右拐三百米，路东，大门紧闭。"到了。"我在微信群里对杜老板他们说。"好嘞，"老六说，"已布置好，两头都堵上了，你放心引他们出来就行。"好！"我说。缓和了下紧张的情绪，从后车镜看，却没看见杜老板的车跟来。"怎么没见你们？"我问。"我靠，既然是布控，当然要隐蔽才行。""能行吗？"我问道。"当然，山人自有妙计！"杜老板说，"哥可以给您立军令状！"

电话响了。"到了没？"神秘人问。"到了，食品厂门口。"我说。"钱带来了没？"勒索人问。"带了。"我说。"看见了没，厂子门口北边五米处有个垃圾桶，把钱扔进去马上离开！"神秘人说，"一个人去，别想着耍花样，否则明天你就去八处（市公安局大案要案处）报到吧！""不会，不会，一定按您要求办。"

"敌人让把钱扔门口垃圾桶，咋办？""扔吧，"磊哥发话了，"有我们，不怕。""好嘞！"我说。我提起背包，慢悠悠地下车，瞥了下四周，空无一人。黑咕隆咚的垃圾桶矗立在墙角。我走过去，将背包扔进去，然后返回车里。

"扔进去没，扔进了赶紧走，别想着报警，否则后果自负！"勒索人在电话里说。"扔了。"我说。挂断电话，我发动车，掉头返回，到拐角处停下，看见磊哥和老六靠着电线杆隐藏在后面，像便衣警察冷静地监视着垃圾桶的方位。"有动静没？"我小声问。

"还没。"老六说。磊哥向杜老板他们低声发出语音："你们那有情况没？""没有！"杜老板回答道。

这地实在太偏僻了，偶尔有车辆穿过，但都没有停留，疾驶而过。半个小时过去了，根本未见人前来取钱。我将车发动了，向着垃圾桶的方向慢慢开近了些。我们聚精会神地监视着垃圾桶的动静，却未有丝毫发现。

一个小时后，我们终于沉不住气了，走到垃圾桶前查看。顿时傻眼了，我扔进垃圾桶里的钱不翼而飞了！"奶奶的！"杜老板一脚将垃圾桶踢开，垃圾桶背后围墙上一个大洞豁然露出，老六和小姜一前一后钻了进去，一会儿给我们打电话："快过来，东边！"我们开车赶过去，只见老六站在东边围墙边，墙上也有一个腰身粗的大洞。"这是个废厂，"老六说，"这孙子从西边钻洞拿了钱，从东边钻洞跑了！""难怪我们堵不上，原来早跑了。"磊哥说。"靠，有文化，鸡鸣狗盗都用上了，佩服！"杜老板说。

我给那神秘勒索人打电话，但电话里传来"您拨打的电话不在服务区，请稍后再拨"的提示音。"那钱咋办？"老六担心地问。"没事，上下几张是真的，其他全是冥币，你江哥这么小气的人咋舍得给20万出去，哈哈！"杜老板说。"钱没损失就好。"磊哥说。"可惜人没逮住！"老六说。"就是，"杜老板说，"你江哥想从这找点线索呢！"

我给那神秘勒索人打电话，但电话里传来"您拨打的电话不在服务区，请稍后再拨"的提示音，要么进了地下室要么是把电话卡卸下扔了。这神秘人也真是，不知手里头有什么筹码，只凭一张照片都敢和人要挟20万，简直异想天开。而且奇怪的是，拿到冥币被人戏弄了之后，按常理会怒火中烧，他却倒好，消失了。

我强烈期待他的再次来电，和他再次博弈。

五十七

奇怪的是，一周时间过去了，电话一直没来。

我背靠在宽大的老板椅上，思绪游离，陷入了云天雾地的遐想中。手机上"须尽欢"微信群里，杜老板正在绘声绘色地讲述我被人勒索的故事。

"冥币是我从八仙庵买的，"杜老板说，"你们说这人是不是傻呀，拿了一堆冥币回去，笑死了……""真有勒索的事？"齐悦问道。"当然，就为一张照片，勒索我们江总20万！"

"不会吧？"谢薇发话了。"真的，就这张！"杜老板发出了那张顺山牌楼下疑似我和庄眉的照片。

"不是我！"我回复道。"就是你，"杜老板坚定地说，"当年你三七开的汉奸头十分明显，错不了！""四六开好不？"我回道。"三七、四六差不多。"杜老板说。

"好热闹啊！"程柏霜说了一句。"双儿姑娘好。"我和她打招呼。她回了一个羞涩微笑的图案。

"你们说照片上这人是不是江河？"杜老板"@"所有人。"我觉得是。"周主编发话了。"是。"谢薇附和道。"应该是。"齐悦回道。"有点像。"程柏霜回道。"老六呢，老六你说是不是？"杜老板"@"老六。"非常像！""OK，"杜老板说，"大家都说是你就承认吧！"

"好吧。"我说。

"好，这个问题解决了，下面探讨另一个问题。"杜老板说，"对方为什么会勒索你20万，仅凭一张照片？"

"愿听其详！"我说。

"五年前，你和庄眉去了顺山，然后庄眉从此失踪了！"杜老板顿了顿，"你们说，这中间发生了什么事？"

"什么事？"我问道。"你和庄眉登上山顶，你们发生了争吵，你冲动之下将她推了下去！"杜老板说。"不会吧！"我说，"杜老板你脑洞也太大了，小说看多了吧！"

"只有这样推理，才能完美解释人家为什么一张照片勒索你20万！"杜老板说。"靠，拿我当罪犯了，真有你的！"我说，"大家说说看，杜老板是不是疯了？"

然而没人再发言，群里一片沉默。

过了一会儿，周主编说道："这只是杜老板的推测，我相信江河不会干出这种事。""我也相信。"程柏霜说。"你们不是说庄眉去了东北吗？"齐悦出来圆场。"常总的小弟齐东，去东北一直跟着老贾，他刚回西安，说庄眉根本没有跟他们去。"杜老板说，"不信你现在给常总打电话！"

"老六大前年在世博园看见过庄眉，和一女的在度假。"我"@"杜老板道，"这事你给我讲过，老六也亲口对我说过。""我是听老六说过，但只是说疑似庄眉，长得像的人多了去了。"杜老板"@"老六道。

"老六出来！"我也"@"老六。"我确实在世博园看到过庄眉，但隔得远，也可能只是长得像，不能确定。"老六说。"这就是说你谋杀的嫌疑不能洗脱！"杜老板说。"现在就剩下你了，"我"@"谢薇道，"庄眉是你表姐，她后来真的没有和你联系过？""没有啊，"谢薇回道，"我不是也从你们这打听我表姐的消息吗？"

在杜老板循循善诱导出的证据链下，我作为犯罪嫌疑人的事实一点点明晰，我们集体陷入了沉默。

"好吧，你报警吧！"我对杜老板说，"你报警抓我吧，"我平静地说，"这么多年了，该来的终究要来。"

"报什么警呀，谋杀的事只是我的推断，没有证据怎么定罪，警察也不信啊。"杜老板突然话锋一转，笑着说，"没事的，警察就算抓了你也会无罪释放。"

"为什么？"我说，"你们是不是早就认定我是凶手了，否则也不会找这张照片出来。""知道辛普森杀妻案吗？"杜老板卖弄地说道，"人人都觉得辛普森是杀妻的凶手，但苦于没有证据，法庭还是将其无罪释放。"

"看来我要成名了。"我说。"我会去监狱看你的。"杜老板说。"去你大爷的，"我说，"你赶紧把钱给我还了，趁现在自由我好去周游列国！""看，看，急了吧！"杜老板说。

五十八

一夜无眠。我再次做了五月酒店这个怪梦。

先是跟踪一个疑似庄眉的女孩，步入五月酒店。然后梦境跳跃，我仿佛置身高山之巅。如梦魇附身，我似大鸟一般不由自主地张开双翼飞向深不可测的谷底。

眼看触底之际我努力跃起，像舰载机弹射出甲板跃上天空。之后是令人揪心的一幕。我看见我和庄眉在山巅争吵，我转身离去，庄眉滑倒在地，坠入山崖……

我感到来自心底的深深恐惧以及胸口喘不过气来的巨大压抑——这瞬间的惊恐迫使我醒来！

难道是我真的谋杀了庄眉？

这是怎么了？我在手机上搜索解梦，原本我是不相信这些封建糟粕的，但此刻我已经丧失了对生活科学判断的自信，必须借助他人之说来加以缓解。

"从心理学的角度来看，梦是有意识看无意识的一扇窗子。"弗洛伊德是梦解析的开山鼻祖。心理学家弗洛伊德认为，梦是潜意识欲望的满足，人在清醒的状态中可以有效地压抑潜意识，使那些违背道德习俗的欲望不能为所欲为。但当人进入睡眠状态或放松状态时，有些欲望就会避开潜意识的检查作用，偷偷地浮出意识层面，以各种各样的形象表现自己，这就是梦的形成。

"梦见别人掉下悬崖：要提防竞争对手。""学子梦见别人掉下悬崖预兆考试成绩一般。""梦见处在悬崖快要掉下去：有闲钱的话可以用来买彩票，中奖的概率颇高。下半月可以适当参加风险低的投资，切忌投入的资金过多。"

什么乱七八糟的玩意！学子和彩票的解释对我来说简直牛头不对马嘴，只有要提防竞争对手这点我似乎有所感触。我得重新审视杜老板了，他曾和我争庄眉，难道他在给我使坏？还有谢薇，我在机场见到她，她主动约我见面，说她是庄眉的表姐，其中难道有什么问题？

思绪实在过于繁杂，迷迷糊糊间我倒头睡去。

谢薇第一次光临我办公室，而杜老板却是常客了。我给杜老板和谢薇发微信，务必请他俩光顾，说有要事相商。他俩准时出现了。

"我昨晚做了个梦，梦见庄眉掉下了山谷。"我给他们讲梦中的情形。"日有所思，夜有所梦，"杜老板说，"有意思！""就是说，你梦见庄眉失足掉进了山谷？"谢薇说。"是的，"我说，"梦还十分清晰，场景跟真的一样！"

"说不定不是梦，是真实发生的事。"杜老板不怀好意地说，"这就对了，庄眉和你穿过顺山牌楼，被人拍了照片，拍照人发现你独自下山，庄眉没有下来，所以勒索你！"

"这么说，我表姐已不在了？"谢薇面露悲色。"是的，既然没有证据表明庄眉在别处，我们只能朝坏的方面想了。"我黯然说道。

"可是，又怎么能证明不是你将我表姐谋杀了呢？"谢薇说。"谋杀？"我说，"怎么会，你看我白面书生一个，怎么可能？""那不一定，电影里的凶手都看起来文弱得很。"杜老板坏笑着说。

"人的梦境一般都是潜意识的表现，"谢薇说，"你急于摆脱谋杀的嫌疑，所以潜意识做出了这个意外坠崖的梦！"我怔怔地看着她。她目光清澈，眼里透着坚定。

"你不会是警察吧？"我小心翼翼地说，"为了破庄眉失踪的案子故意接近我？""想多了，"谢薇说，"庄眉真是我表姐。""真是你表姐的话，为啥这么多年你不找，偏偏最近才出现，疑点重重啊！"我质疑道。"随你想！"谢薇说，"都说了我们是远房亲戚，很多年不来往。"

"理由不充分，你不是警察也是警方的线人。"我说，"你要是庄眉的表妹，得知他不在人世你应该十分悲痛才是。"

"你怎知我不悲痛，非要哭出来才算吗？"谢薇说。"就是，反倒是你，没有一点悲痛的意思，"杜老板说，"庄眉还是你前女友呢，你对她有没有感情？""别谈感情，谈感情太矫情，"我说，"要么你就是杜老板掏钱请来的演员，扮演庄眉的表妹……"

"什么演员？"谢薇不解。"《与青春有关的日子》里，冯裤子专门找了个长得像李白玲的人来激发方言的回忆！"我看了看谢薇，目光朝向杜老板说，"你不会学他吧？"

"我钱多烧得？"杜老板说。

须
尽
欢

五十九

也许真是时光过去太久的缘故，记忆已经斑驳褪色，庄眉已经成了一个遥远的符号。如果是一本书、一首曲子、一个物件我都有办法重温它的芳华，反倒是一个曾经鲜活的人，我却没有办法重现她的颜容。想起她，脑海里竟然模糊一片，像曝光不足的照片，朦朦胧胧，似是而非。

我拨通了警察韩大鹏的电话。"喂。"韩大鹏说。"是我，江河。"我说。"知道，存你号呢。"韩大鹏说，"有事吗？""没啥事，"我说，"我就想问下有没有老贾的消息？""没有，"韩大鹏说，"你那边庄眉有消息吗？""也没有。"我说。

"有消息及时通知我！"韩大鹏挂上了电话。

杜老板和谢薇暗示我杀害了庄眉，但他们没有证据，我还是宁愿相信庄眉还在人世间，宁愿相信庄眉跟着老贾去了东北。

我给齐东打电话，却关机。给常总打，通了。我说你那伙计齐东能找着吗？常总说："我也找他呢，这家伙最近失踪了，电话一直关机。"

"关机？"我心里有个念头一闪而过。"知道他住哪吗？"我问。"搬了好几个地方了，说是在和平村那块。""好嘞。"我说。

我们在村子里四处打问，从东头问到西头都没有收获，走到一家小商店门前，我坐在小板凳上歇息，谢薇和杜老板进商店买水喝。

一个瘦小的身影从旁边经过，背影有点眼熟。"齐东？"我喊道。那人没吭声，也不回头，兀自朝前走。"齐东！"我大声喊。

那人突然撒腿就跑。我立刻起身追赶。"快追！"我边跑边喊杜老板。

这孙子跑得挺快。我们追他出了小巷，还好巷口有环卫工人驾驶着垃圾车通过，他躲闪不及迎面撞了上去。我和杜老板赶上前去将他生擒。

"起来，我叫你跑！"杜老板将他的胳膊擒至身后，一点一点朝上抬。"哥，轻点，轻点！"齐东不停地求饶。"说吧！"我们将齐东弄进村口街道上的咖啡店里，把他安排在墙角的位置上坐下。

"哥，对不起，开个玩笑！"齐东说。"20万，这是开玩笑？"我说。"咳，闹着玩呢……"齐东辩解道。"靠，真是你！敲诈勒索你都敢！"杜老板说，"这可是要判刑的！""是开玩笑，开玩笑，"齐东说，"你们不是包里塞着冥币捉弄我吗？"

"一张照片就想要20万，你胆真肥……"

总算破了勒索一案，从齐东这里我们搞清了事情的来龙去脉。齐东从奇石馆常总那里知道网上有一张顺山里我和庄眉的照片，一定是杜老板嘴大乱说搞得人人皆知。联想到庄眉失踪已久，齐东怀疑是我将庄眉谋杀了。因为他最近赌博输了钱，便决定从我这诈一笔，才用捡的身份证办了几张手机卡给我发勒索信息。谁知我根本不害怕反而捉弄他，给了他一包冥币。他一看没戏就把卡和冥币都扔沣河里，装成没事人，换了住处躲这，没想被我们给逮住了。

从他这里我们核实了庄眉的确没有跟老贾去东北，但去了哪里他确实一无所知。但齐东的解释并不能洗脱我谋杀庄眉的嫌疑。当年诈骗头目老贾一夜之间销声匿迹，庄眉也就此失踪了，她到底去了哪里？看来只有找到老贾才能解开这层层迷雾。

"赔你衣服钱，拿去买件新的，"我从钱包抽出五张钞票放在桌上。齐东刚才撞到垃圾车上，T恤被刮破了，看上去惨不忍睹。

"谢江哥。"齐东谢道。"哥，他这T恤地摊货，几十块！"杜老板撩起上衣起哄道，"我这是名牌，也弄脏了，你不给个万儿八千的……"

"走了。"我说。"江哥！"齐东喊我。"啥事？"我说。

齐东说："听说老贾最近要回来。""谁说的？"我追问道。"想不起来了，也不知是谁顺口说了一句。"齐东说。"好吧，有消息通知我。"我说。

六十

　　财富大厦高高矗立在西高新二环边上，远远就看见楼身上硕大的金字招牌闪闪发光。

　　齐悦的贸易公司在三十三楼。杜老板来过，所以轻车熟路，指引我们将车停入地下车库，从最近的电梯一路直达。

　　从城西返回，路过齐悦公司，我们没有给她打电话，想给她个惊喜。电梯门开启了，一群人站在楼道里，是齐悦公司的员工。

　　"怎么了？"杜老板问其中一小姑娘。"出事了，杜总！"那姑娘说道，"来了一堆人，像黑社会，找事啊！"

　　"啊！"我说，"那怎么不报警！""齐总不让，让我们都下班，她被人堵在里面了。""会不会欠钱了？"有人议论道。"别胡说！"我说。"我们进去看看。"

　　我们仨推门进去，只见三个穿西装戴墨镜的黑衣人坐在办公区的沙发上，其中一人还将脚高高翘起搭在茶几上。

　　"干什么的！"黑衣人竟然反客为主地发问。"齐总的朋友。"我说。"赶紧回吧！"黑衣人伸手把我们朝外推，"齐总有事，不会客！"

　　"耍得大！咋，黑社会啊！"杜老板说，"这可是法治社会，你再横我报警了！""你报啊，赶紧报！"黑衣人说。"她可是律师，懂法！"我指着谢薇对黑衣人说，"你可别让我们回头告你！"

　　说谢薇是律师，显然唬住了黑衣人，他不再强势阻拦，谢薇敏捷地趁他愣神的瞬间冲了进去，我们随后跟了进去。

　　一个珠光宝气的中年女人在齐悦办公室，显然发生了激烈的言语冲突，齐悦脸色不佳，中年女人怒气冲冲。

"怎么了？"谢薇上前扶起齐悦，关切地问。"没事。"齐悦低声说道。"什么事！"中年女人大声嚷道，"她是小三，抢我老公，破坏我家庭！"

"不要胡说！"我说，"有事好商量！""商量个屁！"中年女人说，"我今天来是给她个教训！再不收手下次就卸胳膊卸腿！""你牛！"杜老板扬起手机，"我可录下了，必要时交给警察当证据了。"

黑衣人在中年妇女耳边低声说了几句，想必是告诉她有律师在，中年女人气焰一下子收敛了："今天先警告一下你，这事没完，回头再找你算账！""我们走！"说完，中年女人带着三个黑衣人鱼贯而出，离开了齐悦的公司。

"没事了，没事了。"谢薇把齐悦扶到沙发上坐下，给她拿来纸巾。齐悦擦了擦脸颊："谢谢你们。""这女人干吗的，竟然诬陷你，我回头找人收拾她！"杜老板说。"谢谢你们，"齐悦惨然一笑，"这是他老婆，他说他离婚了，谁知一直在骗我……"

其实我们已经猜着了一二。齐悦说她有老公，是这家公司的法定代表人。他说自己离婚多年了，齐悦这才接受了他，谁知却是有家室的人。刚刚来闹的这女人，是他的老婆，还是这家贸易公司背后的大股东，一直在幕后，今天浮出了水面，找齐悦兴师问罪来了。

六十一

我跟着她，穿过熙熙攘攘的体育场大街，走进五月酒店大堂，在前台拿了房卡，进了电梯，步入五楼长长的过道，进了537房间……

我知道，这是个梦，梦境中曾经多次尾随从前认识的女孩庄眉造访这神秘的五月酒店，却终究不知道有何隐喻。

但现在，鬼使神差般，我再次光临五月酒店。

前台俊俏的虎牙小姑娘在，我从钱包里取出身份证、抽出5张百元大钞，在她面前排开。"开间房。"我说。

"537。"她微微一笑，不等我答复便对身旁另一前台姑娘说道。看来她认得我，被人记得总是一件愉快的事情，瞬间我对她充满了好感。

少顷，房间开好了。她将押金条和房卡递给我。"祝您入住愉快！"她贝齿亲启，吐出了甜美的声音。

我礼貌地点头回应。步向电梯，按下五楼的银色按钮，从容地走了进去，电梯门无声地合上，大概20秒不到，五楼到了。楼道里红色的地毯热烈庄重。我郑重地迈步，甩臂——当然没这么夸张，总之我像践行某种仪式一样，庄严肃穆地走到537房间门前。

金色的537门牌用神秘的眼光审视着我。我注视着它，心里突然有几分慌乱。难道有什么事情会发生吗？

"不会，不会。"我用心理暗示法做了自我安慰。我一边思忖一边将房卡贴在门上。但熟悉的"嗞嗞嗞嗞"的解磁开锁的声音没有响起。

"搞什么啊？"我心想，看来最近真的不顺，连门都和我作对。正惆怅间，突然背后的房门开了，吓我一跳！我回身观看，一男一女走出来，女的挽着男的胳膊。女的亲密地将头靠在男的肩畔，沉迷在忘我的境地里，并不正眼看周遭的风物。男子倒是很沉着，警惕地看了看我，我毫不示弱地回看了他们几眼，突然惊讶地发现这男的我竟然认识！

竟然是工大的研究生，谢薇的男朋友！"是你！"我俩异口同声地说道。"这是我女朋友。"研究生给我介绍道。"噢，"我一点也不给他留面子，"你不是在追谢薇吗？"

"回头给你解释，有点急事，"研究生说，"江哥晚上我给你打电话！""江哥再见！"那姑娘也顽皮地和我打招呼。"再见！"我说。

我怔怔地立在原地，房卡还搭在门上。"嗞——"门却开了。房间里还是老陈设，沙发、茶几、电视、椅子、床，万年不变。我犹豫了片刻，拿起电话准备给谢薇拨，想来想去还是作罢。

好比在一通美食里吃到苍蝇，我顿时兴趣全无。我下楼来，走到前台。"退房。"我平静地对前台虎牙小姑娘说道。她惊讶地看着我："退了？""退！"我说。"是房间不好吗？"她疑惑地问道。"有个急事。"我说。

"好的。"她熟练地在电脑上操作，片刻办好手续，扣除了房费，将余钱退还给我。"先生走好！"她微笑着说道。

我依旧点头示意，昂首阔步走出酒店大堂，来到熙熙攘攘的体育场广场上。行人众多，车停如蚁。我钻进车里，打火启动，将音乐调到很大，漫无目的地沿着宽阔的城市大道一路向前。

六十二

杜老板早早在粤和楼宽大的贵宾包间里恭候客人的光临。

我从五月酒店出来开车在二环上晃悠的时候，接到了杜老板的电话，要我一会儿到粤和贵宾楼吃饭。

"不去！"我说，"快到饭点才叫我，明显是让哥们凑数吧！""别废话，深圳我老大过来了，临时通知的我！"杜老板蛮横地说道，"老白和谢薇也来！"

杜老板的深圳老板就是当年他炒股给他免去外债的那位，杜老板经常提起，遗憾的是神龙见首不见尾，今天终于要现身了，那得会会。

我和老白一前一后到达包间。谢薇和杜老板已经到了。寒暄聊几句，客人踏着点准时到了。

一个清瘦的老板，约莫60多岁，看上去精神矍铄，带着一个富态的中年女子。

落座后，杜老板热情地给大家相互介绍。老板姓钟，大老板，福建人，定居深圳，做股票生意，旁边坐的女子是他夫人。

"幸会、幸会！"老白说，"常听我们杜斌说起你！""听小杜说了你们都是小杜最好的朋友，今天一见果然都是青年才俊……"老板说道。

"感谢我老大和嫂子给了我做东的机会，今天咱一定要畅饮！"杜老板举杯提议道。老板刚想举杯，被夫人阻止了："他不能喝酒！""没事，今天高兴，"钟老板说道，"少喝几杯！""先把针一打，"老板夫人从包里拿出针管，"血糖高得打胰岛素，失陪一下。"老板起身和夫人去卫生间。"这边这边。"杜斌殷勤地起身引路。

少顷，老板和夫人落座。"身体不好，三高！"老板解释道。"老大，那咱少喝点？"杜斌小心翼翼征询钟老板的意思。"见了你们这些小兄弟，高兴！"钟老板豪气地说道，"喝！"

老板是个爽快又实诚的人，愉快地和我们干杯。老板提过三杯以后，杜老板开始打关敬酒，接下来是老白和我，气氛热烈友好。连谢薇也起身给老板和夫人敬酒。

酒过三巡，我按捺不住好奇心，请教老板是如何在股票市场叱咤风云的。"叱咤风云谈不上！"老板说，"我只是运气好而已！"

老板轻描淡写地叙述了他的炒股生涯。老板早年做餐饮的，在深圳华强北边上开闽南菜馆，客人不多，饭馆生意清淡。有天来了一桌客人庆祝，买股票发了财。老板动心了，跟客人套近乎，客人带他一块炒股，也是运气好，一路积攒下来财富。后来对股票了解多了，胆子也大了，期货也做，杠杆也玩，也进了大户市，生意越做越大。

"杠杆你们知道吧？"老板问道。"不知道。"谢薇一脸单纯地表示疑惑。"杠杆是一种通过借款或使用金融工具来增加投资资本的手段！"老板说，"具体让小杜给解释一下！""就是手头有股票可以向券商借款，"杜老板应声道，"好比你有100万的股票，可以向券商借款1000万，券商用你这股票来托底。"

"这样啊！"谢薇提出了疑惑，"但你100万不够给人抵押啊？""问到点子上了，"银行人士老白出声了，"100万借1000万这是加了杠杆，股票收益和风险同时增加了。当你股票跌破维持保证金比例时，你就要另外筹钱补仓，否则你这100万本金的股票就归券商所有了。"

"这样啊，那岂不是风险挺大的？"谢薇说道。当然，我接话道："杜老板当年的200万就这样没的！""哪壶不开提哪壶，"杜老板激动地说，"当年200万能在西安买十套房子！哎，一夜之间没了！"

"我也是那年折的！"钟老板说，"当时大家都亏，找不到钱补仓，我也是被强行平仓了！""5000万哪，撬动了5个亿，说没就没了！"杜老板补充道。"这么多钱，可惜啊！"谢薇感慨道。

原来当年杜老板在深圳玩股票是跟着钟老板混的，人家吃肉他喝汤。他亏了百来万后元气大伤，逃回西安疗伤。但钟老板痛定思痛，决心从头再来。钟老板先用半年时间修身养性，几乎闭门不出，谢绝了一切社交。直到沮丧、畏惧的心理归于平静，这才准备出山。"失败的根源在于贪婪和冒进，也是自我认知的不足！"钟老板说。这半年时间，钟老板每天六点起床、晨跑、焚香、读书、午睡、冥想、溜达、做饭……

我们面面相觑。"目的是脱落自己，见天地，明心！"钟老板解释道。

"人最大的敌人是自己，自己会将自己逼入绝境，自己也会引导自己重返光明。"钟老板继续说道，"跟我一起赔钱的很多人都抑郁了，还有跳楼的！""是啊，"老白说，"很多人破产了，起不来了！"

"相对活着来说，钱财真乃身外之物！"钟老板说。

六十三

"您都读些什么书啊？让我们也学习学习。"我问道。"像《诗经》啦，《菜根谭》啦，还有些名人传记……""《诗经》？"我疑惑地问道，"这不是文学作品吗？"钟老板微微一笑："甭管文学不文学，它能让你心灵纯净就行！"钟老板接着说，"'蒹葭苍苍，白露为霜'，多么纯洁的景色啊！'所谓伊人，在水一方'！你想象一下这是多么美妙的场景！"……

"你们都是文化人，读书多，"钟老板话锋一转，"读书写书也是如此，小说看的是精彩，看的是繁杂世界、人生百态。经典书籍之所以能够传世，它不是写出来的，是圣贤或者高人在叙述天地道理，述而不作，帮助后人内观，归一，得自在。人心有两个：一个往外，走红尘；一个往内，入法界。你得明辨，平衡，归一，否则人很容易误入歧途！"

"精彩！"杜老板带头鼓掌，"钟老板老大学识渊博，感觉把人生讲透了！"老白也赞许道。"心灵的纯净至关重要，"我说，"做事须得先正心！钟老板讲到我心坎上去了，我最近就是被一些事情烦扰，老是静不下心来！""见笑，见笑了。"钟老板说。

钟老板继续他的讲述。杜老板在家修身养性半年之后，有天清晨，钟老板突然觉得自己调整到位了，突然就想工作了，于是对夫人说了。夫人返回卧室拿出一个本子放在桌上，是他们家仅有的一套房子的房产证。"就等你这句话呢！"夫人说。在夫人的支持下钟老板卖掉了仅有的一套房子，再次投入股市。这一次他没有玩杠杆，而是选了一只低位的股票，手头资金全部压上。这只股票很争气，一直在缓慢地增长，中间也有数次掉落，还好都涨回来了，直到三年后的两次大涨，钟老板都没有抛，直到第三次大涨。最终这只股票比起买入时涨了8倍。三年前失去的5000万轻松挣回来了！

"不容易啊！传奇啊！"我们赞叹道。"唉，你们不知道这中间是多么煎熬，万一赔了，可就真的流落街头了！"钟老板说。"吉人自有天相！"我说。"背水一战，没有援军，孤独相伴，唯有此心光明！"钟老板自我感慨道。

"过程曲折，但结果是好的，恭喜！"老白举起杯，"让我们敬钟大哥和嫂夫人一杯！""谢谢，谢谢！""你们来深圳，到嫂子家里来吃饭！"钟夫人感谢地说道。"一定去打扰！"谢薇说道。

股票的事情我不懂，但观钟老板的东山再起史，以及杜老板破产的案例，我知道这玩意收益高风险也高。钟老板也明白这道理，他把股票抛掉大半，变现后交给钟夫人打理。钟夫人投资了多套房产、小商铺，没想到几年下来赚得盆满钵满。钟老板年轻时吃喝无度，年纪大了身体不好，便提前退休，到处游山玩水。这次到西安旅游，这才有了杜老板安排的这场饭局。

大家在饭店门口惜别。杜老板说要找代驾送钟老板夫妇回酒店，钟老板说不用，说定的宾馆只有两站路，走一走锻炼身体。"对了，"钟老板对杜老板说，"你那个电影的事，我可以给投一点，但是大头还要你自己筹。""太感谢了！"杜老板双手作揖谢道。

"什么电影？"恭送钟老板远去，我好奇地问道。"也没啥，兄弟准备筹拍一部电影。"杜老板平静地说道。

"出息了！"我说，"这么大的事我们都不知道呢！""事以密成，言以泄败！"杜老板故弄玄虚，"等有眉目了自然会告诉大家。"

"杜老板，你这秘密挺多的啊，你们还有啥瞒着我？"我一语双关，看了眼谢薇，目光又回到杜老板身上。谢薇在躲避我的目光，杜老板显得有些不自然。"走了，走了！"看代驾已经坐上驾驶位，杜老板喊谢薇。谢薇不为所动："不了，我坐白行长的顺车走。"

"好嘞，回头见！"我说。

六十四

"脱落自己，见天地，以明心。"钟老板第二天一早就乘飞机去青海察尔汗观湖去了，但他的话我铭记在心。正心明己，正本清源，我得有所行动了，只有主动出击方能掌握战役的主动权。

"在哪？"我给老六拨通电话，"半小时后，工大见！"

我们在餐厅里大快朵颐，气氛严肃却友好。饭桌上研究生痛快地交代了。我和老六从研究生楼下把他截住带到餐厅里没费吹灰之力，确切地说我们一出现他就明白是何来意。

"我不是谢薇的男朋友。"他说。"真的。"他补充道。"早就看出来了。"我说。"装得那么像你还能看出来？"他问。老六说："哥们泡妞的时候你恐怕还上小学呢。"

我示意老六说话客气点。研究生并不介意："我和谢薇是老乡，同乡会上认识的。"他说："来往过几次，不要多想，就是大家一块吃吃饭之类。有一天碰到她了，她说让我给帮个忙。"

他停了停，举杯和我们相碰。接着说道："其实你们也能猜到。她要我假装做她的男朋友，理由是校外有人追她，天天来学校堵她，烦不胜烦，所以想利用这招令追求的人知难而退。原来这个人就是你。"他笑。"这人是杜老板，你上次在茶馆见的那胖胖的孙子。不是我。"我说，"我正事都干不完，哪有这闲工夫！"

他思维跳跃："是不是演技太差？这不刚刚进入角色，就被你们识破了。不过，"他说，"昨晚我算弄明白了，你俩关系好像不一般。但我猜不出为什么。"我说："我也弄不明白，来喝酒。"举杯给研究生敬酒。研究生一饮而尽，老六一边倒酒，一边用西安方言对服务员说："女子，再来两瓶，冰的。"

"不过，谢薇这姑娘真不错，秀外慧中，要不是你，我还真准备追了。"研究生半真半假地说。"你要是追的话，真还没我什么事了。"我笑，"你一表人才，学历又高，家境还好……"

"咳，咳，别挤对我，除了学历是真的，我爹有医药公司这些都是编的。"研究生话锋一转："你俩到底是什么关系？我怎么感觉谢薇对你有些敌意？""敌意？"我疑惑不解。

研究生说："感觉你俩不像谈恋爱，反而像在演戏。""这就对了，"我说，"他们是在导演一出大戏，把我给拽进来了。戏如人生嘛！我真想看看这幕大戏怎么发展！"

"不过，"研究生说，"她好像对你很有成见！""什么成见？"我不解。"谢薇原话这么说的，她说你这人是橡皮人，对什么都不在乎，"他补充道，"这不是我说的，是谢薇的原话，她说轻武器对你一概不管用，要用重武器才行。"

六十五

我驱车去找杜老板。"橡皮人，对什么都不在乎。"在路上我想起研究生所说的谢薇对我的评价，思路豁然开朗。

杜老板的家装公司在写字楼的12层，装修得还不错，门口是前台接待，墙上是醒目的公司标志，美观大方。接待问我和哪位设计师预约好的，我说杜老板。前台小姐露出可爱的微笑，径直把我带到杜老板的办公室。

公司人挺多，有四五个设计人员正在电脑上忙碌，有两个业务人员在和客户洽谈，还有一个在打电话。推开经理室，老板正在电脑上浏览什么。

我说："杜老板又泡妹妹来着！"走过去欲抓个现行，杜老板眼疾手快关屏幕，但我还是瞥见了花花绿绿的股票走势图。"你不是把股票戒了吗，还没赔够啊？"我说。"没炒，只是看看，看看而已。"杜老板唯唯诺诺地说。"你这又是搞装修，又是拍电影，又是炒股，估计没少挣吧？"我说。

"哪有！瞎折腾呢。"杜老板哭穷道，边说边给我递烟。"档次蛮高的嘛。"我坐到杜老板的老板桌跟前，接过烟点上，顺手把桌上的多半盒装进兜里。"都穷成马了，那是招待客户的。"杜老板从抽屉里取出一包别的烟，"自己抽抽这个，实惠。"

"东西呢？"我问。"你到底干啥用？"杜老板在他的抽屉里搜寻。"不是给你说过了嘛，有笔款打我的账上不方便，得用你的身份证重开个户。"我说。

杜老板一脸坏笑，将身份证递给我："随便用，不过以哥的信用，你拿去也贷不了款，最多也就开开房。"我接过身份证装兜里："你也知道！""那你做什么？"杜老板问。"你别管！"我突然话锋一转："你有没有对不起我？""江河，你什么意思？"杜老板警觉起来。"随便说说，你急什么。"我依旧笑里藏刀，语调不紧不慢。

"我可把你当兄弟看呢。"杜老板辩解。"我也是随便问问，没事。"我起身告辞。走到门口，我转身面对杜老板，"你也不问问我谢薇怎么样了。"我笑说。"哎，江河你什么意思。"杜老板急了。"还有，你也不问问猫最近乖不乖？"我说。"还有庄眉最近好吗？"我说。杜老板一下子脸涨得通红。

一切昭然若揭。我驱车去移动大厅，杜老板电话打过来我按掉，再打过来再按掉。一路上忍不住窃笑，最后笑得肚子都疼。

在移动营业大厅，我将杜老板的身份证以及我经办人的身份证递进去，让移动小姐打杜老板手机号码近六个月来的所有通话记录。

在打印机的走纸声中，往事若隐若现，谜底即将揭开！几分钟后，我如愿拿到杜老板的通话记录。如我所料，在通话单上我赫然看到了谢薇的手机号码。几乎每个月都有通话，第一个月2个，第二个月3个，第三个月6个，第四个月3个，第五个月2个，第六个月8个。

我向移动小姐真诚致谢，走出大厅，街上阳光灿烂，行人如织。我的心情无比美好。现在一切清晰在目，只需要对细节进行求证。我给老六打电话下达指令。指令很简单，短短五个字："哥们，行动吧！"他的回答也很精练："好嘞！"

如果有人监听我们的电话的话，他一定会以为我们将要去实施不法行为。的确，我们将去实施一起大快人心的"绑架"行动，将杜老板这个伪装在人民群众当中胆敢与人民为敌的反动分子绳之以法。

　　我甚至能清晰地想象出"绑架"的场景：老六和周主编神色凝重地出现在杜老板公司楼下，坐上电梯，在12层停下，径直进入杜老板办公室，如入无人之境，然后很客气地一边一个将杜老板请下楼。

　　面对经常光临的老板的两个熟人，杜老板公司的员工虽然感到有些奇怪但还是热情地和他们打招呼……

六十六

　　谢薇敲开我的房门，但她保持着警惕，将门推开半扇，倚门而立。"找我什么事？""要事。"我说，"非常非常重要。"她这才闪身进来，随手关上房门。我示意她坐下。"交代吧。"我神色严肃。"交代什么？"她不解。"你和杜老板相互勾结戏弄我的事"。我从裤兜背后抽出通话单扔到茶几上。

　　谢薇拾起通话单看了几秒钟，露出了狡黠的笑容。"交代吧。"我像一个经验丰富的老公安和蔼地规劝她。她笑了，如同石子扔在水面激起的涟漪由小到大逐渐扩散一般，她狡黠的笑意慢慢扩展成舒心的笑容，看得出她无比开心，似乎中了大奖一般。"好笑吗？"我一脸平静。我说："你原来和杜老板认识啊，敢情你们是合伙捉弄我来着。"

　　"我们认识能说明什么呢？"她笑说，"我是一个作家，多认识些人多些素材。你们全身都是丰富的反面素材，认识有什么奇怪呢。"

　　"什么作家，少唬我！"我说。"那我说我喜欢上你了，借杜老板认识你不行吗？"她狡黠地笑道。"少来！"我开始施压，"说还是不说？""不说。"她笑。"说吧，坦白从宽，抗拒从严！"我的语调重新温和。"你不是都知道了，还要我说什么？"她的笑容变得顽皮。"好吧，你不说我也能推测得八九不离十，"我说，"我替你说吧。"

　　我清清嗓子，开始了缜密的推理："虽然我不能完全肯定你们的动机是什么，但我确定每一步你们都是经过周密计划的，你们想从精神上将我完全打垮，"我说，"但你们低估了我意志力的顽强程度以及我的智商。"

"杜老板作为你们安插在我身边的卧底，熟知我的一举一动，可以随时向你汇报，这样你就可以第一时间向警察告密。"我盯着她看，她的表情有点不自然。

我说："上次我在这被警察带走也是你干的吧？害得我们在派出所蹲了一夜。""你们这些欺负女孩子的坏蛋就该被抓起来。"她小声嘀咕。"好啊，终于承认了。"我说，"我们单身汉找个女朋友也有人不顺眼，真是混背了。"

"不关我的事，谁知道是谁举报的你，"她撇撇嘴，"谁这么见义勇为为民除害！""好好，不说这了，算你是无心的，为民除害。但猫的事该如何解释？"我微微停顿了一下继续追问，"你们为啥把我家猫抱走？猫又没招惹你们。"

"你家的猫又老又丑，谁稀罕。"她妄图狡辩。我不理会她，继续推理："这次你和杜老板是预谋已久的，杜老板一直有我房子的钥匙，趁我熟睡之际把我的猫抱走，几周后又送回来。""没证据不要胡说啊，你的猫有蜘蛛侠的功夫，可以飞檐走壁。"她笑。

"你们这招十分狠毒，我一度真以为我身体的某个部分出了毛病，比如怀疑自己患了健忘症、臆想症之类。尤其是猫神秘归来的时候，我的神经差点崩溃，我一连好几个晚上睡不着觉，头疼得要吃止痛片。"

"切，只不过开个玩笑，有这么严重嘛。"她不以为意。"玩过红警没？"我说，"你家的猫像时空军国兵一样嗖地不见了，又嗖地回来，你早被吓得半死了。"

"你凭什么说是我们干的？"她依旧负隅顽抗。

"有一个细节你可能没考虑周全。"我说，"猫回来的当天晚上，一见你，就跳到你怀里，很是亲昵。但你不知道，我家的猫从来都不喜欢生人的。凡是生人抱它都会被它抓得全身是伤，更不可能温顺地钻到你怀里。只能有一个解释，那就是——你们已经很熟了。所以我推断，猫被你们抱走，可能养在你同学家，也可能在杜老板家。"

"是吗，这点真还没考虑到。"她笑。"我当时也没在意，是后来突然想到的。"我说，"最恶毒的还在后面哩。为了对付我，你们使用了最狠毒的一招——美人计。一开始还真以为自己魅力挺大的，没想到是中计了。"我说。

"没办法，你们男人都挺自作多情的。"她说。

"我在这时候终于怀疑起杜老板，所有的疑虑一扫而光。"我说，"杜老板好比一根细绳，将往事的珠子一一串起。尽管你们戏演得很投入，但效果不佳。"我得意扬扬地看着谢薇，"你就招了吧！"

"哼。"尽管言语上谢薇不愿面对失败的结局，但她的表情已经宣告她缴械投降。"好了，知错就改还是好孩子。"我说，"下一步我将给你一个立功悔过的机会。"

"切。"谢薇目光游离。我笑笑，拨通周主编的电话，用威严的语调说道，"斩首行动已获成功。下一步，提审杜老板！"

六十七

五分钟后，房门咚咚作响。我打开门，周主编和老六一人抓着杜老板的一只胳膊将他押解进来，进客厅才松手。

"轻点，哎哟，轻点，搞得跟真的一样。"杜老板夸张地嚷道。进客厅来，两人才将他放开。"太过分了，"杜老板一边揉胳膊一边抱怨，"搞得跟真的一样。""这还过分，你家猫来无影去无踪你恐怕早就吓得尿裤裆了。"我说。"哈哈，"杜老板乐得笑出声来，"你都知道了。"

"交代吧，"我面无表情，"其实谢薇早已交代了，你不说我也知道，主要是要你个态度。""就是，坦白从宽，抗拒从严！"老六说。"去、去，没你什么事。"杜老板扭头对老六说。"交代吧！"我说。"交代什么？"杜老板看着谢薇。

"作案动机是什么？幕后指使是谁？"我声色俱厉。"什么动机啊，你以为是拍电影呢。"杜老板妄图狡辩。"交代吧，坦白从宽，抗拒从严！"我表情威严。

"老实交代！"老六和周主编在一旁施压。在此阵势下，杜老板有点手足无措，频频地拿眼光看谢薇。这让主犯是谢薇的事实暴露无遗。我的目光扫向谢薇，谢薇露出不屑的神情扭头到一边，以此掩饰内心的不安。

"把杜老板押进去！"我审时度势，见他们的防线即将崩溃，指使老六和周主编带杜老板进入里间，给谢薇一个单独交代的机会。

我开始对谢薇循循善诱："交代吧，我说。杜老板的眼神已将你出卖了。""你真想知道？"谢薇再次露出狡黠的笑容。"当然。"我说。"好，那我告诉你。"她一字一顿地说："杜——老——板！"

"杜老板？"我微笑着凝视她。"是啊，杜老板一直怪你抢走了我表姐，虽然你们是哥们，但他一直记恨你，所以要我捉弄你。把猫抱走呀、暗示你谋杀呀，这些都是他的主意，"谢薇说，"说不定你夜进派出所也是他干的。"

"这我信，"我说，"这孙子总是在背后给我使坏。""所以说没我什么事吧。"谢薇说。"杜老板的事先放一边，先交代你的事，谁派你来的？目的是什么？"我说道。

"我说了我是一名作家，听说了你们的故事，觉得挺有意思，便接近你们，想找些素材。"谢薇说。"作家？拿证件出来看看。"我说。"没有。"她说，"不信算了！"

"好了，别开我玩笑了。"我话锋一转，"是庄眉派你来的吧！"

她神情一怔，被我看出露出了端倪。但她还在负隅顽抗："我还想问你我表姐的下落呢，从种种迹象判断，很有可能是你谋杀了我表姐！她和你上了顺山，结果你一个人下来了，她从此就失踪了，不是你杀害了她还会有谁？"

"还在狡辩！"我说。

里屋门开了。周主编和老六押着杜老板出来了。"全招了，"老六说，"主犯是庄眉，是庄眉指使谢薇和杜老板干的。"

这么说庄眉还在人世间！我并没有谋杀庄眉，庄眉也没有失足从山顶掉下去！我大喜，心中似有巨石落地，陡然轻松。

周主编说："杜老板开始还嘴硬，一看我们要'用刑'，什么都招了。""两'疑犯'的口供一致，'主犯'基本确定为庄眉。"我面向谢薇和杜老板说："其实我也就是要你们的态度。现在真相大白，至于你们有什么动机我也不追究了。"我停了停："现在吃饭去，我请客。"

大家陆续出门，乘车朝饭店进发。谢薇却径直离开。我驱车赶上她，从车窗探出头去盛情邀请她："一块去吧？"她瞥了我一眼："不去！"我笑笑。"哎，你不问问庄眉的消息？"谢薇沉不住气了。我看着她却不言语。

"是不是马上想见到她啊？看看，一听到旧情人的名字就激动得坐不住了。别看你表面平静，其实心里急得不得了。呵呵，我偏不告诉你。"她在我面前得意扬扬地晃来晃去，吊我胃口，那情形就像拿金钱和美色诱惑我的美女特务。

"无所谓，"我说，"她长什么样我都忘了。""你这个人真是虚伪，明明想知道得要命，嘴里却不承认……"她说。

她说我虚伪的表情很真诚。我看了她片刻，由衷地笑了。

须尽欢

六十八

吃饭的地方，竟然是玫瑰会所。杜老板说他有那儿的优惠券。

"会所吃饭不合适吧。"我表示反对。杜老板却鼓动说那地以前是私人会所，吃饭要预约，还有演艺表演，非常不错。现在换了新老板改成大众消费，值得一去。

"演艺、休闲、餐饮于一体——玫瑰会所欢迎您！"

我们驱车朝玫瑰会所进发。沿路看见出租车车顶LED显示屏上玫瑰会所的广告。虽然我扔了它的赠券，但这玫瑰会所阴魂不散，到处搔首弄姿。

进了会所大门，踏上流水拱桥，迎面是鲜艳的玫瑰花墙，竟然是真花铺就。着玫瑰花纹旗袍的迎宾小姐询问我们坐大厅还是包间。杜老板说大厅吧，大厅可以看演出。

迎宾小姐将我们带至正对着演出台的桌子，我们依次坐下。杜老板喊服务员点菜。"拣你们这招牌菜上，就这几个人你看着上就行。""好嘞。"服务员应声道。

台上演出正在进行，两个年轻人的相声结束了，换上来一组俏姑娘表演舞蹈。但我无心观赏。我殷勤地为杜老板奉上一支烟，点上火。我相信人人都有强烈的怀旧之心，一个消失了多年的人突然有了消息，谁都会按捺不住。

杜老板很享受地吸了一口烟："咱们最后一次见庄眉是哪一年来着？""2010年。"老六说。"不对，好像是2011年。"老白说。"时间我也记不清了，不过地点很清楚，在外贸宾馆的餐厅里聚餐，江河打了庄眉一巴掌，叫她滚……"杜老板开始讲述。

"别提这，讲以后。"我打断他。"好，好，"杜老板说，"我追出去想替江河劝几句，但庄眉打了辆车就走了。"

"后来呢？"

"我再也没见过她，打她的电话也停机了。"杜老板说。

"再后来呢？"

"好像是半年后，我接到一个电话，号码很陌生，是庄眉打来的，寒暄了几句，我告诉她老贾跑了。她说知道了，劝我以后找点实事干，就挂断了电话。"杜老板说。

"后来我给这个号码打过电话，开始几次是她接的，后来就是另一个人接的，这个人你们也认识。"杜老板说。"是谢薇吧。"我说。

"对。"杜老板说。"谢薇是庄眉的表妹，庄眉当时是用谢薇的电话打过来的。有段时间她们在一起。""我说哩，第一次见谢薇我就觉得有点面熟，原来我在世博园那次见到的就是庄眉和她表妹谢薇！"老六恍然大悟。

"谢薇说她表姐没跟老贾他们走，已经在新公司上班了。但她不肯告诉我庄眉的联系方式，让我不要打扰她。"杜老板说。

"后来我逢年过节常给这个号码发短信，让她转告我对庄眉的祝福，开始没人理会，时间长了，谢薇也回复点祝福的话语。"杜老板说。"熟悉点后，她向我打听庄眉在西安的事，我就一股脑把你和庄眉的事告诉她了。"杜老板说。

"你全说了，"我说，"包括我骂庄眉的事？""天地良心，我可一直在替你说话。"杜老板说。我说："不敢当，您老只要背后不骂我就行了。"杜老板尴尬一笑："想必庄眉已对你恨之入骨了，肯定说了你不少坏话。"

"你怎么知道？"我笑，"她说我坏话我能料到，恐怕你也没少添油加醋吧。"杜老板说："因为有一天，谢薇说这个江河挺可恨的，不能就这么放过他。""于是你们就早早开始计划对付我了！"我说道。"不是我，全是谢薇的主意，我不过是提供点情报，向她报告点你的动向而已。"杜老板说。"你真够朋友！"我说，"竟然为一个未曾谋面的女孩出卖自家弟兄。"

"就是，认贼作父！"老白在一旁附和。"该千刀万剐，不，应该受宫刑！"老六也在一旁吆喝。"够狠的你俩，"杜老板说，"不是我不够意思，江河做事太过分了，庄眉那么好的一个姑娘，江河竟然动手打她，还叫她滚！就凭这一点，江河挨两黑砖都不过分。"

"我有这么过分吗？"我说。"谢薇的确想过用武力解决，开始她计划从他们厂找几个小伙子来西安暴练你一顿的，但被我劝住了。"杜老板说，"我说现在是文明社会，还是用文明的办法解决的好。"

"多谢。"我说。"后来谢薇便想出用精神折磨的办法来对付你。"杜老板说。"最毒妇人心，你们的办法确实挺狠的，我差点没去精神病院。"我生气地说道，"还不如挨两黑砖实在。"

"江河，你可别怪我，我真的只做了点情报工作，充其量是帮手，连从犯都不能算。你可不能怪我。"杜老板说。"不怪你，哥们宰相肚里能撑船，"我说，"后面的我都清楚了，现在交代关键的问题吧。"

"什么关键问题？"杜老板装糊涂。"庄眉现在在哪？"我单刀直入。杜老板笑了："我和你一样关心这个问题，但谢薇一直不肯告诉我。"

"连你也不给说，不会吧？"周主编说。"真的。"杜老板辩解，"开始是庄眉说她不想让人知道她现在在哪，当然包括你。"杜老板看我一眼，"后来谢薇也说庄眉现在开始新生活了，不希望我们打扰她。""真的？"我将信将疑。"骗人是孙子。"杜老板信誓旦旦，"我最后一次见庄眉也是和大家一起在外贸宾馆那次。"

"我不是说过吗，庄眉拿谢薇手机给我打过一个电话，后来再没联系上她，电话一直是谢薇接的。"稍作停顿，杜老板接着说，"其实老六见庄眉的时间都比我离得近。"

我们将目光转向老六。"江河，我不是给你们讲过嘛，前年的时候我在昆明世博园见过庄眉和谢薇，当时她们在一辆旅游车上，等我认出来时车就开走了。要不然我咋都要替江河要下她的电话。"老六说。

"你确定是前年？"我问。"没问题，〇八年五月，门票我还留着呢，上面的时间清清楚楚。"老六说。

这顿饭吃了很久，他们兴致盎然。一边看演出，一边喝酒，闹腾到很晚。虽然没能从杜老板这得到庄眉的准确信息，但她还在人世间这一消息令人欢欣鼓舞。

"结账！"我愉快地打着响指叫服务员。"先生，您好，我们老板交代您这桌免单！""免单？"我疑惑地看看老六又看看杜老板，"你俩的关系？……"他俩摇摇头均予以否认。"你们老板是谁？""我们老板姓秦，我们都叫她'玫瑰姐'"。

"玫瑰姐？不认识！"杜老板说，"把她请来我们见一见！"

"老板刚有急事出去了！"

"把她电话给我！"

"对不起，老板不让乱给她的电话。"

"怪事了！"杜老板说，"那这钱我还不让免了！"

"不免白不免！"老六说，"你下次再来不就见着了吗。""不容易，这么多年还是第一次遇到免单。"我说，"你们就让我享受一次。""小便宜占不得！"周主编说。

"没事！"我说，"待下次来，再会一会这玫瑰姐！"我隐约觉得"玫瑰姐"这三个字从什么地方听到过，却又想不起来。

六十九

尽管把杜老板灌得酩酊大醉，但他所知有限，的确只是从犯，看来要想突破，须得从主犯处下手。

大中午，我在工大教学楼前等谢薇。她和同学有说有笑地走过来。我笑吟吟地向她们扬手示意。

"干吗？"她走过来。"我认输。"我说，"庄眉在哪？""哪个庄眉啊？"她笑。"你表姐庄眉，"我说，"杜老板都已交代了。"

"那你问我干什么？"她笑。"让你说出来，无非要你个态度。"我说。"行了，到现在还在装！"她说，"杜老板整天还向我打听哩。"

"好，好，我投降，我现在的确迫切想知道庄眉在哪儿。"我说。

她的脸上绽开舒心的笑容："你这个虚伪的家伙，终于忍不住了。"

"说吧，算我求你了。"我说。"见她没问题，我可以立马让你们通话，"她说，"但有个前提条件……"她欲言又止。

"什么条件？"我问。

"你爱她吗？"

我无法作答。"这个问题太突然，能不能换个问题。"我躲开她的目光，扫视旁边穿梭而过的行人。

她说道："这个你暂时可以不回答，但你必须把你们的事来龙去脉全讲给我听，我来判断有没有必要让你见她。"

"还有没有选择的余地？"我说。"没有。"她断然拒绝。"你表姐在哪儿？"我问。"你先回答我，"她说，"你爱她吗？""换个问题。"我说。"不换！"她说。

"好吧，我承认我曾经无比喜欢她。""有多喜欢？"她问。"就像山川相伴湖泊，就像细雨追随斜风。"我微笑着说。"这还差不多，"她说，"否则我表姐也太亏了。""是的，是我对不起你表姐。"

"你终于良心发现了，你知道你对她干了什么吗？"她说，"她简直伤心死了！"

七十

和她走到我的车前，我殷勤地给她拉开副驾驶的车门。

"干吗？"她问。"先上车再说。"我随即绕到另一边，坐上车来。插上钥匙，准备发动。"去哪？"她问。"城墙里有家虾不错，去尝尝。"我说。"不去了，"谢薇说，"就在这说吧，下午还有课呢。"

"不逗你玩了，"谢薇说，"我来告诉你真相吧！""好。"我努力掩饰心中的激动，假装平静地听她的讲述。

"杜老板一直暗示你把庄眉推入了悬崖，那是他为泄私愤捉弄你。"她说，"其实不是这样。你们在山顶发生了争执，庄眉以跳崖威胁你原谅她，而你却转身离去。你步下山崖，突然听到山顶庄眉的惊呼声。你赶上去发现庄眉已不见了。你以为庄眉真的跳崖自尽了。在惊恐不安中你独自下山，坐上班车回到市区。在汽车站旁的溜冰场你碰见了齐悦，她是庄眉的同事也就是你们说的老贾的公司的员工……"

"怎么把齐悦也扯出来了。"我说。"哼，齐悦可是你们故事中的重要人物！少了她，故事哪能这么曲折！"她说道。

"后来呢？"我急切地问道。"庄眉只是不小心滑倒，手机掉下悬崖。你闻声返回后，她躲在草丛中偷看你是否会难过。不料你像没事人一样走了。伤心之余她远远地跟着你下山，坐下一趟末班车回到市里。那时天已晚了。她路过溜冰场看见你和齐悦。你们从溜冰场出来去了附近的齐悦家。她一路跟着你们，看你们进了齐悦家……"

"你怎么知道得这么详细？"我问道。"有些是我表姐亲自讲的，有些是杜老板讲给我们听的，有些是我从齐悦这得到的印证。"她继续说道，"庄眉站在楼下远远地望着齐悦家，窗户上的灯很快熄灭了。她一边走一边流泪，步行了十几站路走回家……"

"好感人，我都要感动了。"我说，"这么感人，我怎么一点都不记得？""你肯定记得，只是你不想说而已。"她的声音微颤，想必被自己讲的故事感染所致。"不过也有一种可能，"她说，"你被人打了，头部受伤失忆了。""失忆？"我说，"你们怎么都觉得我失忆了？"

"你和齐悦鬼混之后，凌晨4点时醒来，羞愧难当，穿上衣服偷偷溜了。在街上遇到了一帮小混混，其中有你在溜冰场上得罪的一个。他们喝得醉醺醺地在街上寻事，看到你自然不肯放过。他们十几个人打你一个，你自然不是对手，可你不肯求饶。他们把你按在地上要你服软。可你那时怨气冲天，庄眉坠崖的打击、你和齐悦鬼混的歉疚，这些复杂的情感让你萌生出绝望，你自残似的一遍遍挣扎着站起来，被人无情地击倒，直到你不再动弹。他们摸你鼻息微弱，这才四散而逃。你被巡逻的警察送到医院，这才捡回一命。"

"有这事吗？"我说，"跟真的一样。""真的，杜老板一直在医院照顾你，你把一切都告诉他了。"她说，"可不知为什么你把一切都忘掉了。""这样啊。"我说，"我的确记不得了。""选择性失忆？"她笑笑。

"呵呵，"我说，"你所说的这些，不管是推断还是所谓的事实，都只是杜老板的一面之词。如果杜老板说谎，一切都是虚幻的毫无意义！说我谋杀的是杜老板，说我负心的也是杜老板。去年夏天杜老板还告诉我说有人在云南看见庄眉，说她和人在蜜月旅行。"

"云南旅行是真的，老六看到的人是我和庄眉。"她说，"我们的确去过云南，但那是陪庄眉去疗养。""太好了，庄眉没事我太高兴了。"我欣慰地说。

"你的背叛伤害了她。"谢薇说，"庄眉回到了我们老家，那段时间她意志消沉，我们问什么她都不说，直到最后我们才知道是你的背叛伤害了她。""难道你真是作家？"我说，"你编故事的能力确实挺强的，我咋可能和齐悦有关系？我怎么不记得！"

"你终于知道自己是什么样的人了吧！"谢薇淡淡地说，"我真的替我表姐不值！""你就编吧！"我反击道。

"你走吧！"她突然愠怒道，"我有精神洁癖，我讨厌你们这种人！"说罢她起身甩门而去。嘭的一声将我和她隔绝在车里车外两个世界。我只能看见她决绝而去坚定无情的背影。

我怔怔地发了片刻呆，这才发动汽车离开。

·

七十一

我从来就是个被纵容的家伙，很少顾忌别人的感受。一直以来我努力地矫正，但这骄蛮的秉性好比近视度数，无论你怎样努力，它总是有增无减，最多能和过去持平罢了。

本是一次难得的交流，却因为最终的言语不合而闹得两败俱伤，实在令人心痛。我再默默把事件的原委梳理一遍，好像责任不在我。回想起谢薇甩车门而走的刻薄模样，我立刻原谅了自己。

我去阳台上看了会儿猫，这家伙太懒了，整日昏昏欲睡，也可能和我不无关系，我很少带它下楼去院子里溜达，久而久之它便懒得动了。看来得抽出时间带它去兜兜风了。

阳台的窗户闭得严严实实，我打开窗让新鲜空气进来，夏夜的凉风惬意地掠过我和猫的身体，猫舔了舔嘴，并不醒来。

窗外并无风景，对面的高楼不但遮挡了远方的景致，还带来了沉重的压抑感。我关上窗户，房间里没有开灯，我躺在沙发上，闭上眼睛，陷入无边的黑暗中。是什么让从前的刚毅少年变得如今这般患得患失，几近不可理喻？难道是时光吗？那些远去的光阴像藏在黑暗中的眼睛，默默地窥视着我。都说时光带走华年，时光一去不返，可那过去的时光像阳光洒在我身上的斑驳的碎影，始终在我身上萦绕。

对于庄眉，我一直不愿想起，但身边的每一个人，谢薇、杜老板、老六甚至程柏霜，都保持了浓厚的兴趣。他们甚至不惜设局勾起我的回忆，不知是庄眉的个人魅力驱使他们这么迫切地想了解她，还是另有原因？我不得而知。现在他们，尤其谢薇如愿

须尽欢

以偿地勾起了我的回忆——我和庄眉的浪漫初识，后来的渐入佳境。现在我还能想起她和我在街边的漫步，她将台球戳得满桌子跑笨手笨脚的样子，电影院里她头靠在我肩上的温馨感觉，还有我俩亲近时她身体上渗出的肌肤的香味……

如果没有谢薇、杜老板还有老六的言之凿凿的指证，我愿意永远珍藏我和她那些美好的日子，那些温暖的细节。可是，他们异口同声的指证指向一个不利于我的方向——因为我酒后不自重伸手打了庄眉，才使得事情朝着糟糕的方向发展，庄眉夺路而走，最终不知所终！

可是，我真的不记得有这么一个场景。的的确确，我承认有庄眉这么一个人真切地存在过，我和她一度要好，但是，要命的是我能记得起开始、中间的过程，却记不起最后的结尾了。因为什么样的原因分开，我记不清了。和她最后那段日子几无印象，也许是淡忘太久的缘故。

是的，淡忘太久的缘故！那些曾经令我如醉如痴的书，现在沉睡在我的书柜底部，不是打扫卫生偶然翻起，我实在想不起还有这样的挚爱，不知不觉早已被打入冷宫。

记忆想必如此，我和庄眉最后的不快（我确定是不快，否则不至于现在人隔天涯），如同那本书一样，被我遗忘在记忆的某个角落里了。记忆的角落数以亿计恐怕都有些少，好比电脑的文件，C、D、E、F、G有多个分区，每个分区里亦有繁多的文件目录，每个目录里又有多个子目录。不知道存贮的位置，没有明确的可供搜索的线索指引，找起来谈何容易！

七十二

我一直固执地认为，火车站站台是个有情调的场所。和汽车站的嘈杂和俗气不同，火车站站台是优雅的。何以有如此想法，我不得而知。若非要打破砂锅问到底，恐怕是拜某部有关站台的电影所赐。电影记不清了，站台上男女主角依依惜别，场面伤感却温暖。抑或在站台送过某人残留在我脑海里的某种意识，施加于我使我产生对站台良好的印象。

我是在下午3点接到杜老板的电话的，彼时我和客户一行正在郊县某处温泉里享受，电话里他告诉我谢薇要走了，晚间8点的火车。虽然谢薇没有告知，我和她的隔阂尚未消除，但我还是决定去送送她。

等我调整行程，赶回火车站时已是晚上7时40分，好在我有在报社时的作废记者证尚未交回，这次派上了用场。我持证从出站口的快速通道顺利进入，赶到5号站台，用了三分钟。

列车还未进站。谢薇和杜老板站在三三两两的候车人群中。"对不起，来晚了。"我说。"没事，我给杜老板说你有事就不用来了。"原以为她不会理我，不料她倒很大度，只是言语较为客气，昭示着我们的距离。

"这么快就走呀，"我说，"故事还刚刚上演，这女主角却不见了，太可惜了。"我插科打诨以求缓和气氛。"我可不敢当你女主角，"谢薇说，"被人卖了都不知道。"她的话语里依旧夹杂着浓烈的敌意，"你去找你的双儿当主角，那多好，一块进过派出所。"说到这她竟然眉飞色舞，乐得笑出声来。

看来我进派出所的确拜她所赐。送我进派出所的乐趣抵消掉我前几日对她的言语伤害显然还绰绰有余，想起这事所以她心情大好，不准备和我生气了。"真的要走？"我说。这话明显是废话，广播里提示10分钟后列车进站，她当然要走了。"当然，"她说，"我要回厂上班了。不像你们，整日可以不劳而获。"我尴尬地笑笑，看看杜老板，这家伙比较知趣，走到一边接电话去，想必是为我创造和她独处的机会。

这倒没必要，谢薇不再说话，我也无话可说了。我注视着她，她躲避我的目光，几十秒钟后，蓦地，我发现其实我和她很陌生。

我时常犯自以为是的毛病，学生时代我要好的朋友在选班干部时竟然偷偷投了我的反对票。谈业务时几次胜券在握的生意却在最后关头出了意外。在谢薇的问题上也如此，我一度认为自己和她惺惺相惜，不料中了圈套。何以如此，恐怕还得从我自身寻找答案。

杜老板打完电话，提了三瓶纯净水过来打破了沉默。谢薇和他说笑起来，看来她和杜老板的熟悉程度高于我。我保持沉默，只在杜老板问我时我才一开尊口。

直到列车进站来。先是响亮的汽笛声，紧接着是轰隆隆的车轮声由远及近，直到这庞然大物在面前静止下来。杜老板提着行李箱送谢薇上车，帮她找到座位，将行李置于行李架上。叮嘱她几句，像是注意安全之类，然后下车来。原本是该我做的事情现在落到杜老板头上，虽然他是我最好的朋友，我心里还是有点失落。

失落感，淡淡的失落感。久违了的失落感。谢薇从车窗探出

头来和我们招手。我们亦招手向她示意。列车缓缓启动,驶向我
所不知的远方。我注目着列车的背影,直到它彻底消失不见,这
才和杜老板慢慢从地下车道折回。

七十三

　　台球厅是这样的所在，能让你不知不觉忘记时间的流逝，还能带来身体的放松和精神的愉悦。我喜欢这样的运动。

　　瞄准、击杆，落袋、走位——台球的乐趣基本如此。

　　除了打麻将这恶习之外，台球是我和杜老板唯一相同的高雅爱好。杜老板提议去玩两把，我欣然应允。从火车站出来，我俩驱车到鼎爵台球厅。这是本市最豪华的台球厅之一，杜老板办有至尊金卡，享受贵宾服务。

　　服务小姐个个身材苗条，长相也不赖。看来杜老板是这儿的常客，一个面容姣美的短发服务小姐过来将我们领至9号桌，开灯，优雅地用三角形球框摆好球。另一个负责端来酒水、小食品。

　　"我来！"杜老板先声夺人大力开球。"哗啦！"白球将其他色球撞得四散开来。运气真好，竟然有球落袋。

　　"好球。"我说。

　　"那是。"杜老板端起啤酒一饮而尽，"还不错吧？"杜老板得意地对短发小姐炫耀球技。

　　"先生，你打得真好。"侧立一旁服务的短发小姐客气地恭维道。

　　杜老板的炫耀有点早了。球虽然开进去了，但接下来却没机会。他只能选择防守，但出杆有点草率，给我留下了机会。

　　"承让，承让。"我说，一杆将洞口的花球击进，白球按照设想走到了理想的位置上。"砰砰！"我第二杆又顺利干掉一个花球，白球又走位到绝佳的进攻位置！如此反复，我一杆连续干掉了五个花球，这才罢手。

"真牛！"杜老板惊愕地看着我，他没想到我的球技不但没有落下，反而较过去有所超越。

但是第二盘杜老板马上恢复了状态，球打得行云流水，顺利扳平。原本我俩水平不相上下，关键看谁临场发挥好。在旁边美女服务生的注目下我俩玩心大发，不知疲倦地你追我赶。整整打了30把，结果16：14，我小胜两盘。

"算你赢，"杜老板不太服气，"说吧，想去哪玩"。输家请客是我和杜老板玩台球一贯的约定。"今天不需要你请，只要你认真地回答我的问题，我还愿意请你去消费消费。"我说。

"什么问题？"杜老板喝了口啤酒，狐疑地问。"问题很简单，很好回答，关键看你愿不愿意回答。"我说。"咱兄弟，谁跟谁呀。你的事兄弟我赴汤蹈火都在所不辞，何况一个小问题，问吧。"杜老板做大义凛然状。

七十四

"庄眉现在在哪？"

"呵呵，我就知道你问庄眉的事。不过我确实不知道，孙子骗你。谢薇一直都不肯告诉我。"

"你和谢薇是怎么认识的？"我继续追问。

"不是给你说过吗，我和她短信联系过，她要来算计你，所以就认识了。"杜老板想了想，"她也不过是和你开开玩笑，没啥的。你不会因为这对我耿耿于怀吧？"他突然又想到了什么，笑道，"不就进了次派出所嘛，咱又不是没进过……"

"你大爷的"，我继续发问，"我和庄眉是怎么分手的？""搞笑了吧，江河，"杜老板诧异地说道，"你和你女朋友的事我咋知道？"我说："脑子不好使，这不记不起来了嘛。""真的不记得了？"杜老板说，"我们一直以为你在装呢！""真的不记得了。"我真诚地说道，"你们都说我最后一次在聚会上打了庄眉，可是我一点印象都没有了。""千真万确，大概是2010年五一前后，在外贸宾馆，老贾叫咱们吃饭，你忘了吗……"

看来人真的需要坦诚相对，认真交流。此前我一直认为他们在编故事哄我，他们一致认为我在故弄玄虚。在我真诚的请求下，杜老板讲了那天的详细经过。

那年五一前，老贾说投资的事马上就成了，借五一节大家庆祝下。宴会在外贸宾馆二楼餐厅举行，大约坐了10桌，都是和我们一样的投资者。老贾的公司来了四五位职员，庄眉也在其中，她们的职责是为来宾服务。老贾先介绍了融资之事的最新进展，说马上就大功告成了，大家都将成为富翁了。在老贾的煽动下，宴会现场气氛热烈，大家举杯相庆，光茅台酒就搬来了五箱，到最后都有些喝高了。我和老贾、许汉军、×市人大韩副主任、电厂厂长、×区区委副书记等一桌，那天我情绪亢奋，不停地和人碰酒，还跑到每一桌给人敬酒。杜老板和老白都劝不住。

后来庄眉过来劝我，我还是不听，庄眉夺下了我的酒杯，没想到我当场给了庄眉一巴掌！大家都知道我和庄眉的关系，没想到我会动手打她。"就算是庄眉夺下酒杯拂了你的面子，你也不至于打她吧！"杜老板在讲述中这样义愤填膺地指责我。不光大家，庄眉也没想到我会动手打她，在片刻的惊愕之后她夺路而走，我若无其事地招呼大家继续喝酒。我当时的丑态让杜老板很生气，他追了出去，但没劝住庄眉，庄眉打了辆车走了。

七十五

杜老板条理清晰地讲完这一幕，心头怨气未消："江河，你怎么能动手打女人呢！"

"可能喝醉了吧。"我说。如果老六的讲述我将信将疑，那么杜老板的回忆使我彻底信服。过去真的有这么一幕存在——我在一次宴会上酒醉打了前女友庄眉，她夺路而逃，从此不知去向。

"后来呢？"我问杜老板。

"你打了庄眉后，可能老贾也看不过眼，把你单独叫了出去了，没再回来。"

"没再回来？"我想起了老六的叙述，和杜老板的讲述不谋而合。

"因为你的搅局，宴会很快就散了。打你手机没人接，我们都走了。再后来你和老贾失踪了大概一周时间。打你俩的手机不是关机就是不在服务区。到老贾公司问，员工说老贾打电话交代过，说带你去办个事，很快回来。"

"哦，"我暗地思忖，"事情越来越复杂了，老六讲的我失踪的事看来是真的，可我一点都不记得了。"

"江河，你们到底干啥去了？"杜老板好奇地问。

"我记不起来了。"我说。

"算了，我不问了，"杜老板说，"你和老贾失踪这段我没敢给韩大鹏讲，否则你的麻烦来了。"

"有啥麻烦，我又没干坏事，害怕警察干吗？"我说。

"再没事都不能和警察惹上事。"杜老板说。

"再后来呢？"

"一周后你和老贾回来了。回来不久老贾就消失了，带着许汉军去了外地。大家各干各的去了。不过老贾还算不错，把钱给咱都退了。"

"我干吗去了？"我疑惑地问。

"有天晚上被一堆人群殴，碰巧被我看见了，把你送到医院，住了半个月院，这才保住了小命。"杜老板说，"我还是你的救命恩人呢！"

"感谢，感谢！"我说

"兄弟之间不用客气。"杜老板淡淡地说道，"再后来你回报社上班了，我去温州考察项目，去了有三个月，回来后弄的装修公司。"

"好像是这样！"脑子里有东西呼之欲出，但就差那么一点点。我端起酒杯一饮而尽。漂亮的短发服务生殷勤地给我添上，她一直在我们身边不远处站立服务，想必听得了我们部分谈话。

我的努力思考使得头部隐隐作痛。好比在隧道里摸索前行，终于迎来了一丝光亮。似乎渐渐有了印象——杜老板从外地回来，找到我报社，鼓动我和他一起开装修公司！记忆豁然开朗，我记得那天阳光很好，天空一片湛蓝，我和他在报社所在的高楼顶层天台上边抽烟边展开辩论。我担心开公司的风险，他讲赚大钱的利好！

记忆在此刻慢慢衔接上了。但从宴会起到杜老板找我开公司这一刻中间还是未知的黑洞。无论怎样努力思索，脑海里始终一片茫然。

但是我内心很是愉悦，终于慢慢接近记忆之内核，虽然还有重重迷雾笼罩。

七十六

运气不错。五月酒店的怪梦好久不做了，对庄眉的追忆也将呼之欲出。看来只要努力的话一切将迎刃而解。

早晨10点，我来到办公室。查看胖姑娘送来的财务报表，业绩还行。新业务按部就班地进行，最重要的是几笔欠款催要多日未果，我懒得理的时候，它却不声不响地到了公司的账上。

踏破铁鞋无觅处，得来全不费工夫。我琢磨了一会儿这句话，感觉充满了人生哲理，并且非常贴切实用。

就在此时，胖姑娘敲门说有人找我。我示意人进来。像我这样的小公司只有我去拜访别人的份，谁会主动拜访我？我对来人充满好奇。

没想到是故人。一个打扮入时的女子出现在门口，她礼貌地敲了敲门："江总好。""是你呀，"我站起身迎接，"请坐，请坐！"程柏霜往后顺了顺短裙，在沙发上坐下。我给她倒水："今天怎么有空过来？"她说："从楼下过，看见你车在，顺便上来看看你。"我说："真巧，平时我不太到办公室来。""有缘呗。"她笑起来的样子实在妩媚。

我愉快地和她攀谈。这姑娘长相不赖，但是穿衣打扮上还欠城府，略显性感和俗气。美丽的女子大都头脑简单，言语无忌。她在我办公室旁若无人地参观，指指点点，最后坐到我的位置上玩QQ游戏。

我请她吃饭。饭间提到了神秘的五月酒店，她顿时来了兴趣，嚷着要去看看。

我驱车载着她驶进了体育场大广场，停在五月酒店门口。有着可爱小虎牙的前台接待恰恰在，我和她开了句玩笑。她还认识我，上次我不到十分钟就退房给她留下了印象。上几次我订的是537这个房间，她这次自作主张还给我订了这间。

"谢谢。"我说。那姑娘看了我和程柏霜一眼，笑而不答。我当然能看出她笑容里流露出的心照不宣的意味。

537房间还是老样子，桌椅沙发别无他样。程柏霜却持有浓厚的兴趣。她左瞧瞧、右看看，最后拉开纱窗眺望远方风景。"那是什么楼，好高呀！"她问道。

我走到她旁边："××大厦，规划时是本市最高的楼，开发商资金出了问题，烂尾了十年，现在建好后连前十都排不上了。"

"哦。"她应道。我从兜里摸出一支烟点上，注视着大厦，若有所思。"有人！"她突然回头说道，"屋里有人！""有人？"我猛地一惊，转过身来，环顾四周，并无他人。

"真的有人，刚才感觉有人在背后，就坐在沙发上！"她说。看她急切的表情，真不像说谎。

沙发上哪有人影。我走过去，在真皮沙发上坐下，左右挪动。"你幻听了吧？"我说。即便这样，我还是对房间一一检查，套间里面，床底，卫生间都一一检查。

"这个柜子好大啊！"她拉开进门处的衣柜对我说道。我弯下腰探进头去看了看，里面空间的确很大。"要是躲人的话，这里面倒是好地方！"我说。

"咱走吧，我觉得这地方阴森古怪！"她说。"有吗？"我疑惑地说。"走吧！"她央求道。

"好。"我说。恰好此时微信叮叮作响，娱乐群里老苗和湘子"@"我，三缺一要我火速救场。

七十七

自从撞见齐悦被人大闹办公室之后，差不多一个月没见她，微信不回，电话里也是言辞闪烁。没想到她突然出现了，她召唤我陪她去一个饭局，她容光焕发，美艳动人，仿佛涅槃重生一样。

9个人的饭局，组局的是上次齐悦宴请北京麦总时一块来的光头李总、快捷酒店集团的程总、商旅学院的呼延院长、做慈善的谢总、连锁超市的冯老板、京城某画院的院长、律师界的周律师、某健身会所的女经理叶总。

光头李总和呼延院长见过，其他人都不熟。李总招呼大家落座，他左手边是超市冯老板、齐悦、我、周律师，右手边是呼延院长、程总、门院长、叶女士。从座位安排看冯老板、呼延院长是主角，我看来是配角，被齐悦拉来做伴的。

李总举杯致辞，说今天来的都是好朋友，好久不见，大家小聚联络联络感情。这李总是人精，人情世故谙熟，拿捏得恰到好处，每个人都不慢待，大家相谈甚欢。饭桌上气氛融洽，连平时不动杯的齐悦也喝了几杯红酒。李总亲自给每人都斟上，说这是他们马上要推出的来自法国的葡萄酒，口感纯正。

不错，不错，大家纷纷举杯。我也装模作样抿上一口："入口甘甜，韵味悠长，好酒！"

"拿破仑独爱香贝丹红葡萄酒，每次出征都随军携带一车。拿破仑自己饮用，也御赐下属。传说，滑铁卢一役，他因未饮此酒而心情不佳，遂致战败。于是他下令军队每次经过此地都要向酒庄行礼。这酒庄在勃艮第产区，我们的酒庄和它遥遥相望，一脉相承！"光头李总介绍道。

"高，讲得好，"程总说，"好产品就是要讲故事，大家说对吧！"

"这酒叫啥名字？"健身会所的叶总问道。

"名还在斟酌中，"光头李总说，"我们找了国内的顶尖策划团队，正在运作，不单是名字，包括品牌后面的故事，产品的文化，都要挖掘，这是一个系统工程。"

"对，对！"我们纷纷附和。

"其实不单产品，在座的我们每个人都有故事。"李总说。我们不解其意，静待下文。

"比如我身边的这位冯老板，现在资产过亿，经历十分传奇，最早做煤矿生意，在内蒙古投资了个矿场，结果被人骗了，手续一直办不下来。后来被勒令拆除，一夜之间被爆破掉了，十年前的500万哪，一夜之间变成了废墟。一般人按说都崩溃了，但我们冯老板没。他只身奔赴中东，在沙特开中餐厅，后来美国和伊拉克开战，他直接挺进伊拉克，在战场上卖盒饭，美军卖完，卖伊拉克军人，那钱赚得，简直跟流水一样。"

"那他们相遇了不会打起来？"我疑惑地问。

"不会，"李总笑笑，"人是铁，饭是钢，吃饭时大家化干戈为玉帛，相安无事，要打回战场上打！"

"那冯老板怎么回来了呢？"罗律师问。

"钱挣够了，冯老板爱国，挣了大把外汇回来报效祖国，这不开了十几家连锁超市，日进斗金啊！"

"没这么邪乎！"冯老板谦虚地说。

"冯老板最值得赞赏的是他对婚姻、对爱情的态度。他一直单身，宁缺毋滥，绝不将就，很难得，钻石王老五啊！"李总伸出大拇指赞叹道。

"厉害！"我们对冯老板的励志传奇故事十分钦佩，鼓掌叫好。

"咱程总的故事也很精彩！"光头李总拍了拍程总的左肩，"程总给大家讲讲！"

一直默不作声的程总微笑着说："既然李总说了，我也不怕大家笑话。"

程总开始了他的讲述。程总做生意很早，开始挣了些钱，瞅准机会搞房地产，原本生意做得风生水起，不料被人拉去赌场迷上了赌博。越输越多，现金输了不少，便直接给房子，一晚上几十套房子就转手给人，十分惨烈。输得受不了了便金盆洗手不赌了。谁知赌场不停派熟人来叫，那时候只要谁把程总叫到场子上，直接拿2万元走人。到了现场忍不住手痒痒便又参与进去，总体上还是输多赢少，简直就像着了魔一样，一栋楼盘一半都被输了进去。

我们对他的讲述存有疑问，问他警察难道不管，他说赌场都开在秦岭山峪中，推土车开路推出一块平地，活动板房铺开便是赌博场所。警车刚一进山，沿路及山上暗哨便将消息通报上去，路边备用的铲车直接挖土将道路阻断，等警察上来，人早已跑得没影了。

后来一栋楼的利润几乎都快输完了，适逢严打，赌场老板被抓的被抓，跑路的跑路，这才给剩下了几十套房。甩卖后盘了个快捷酒店，老老实实地经营，几年后开了连锁，现在发展到七家，生意还不错。

又一个传奇加励志的故事，我们拍手叫好。

看来光头李总请大家各自讲故事的提议深得人心，接下来该呼延院长了，他比较低调，只说最近和北京的某家公司合作，操作在纳斯达克上市的事，有点眉目了。他的故事如此简短，让大家有些失望。但我知道这是北京麦总在操作，估计拿了呼延院长不少公关费。

"高啊，"光头李总圆场道，"将来呼院长就是中国民办商旅学院的翘楚，率先在纳斯达克敲响上市的钟声，我等楷模啊！"

想起呼延院长曾盛情招待我们在杏花小镇吃住，我率先鼓掌，众人纷纷响应。"惭愧惭愧！"呼延院长双手抱拳回礼道。

七十八

接下来是慈善公司的谢总讲述，他是做保健品的，早些年市场很热，谢总找了家濒临倒闭的酒厂，开发了一款专治某种病的保健酒，面向全国销售，一个城市一个城市地销售。那时新媒体不发达，人们感知信息基本上是靠报纸和电视，每到一个城市，集中一周媒体广告轰炸，效果立竿见影，销售热线几乎被打爆，厂子里员工三班倒，保健酒都供不应求……

"这保健酒有治疗的功效吗？"周律师问道。

"对，你说到点子上了！"谢总给周律师竖起了大拇指，"酒批的是保健品，我们建议和相应的药物配合服用效果更佳。这种病治疗药物种类繁多，到处都能买到，可以说吧，虽然我们这保健酒当了个药引，起了个心理暗示的作用，但确实有大量的人这毛病被治好了。这病吧，严格意义上也不算病，大部分男人都有，吃药固然好，不想吃药多运动也能缓解……"

"后来呢？"周律师问道。"这行崛起快，衰落也快。后来有很多人模仿，加上监管从严，我们就不做了，现在准备入股李总的葡萄酒事业。"谢总说，"也从事点慈善工作，我们正筹备一个慈善基金，到时候各位捧捧场，慈善为民，造福社会，功德无量啊……"

"到我了？"门院长环顾左右，"嗨，我的没啥传奇色彩，也就一些心路历程，我和大家分享一下……"

门院长是京城一位画家，我在网上搜了下他的介绍，网上到处都是。他的画作无一例外有一处血红泼墨，鲜艳欲滴，评论家誉之为"大写意泼墨技法"，据说集后现代主义和老庄思想以及中国美学精神灵感之大成。光头李总介绍说他的画主要在香港、台湾等地区销售，颇受欢迎，四尺每幅10万元起！

"厉害！"我们赞叹道。"不值一提，不值一提！"门院长说，"其实我的创作灵感也是偶然所得。今天高兴，在座的都不是外人，我就给大家放个卫星，大家千万要保密，尤其不要录音拍视频……"

门院长讲了他的艺术经历。美院毕业后在广告公司干了几年设计，后来北漂，当了专业画家。呕心沥血画的画被人弃如敝屣，几年下来生计艰难，前途黯淡，但他依然坚持创作不辍。有一日在山间写生，不觉日色迟暮。耳畔传来野兽的哀鸣，头顶乌鸦盘旋。想起自己的际遇，他不觉悲从心来。哇的一声，一口怨血喷出，直洒画布中心，自个也因为气血攻心昏睡一旁。第二天醒来，但见画面中间血色已融入画纸。其色灿烂如朝阳，其势飘逸如梅朵。大喜，奔下山去拿此画给画廊，惊为神技，被高价买走。门院长信心暴涨，仿佛任督二脉被打通，顿生醍醐灌顶之感。此后每每作画，画毕，模仿喷血泼墨技法用碗碟洒红颜料于画纸中心。收藏者如云，一时洛阳纸贵。有煤老板重金资助他成立画院，买断他十年的画作版权。画作被煤老板高价卖到香港、台湾、澳门等地区。

"厉害！"连锁超市的冯老板说，"回头我到你画廊去买几幅！"

个个深藏不露，门院长讲完，轮到周律师了，他推辞说没有值得说的故事，光头李总说也没啥感悟，不敢班门弄斧。健身会所的叶经理和齐悦也说没有。

"那我来！"我说，"我事业上没法跟各位大哥比，但经历也算丰富。""谦虚，"光头李总说，"你们年轻人小瞧不得啊，以后是你们的天下！"我笑笑，开始了讲述。"最近市局的韩警官找到我了解情况，要求我不要外出，随时接受他们的询问，"我故意略作停顿继续说道，"因为怀疑5年前我谋杀了一个女孩！"

"啊！"他们面面相觑。我继续说道："他们怀疑我在山顶上将这女孩推了下去……"

须
尽
欢

七十九

这顿饭吃到很晚才结束，我们在饭店门口依依惜别。光头李总他们依次坐进豪车离开，我叫来代驾开车送齐悦回家。

"我终于明白今天的饭局的目的了！"我笑着说。"不就是李总卖红酒在拉投资呗。"齐悦轻描淡写地回答。"这是一方面，"我说，"重要的一面你没看出来？""什么啊？"齐悦问。

"没看见他们在撮合你和超市那冯总吗？"我笑笑。"去，别瞎说，"齐悦说，"人家那么有钱，怎么会缺女朋友！""那不一样，找女朋友和找老婆不是一回事！"我说。"怎么可能，你看他年纪，都可当我爹了！"齐悦笑道。

"这冯总经理够传奇的，"我说，"卖盒饭都卖到战场上去了！""他们的话你也信？"齐悦笑笑，"我可听说这冯总一直在国内，最早走街串巷收破烂呢！""不能以貌取人，这不好！"我说，"汉高祖刘邦最早才一亭长，刘备还是一卖草鞋的！""那你咋不把你那双儿介绍给他！"她说，"别提他了，再说跟你急！"

"好，好，"我话锋一转，"呼延院长上市的事该是真的吧？""我看悬，北京的财务公司不停地要钱，说手续要一点点完善，听李总说这呼延院长有点吃不消了。""这老麦不会是骗子吧？"我问。"你呀，被老贾骗了一回，感觉谁都是骗子！"齐悦说，"人家可是正规公司呢，在北京三环边有办公室。"

"噢。"我说，"说说你吧，感觉对你简直是一无所知！""想知道什么？"齐悦说。"你离开西安以后的事，从实招来！"我说。

"真要听？"齐悦说。"听啊！"我说。

我吩咐司机将车停在路边，付完代驾费打发他离开，留下一个静谧的空间方便齐悦诉说。饭局上诸位的故事让我陡生讲述的欲望，我想齐悦也不例外，她只是人多不好意思讲述罢了。

"那一年，你们到后来都好像失踪了，老贾把公司解散了，我没啥事做，恰好深圳一同学说他们贸易公司要人，我就坐火车过去了……"我侧过头看看齐悦，她靠在座位上，凝视着前方，思绪已进入到遥远的昔日时光。

齐悦被同学叫到深圳一家化妆品公司，做了前台接待，慢慢地和同事领导混熟了，后来转入到销售部门，逐渐有了业绩，因为齐悦人缘好，客户越积越多，两年后做到了销售部经理助理。收入也上来了，在深圳总算立住了脚。然而，天有不测之风云。有一天早晨醒来，她突然发现自己发不出声音来了！她对着镜子张大喉咙，喉咙有些红肿，可能是前夜应酬喝多了酒咽部发炎了。她去小诊所，医生检查说是上呼吸道感染，开了点药。可是服药三天后红肿下去了，发声还是很困难。赶紧去大医院查，诊断说是咽部息肉，医院紧急安排手术进行了摘除。医生说这是小手术，原以为手术后就会好起来，谁知道一个月后还是无法说话！医生复查后一脸茫然，说这绝对不可能，但齐悦确实不能恢复说话了。咽部息肉这种小手术失败率极低，只有万分之一的失败概率，不知怎么就发生了。医院还算负责，组织专家会诊，各种法子用尽了，还是回天乏术。

那段时间齐悦的沮丧可想而知了，无法开口说话自然就不能工作，她辞职了，没了工资，生活都成了问题。半年时间过去，丝毫没有好转的迹象。那是一个雨夜，齐悦一个人踽踽独行于桥头，雨点敲打着湖面，被幽深的湖水无情地吞噬。齐悦觉得自己就是这雨点，应该和它一样的归宿，投身于这幽深之中，一切将会解脱……

万幸的是，他被一个中年男人救了。巧了，这男人是齐悦公司的一个副总，和她不是一个部门，平时公司里见着了只是点个头而已。他碰巧驾车路过，认出了她。

一个人突然不能开口说话，该是多么惶恐的事啊。那是多么苦闷的日子啊，他的出现，让齐悦感到了巨大的温暖，仿佛溺水的孩童抓住了一根救命稻草。她接纳了他，虽然知道他有家室。他对她很好，无微不至地照顾，给她安排到山间静养，找各种偏方来试，还托人从国外带来口碑好的新药……也不知是各种偏方还是新药的功效，抑或心理上的自我诊疗，总之很奇怪，有一天她对着山间的野花，呼吸着清新的空气，她在空旷的林间大声呐喊，突然惊讶地听到自己喉咙里发出了久违的声音！

"很神奇吧？"齐悦对我说。我觉察到了她眼角的泪光。我从车兜里给她抽出纸巾递过去。

"谢谢！"她说。

后来，那副总从单位出来另立山头，开了家外贸公司，齐悦也加入了。公司业务做得很大，在西安也开了分公司，派齐悦过来打理。谁知道他俩的事终究败露了，他老婆带人到西安来闹。齐悦和他开诚布公地谈过，那男人承认公司是老婆的，他虽然是总经理，但只占小股份，他老婆的娘家关系很硬，公司之所以发展得好完全仰仗娘家的关系，所以他不能离婚……

于是齐悦便从公司辞职了，卡宴也交回去了。"原以为找到了幸福，没想到混这么多年又回到了起点！"齐悦惨然笑道。"怎么会？"我说，"你现在是高级人才，哪个公司不抢着要你！""真的吗？"齐悦说。"当然，"我说，"要不嫌我这文化公司庙小，你来我这，总经理让给你！""不去，"她笑了，"我怕你那双儿和谢薇吃醋！"

"吃得着吗？"我说。

"李总让我去他那负责红酒项目，但我没答应，感觉和他们不是一路人。""当然不能去，"我说，"咱才是一路人，去他那还不如去杜老板的装修公司！"

"哪都不去，"她说，"我准备贷款开个公司。""好事啊，贷款有老白，"我说，"以你的资源开公司一准儿大发！"

"谢谢你听我说这么多，说出来轻松多了！"没等我回答，她突然话锋一转，"谢薇这姑娘不错，我觉得你应该主动点！"

"哦……"

八十

"别来无恙?"我给谢薇发微信说。"承蒙江总挂念,还好。"她很快回过来。"我想见见你。"我继续说。

"怎么见,视频上见吗,可惜我没有装摄像头。"她回复道,我能想象出她脸上戏弄我的得意神情。"这好办。"我说,"你等等。"

我下楼来,驱车向南,上了三环,一路飞逝。很快就看到前方醒目的路牌。我选择右拐,在路牌的指引下一路再向南飞奔。

四个小时后我到达南部一个小县城,沿途树木郁郁葱葱,绿意处处扑面而来。好一派秀美景色。

我在路边的小卖部买瓶冰镇矿泉水,打听××厂怎么走,立刻有热心人围上来,给我指明道路。各地风物迥异,连话语都截然不同,但所幸陕南方言不甚复杂,不太难懂。

××厂在峡谷深处,距离县城有30分钟的车程。公路沿着溪流盘旋而上,两边是大山,树木茂盛。到最后山势突然像被巨斧破开了,前方豁然开朗,一片小盆地突现在眼前。

此时路面宽阔了许多,两旁杨树一棵接一棵,将公路护卫得密不透风。我径直将车开到工厂大门边上停下。门口有保安把守,他们想必是谢薇老爹的手下,警惕地看着我。

我给谢薇打电话。"我在你们厂门口。"我说。"骗人。"她说。

5分钟后谢薇穿着蓝色的工装短袖从工厂里走出来,出门时年轻的保安殷勤地给她打招呼。"真的来了!"谢薇走到我面前,惊喜地说,"我还以为你开玩笑呢。""只要谢姑娘召唤,在下赴汤蹈火在所不辞，何况区区千里路程。"我笑。我看见保安在朝这边张望。

"又要贫嘴。"她说。"你好。"她一边和我说一边和路过的熟人打招呼。"来一次不容易，我陪你逛逛吧。"她说。

她在电话里给头请了假，陪我四处走动。工厂里闲人免进，但我们可以在对面的家属区四处看看。别看是个偏僻的工厂，俨然一个小王国。医院、学校、派出所、超市、菜场一应俱全。人声鼎沸、十分繁华。看来谢薇人缘很好，不停有人和她打招呼，并用好奇的眼神打量我。

我和她从后门出来，走到山的脚下，一条蜿蜒的小路爬向山腰。"你是专门看我的，还是另有企图？"她笑盈盈地问我。"当然是看你。"我说。

"呵呵，"她笑得很迷人，"恐怕是想见另一个人吧？"她说的"另一个人"，指的是庄眉。"能顺便见见当然很好，毕竟是老朋友嘛。"我问道，"她在这吗，你们不是说她在外地吗？"

"真的想见我表姐？"她问。看她的样子一本正经。

"想见。"我说。

八十一

我和她顺着公路向上走。山上面难道还有厂子吗？我心里琢磨着。茂盛的林木和巨大的山石挡住了视线，上面的场景只能靠我来想象了。

公路蜿蜒而上到山腰处突然向下延伸出去，我们登临高处，鸟瞰前方景象。是一大片碧绿的草甸。

很久没有这般和自然亲近了。我和她穿越草甸行走，她接到厂里的电话，说什么图纸啊、规划啊，半天说不完，我便独自向前穿越。走到草甸尽头，山势向下起伏，赫然看见坡上是一片密密麻麻的墓群，立着整齐划一的墓碑。墓群呈U字形分布在这半山腰上。

她带我来到这里，难道……我回望她，她还在接听电话，无暇顾及我。我向墓群里走去，有种不祥之感悄悄地在我心间弥漫。

我终于见到了庄眉。她栖息在这山间方寸之土内，默默地和这群山密林为伴。我终于见到了她，我离她咫尺之遥，然而我却触摸不到她，我离她咫尺之遥，却又阴阳两重，相隔天涯。

五年前我遗失了她，再度相见却物是人非。她的墓碑上只简简单单地刻着"庄眉之墓"四个大字，我伸手抚摸她的名字，温热的墓碑仿佛传递着她的温度。现在故人离去，我只能感慨光阴荏苒，造化弄人。

……

"你干吗？"谢薇来到我身旁，看见我悲伤的模样。我无言以对。

她愣了片刻，明白了过来，发出了爽朗的笑声："这不是我表姐的墓！同名而已！""啊？""这是我们离退办的一位阿姨，七十多岁，因病去世了。""你不早说……""也好，终于看到了你真实的一面。"谢薇顽皮地说道。"你故意的吧？""呵呵……"

"我表姐好好的。"谢薇说。看来是被我真诚的悲伤打动，她也准备对我敞开心扉了。"给你说过，我们和庄眉家断了来往，所以一直不知道庄眉的情况。大约是五年前一天，有一个年轻人找来了，打探庄眉的消息。"谢薇说道。

"这个人是杜老板吧？"我说。"是啊，"谢薇说，"杜老板先是找到庄眉他们工厂，可是家里已经没人了，房子也卖掉了。听说有个远房亲戚，便一路找来了。我就这样和杜老板认识了。"

"我才知道庄眉家出事了。我也四处打听庄眉的消息，但一直没有结果。直到有一天，大概是大前年的五一，庄眉竟然找来了。我们全家都很高兴。庄眉在我这待了一周时间。其间我接到杜老板的电话，忍不住告诉了庄眉回来的消息。于是杜老板也赶了过来。"

"我们三人结伴去了昆明世博园玩，你朋友老六看到的旅行车上的人确是我们。我们撇下杜老板是因为他在景区当众下跪向庄眉求婚来着，庄眉拒绝了。但杜老板说不答应就不起来，庄眉生气了，和我撇下杜老板离开了。那时候庄眉心情一直不好。身体出了点问题……"

"还有这一出？"我说，"这杜老板让我刮目相看啊！""杜老板比你强，最起码敢爱敢恨，不像有些人表现得十分虚伪。""他这么好，你干吗不把他收了？"我反击道。"他的确向我表白来着。"谢薇说，"因为杜老板的骚扰，庄眉不太接杜老板的电话，后来干脆换了电话。后来杜老板又找到我家，我劝他感情的事不能勉强，不要再纠缠我表姐了，他也答应了。"

"这就对了，这孙子根本就不是痴情的人。"我说。"然后，然后，"谢薇说，"谁知道他立马向我表白！""哈哈，"我说，"那你赶紧收了他呀，别再让他祸害别人了！""去，去，我表姐不要的男人，我怎么会要！"谢薇笑道，"我又不比我表姐差！""这干醋你也吃，"我惊讶道，"其实杜老板这小伙子还是不错的。"

"我义正词严地拒绝了他，他后来还在电话里纠缠过几次，我说再这样连朋友都没法做了，他这才罢手，后来才和他做朋友到现在。""对，这孙子就不能给他好脸色。"我话锋一转，"那你们为什么要找上我？""我不是说过了吗，"她微笑道，"我是一名网络作家，在写一部青春小说，觉得你们的故事挺有意思，所以要找你要些素材。"

"你网名叫什么？"我问。"盛夏的栀子花。"她说。我在手机上搜"盛夏的栀子花"，找到了她的简介，新生代美女作家，写有多部网络言情作品，网上还有她的美照，清丽动人。"厉害！"我说。

"你们的故事，其他都陆续搞清楚了，唯独你和我表姐为何分手这一点含糊不清。"她说。"我真的不记得了。"我说，"他们都说我在一次聚会上失态打了她，但不知为什么真的记不得了。""是不记得还是不想说，或者是不方便说？""真的不记得了。"我说。"好吧，等你想起再说。"她说。

"那庄眉后来怎么样了？"我问道。"这个嘛，暂时保密，"她说，"除非你能想起你们为何分手，否则你见不上她的。"她要挟我道。"太狠了吧。"我说。"你见她干吗？这么多年过去了，说不定她早把你忘了。"她说。"有这可能。"我说。"还是别见了吧,"谢薇说,"她现在过得很好,已经有新男朋友了。"

"不过我想你们总有见面的时候,因为我的小说总要结尾,总要安排你们见面的。"她说。

八十二

晚饭在谢薇家吃的。她母亲提前下班回家看见了我们，得知我是远道而来的客人，热情地要我留下吃晚饭。我看看谢薇，她点点头，我就心安理得地在沙发上坐下来。

趁她们在厨房忙活的时候，我下楼去。后备厢里还有些烟酒，这些是我备着拜访客户用的，现在派上了用场。再在超市里买了几盒中老年保健品之类，一并提上楼来。

谢薇她父亲回家了，给我开门。"叔叔好。"我招呼道。"买什么东西嘛。"他父亲说。"一点心意，看看您二老。"我说。她父母显然把我看成谢薇的男朋友了，对我问这问那。我一一得体地作答。谢父并不像谢薇所言那般严厉，谈话也很和蔼。

饭菜很丰盛。席间我和谢父还喝了点酒，气氛十分融洽。谢母问我是干什么的，我说开个小公司，生意还行。"那就好，"谢父说，"年轻人还是要自己干点事。""他还年轻啊？"谢薇插话道，"都三十好几了，都成老男人了"。"三十二，到年底三十三。"我说，"是不年轻了。""谢母说，你也不小了，都二十六了。还疯疯癫癫。"谢母数落谢薇。"妈，你怎么向着外人……"谢薇撒娇道。

看来我给她父母的第一印象还不错。吃完饭后我和谢父聊了一会儿天。他对国际时事有兴趣，我和他聊了一会儿，90%报章得来的消息外加10%的自我临场发挥，总之现场气氛十分活跃。

看来人归根结底是种需要相互交流的动物，恰当的交流可以拉近彼此的距离。杜老板早早给我上过此课，现在看来的确十分正确。不但洽谈业务需要沟通，亲朋交往也要沟通，甚至恋人之间恐怕也少不了必要的沟通。我突然想到了庄眉，我和她十有八九是缺乏沟通的缘故，才到了今天这个结局。

稍晚时候，我告辞出来，谢父打电话在厂招待所给我订了房子。原本他们要我住在家里，我推辞说太麻烦婉拒了。谢薇送我到招待所，前台服务员都认识谢薇，她们笑问谢薇："薇姐，你男朋友吧？"谢薇说："普通朋友。"

房间很干净，布置得不错。我笑说："老丈人都见了，还不算男朋友啊？""还早着呢。"她笑。"看来第一关我算是过了。"我说。"过什么关啊？"她问。"你爸妈这关啊！""呵呵，"她笑了，"你觉得过了吗？"

八十三

"当然，"谢薇说，"我妈好客，谁来我家我妈都很热情。我爸是刑侦出身，和犯罪嫌疑人斗智斗勇那是业务基础。别看对你一派和气，那是准备引蛇出洞呢。""不会吧，"我说，"本来还有点自信，你这样一说全没了。""呵呵，你们都是有污点的人，我爸只要随便调查下你，他这一关你就牺牲了。"她笑了笑，仿佛是无心之问，"你那双儿姑娘怎么样了？"

"她呀，一直没联系。"我说。"一起进过派出所的难友，不联系怎么行。"她笑说。看来她对我带双儿深夜回家之事一直耿耿于怀。"我和她真没啥。上次她在我那借宿呢，不信你问杜老板。"我和杜老板常常互相圆场，所以不由自主说出了杜老板的名字。但随即想到杜老板早已叛变，成了谢薇的眼线。

"江河，我最不喜欢你这点，撒起谎来脸都不红。"她脸色平静一本正经地说，"你们做生意说说假话互相蒙骗我可以理解，但你不要对我说假话。""好，我保证以后不对你说假话，我当时确有贼心，但后来真的没发生什么事。"我说，"我充其量算那灰太狼，一直在捉羊，却一直没吃上羊……"

"呵呵。"她乐得笑出声来。"说真的，"我说，"别管你爹怎么说，我说，咱是自由恋爱，你觉得我这人怎么样？"我笑呵呵地问她。

"爱一个人在于爱他纯洁的心灵。"谢薇说，"有个短句怎么说呢，始于颜值……""始于颜值，陷于才华，忠于心灵，"我说，"这是评价女性的。"

"男女都一样，"谢薇说，"可我怎么觉得你们都不纯洁了呢！""不纯洁吗？我说，我怎么觉得纯洁如水。""别贫了，"她说，"我要回家了，要不我爸担心了。""唉，养女儿啥都好，就有一点不好。"我说。"哪一点不好？"她好奇地问。

"女儿大了，老是担心被别的男人欺负。要是儿子就不怕。"我笑嘻嘻地说，"咱俩在一起的话最好要个儿子，免得女儿受人欺负。""谁说女儿就受欺负，那倒未必！"她笑吟吟地说，"要不你试试？"

我说试试就试试，我笑盈盈地向她逼近，将手搭向她的肩膀。我过于轻敌，没能洞察她眼里狡黠的光芒。她突然做出动作，瞬间将我放翻在地。我连她的动作都没看清，像是脚下被她一钩，胳膊这么一拨，我威武的身躯就轻易倒下了。

"厉害！"我悻悻地从地毯上爬起。"要不再试个别的动作，我爸从小就教我练，我可是跆拳道黑带。"她笑盈盈地问我。"不用了，女中豪杰啊。"我说，"这以后麻烦了，不让着你都不行了。""呵呵，"她笑了，"晚安。"她向我道别。"不送，不送。"我揉揉腰，有点疼痛。她走到门口侧身说道："没事吧。"

"没事。"我回答说。"谁让你胡说来着。"她说道。

八十四

"杜老板！"鼓起腮帮，开启双唇，三个字吐将出来，铿锵有力。

显然，杜老板不是始作俑者，也会是知情者。缺口须得从他这里突破。我和老六、周主编费着老劲陪杜老板喝酒，一边恭维一边诱导，使得杜老板酒兴大发，频频举杯。酒精的作用下他情绪迸发："我有过三个女朋友！庄眉算着一个！"

"胡说啥，庄眉是江河的女朋友，有你啥关系！"老六呵斥道。"你喝高了！"周主编也劝诫道。"没高，这才到哪啊！"杜老板说，"想不想听兄弟的故事，我可从来没讲过！""听，听！"我为之愕然，诱导他继续讲述。

"我只承认有过三个女朋友！"杜老板激动地站起。杜老板身边女孩走马灯似的变换，但他只承认有三个这点让我惊讶。我起身扶他坐下，老六殷勤地给他倒水添茶。杜老板开始讲述，他的讲述随心所欲，用词遣句甚为潦草，我稍加整理，修饰如下：

杜老板有过三个女友，谓之女友是以交往时间超过半年为限，至于交往程度暂不在考虑之内。

第一个女孩是工作一年后在工厂附近的电影院里认识的。杜老板买了她的退票，开场时却发现她坐在身边，大概是某人失约，她把一张票卖给了杜老板。她非本地人，在一家星级的酒店做前台接待。杜老板没见过她的亲人也没见过她的朋友，她不太说话，杜老板对她知之甚少。认识一个月后杜老板和她同居了，为期六个月，之后分开了，原因忘记了。好像言语不慎不知伤了谁的自尊吧，突然便疏远起来了。

大概一个月后的晚上，她打杜老板的手机说想见面，而杜老板恰在外地，她以为杜老板说谎、语气有些不悦。两周后杜老板回来时她已搬走了。打电话到她酒店，对方说她已辞职了，具体去向不明。

一年后的一个晚间，杜老板突然想起了她，竟有点伤怀。令人不可思议的是她竟然在此刻打来电话。背景很喧闹，像是酒吧或夜总会之类。她像是喝多了。"来喝酒啊。"电话里她口齿不清。"你在哪儿？""不知道。"

此间她话音中断了一会儿，电话里传来"砰、砰"酒杯相撞的声音，还有些女孩子放肆的笑声。"有些谁呀？""朋友啊。""早点回家吧。""你结婚时可一定要请我哟！"

最后说了这么一句，便听见对方手机"嘀、嘀、嘀"响，像是没电了。"喂、喂……"断线了。第二天，杜老板查了来电显示，是部外地手机。杜老板拨过去，良久才有人接听。"找谁？"一位中年男子的声音。"对不起，打错了。"杜老板说。"神经病。"对方挂掉电话。

从此她再无音讯，杜老板唯一留着的她的东西是一本平装本的《看上去很美》，书的第二页上有她孤零零的签名，看上去弱不禁风，却有说不出来的美感。

第二个是庄眉。杜老板和她在城墙边偶遇，她就像天边的流星，璀璨的光华刹那间击中了杜老板。杜老板和她惺惺相惜，正准备好好发展呢，没想到被杜老板的好哥们江河截和了！后来她失踪了！杜老板承认对她还有深刻的怀念。无论她现状如何，身在何方，杜老板都希望能见着她。

第三个女孩是庄眉走后的第二年夏天，老白从外地回来，他们迷上了去酒吧看艳舞。晚间，老白领杜老板去酒吧。凌晨时分，有女孩子着三点式，在众目睽睽下做出各种动作。有时女孩子会走下台来，找人配合表演。台下客人也会夸张地配合，赢得阵阵喝彩。

　　整个夏天他们点了数量惊人的啤酒，其中不少是被酒吧的陌生女孩喝掉了。也不知是哪里来的女孩子，很大方地坐下，不客气地要酒喝，并反客为主地和老白他们碰杯，酒量出奇地好。侍者走马灯似的拿来新瓶拿走空瓶。喝得晕乎乎时她们起身告辞。酒钱自然算老白他们的。钱倒不是问题，老白的单位待遇不错，而且家里有的是闲钱，只管伸手拿就是。用老白的话说："反正不劳而获，用不着心疼。"

　　原来她们是酒吧请来的促销小姐。若客人没有女伴，她们便大显身手，其中一个女孩一次喝了十瓶（小瓶装），让杜老板不禁担心她的胃。她没有事，而到秋天时杜老板的胃略感不适，医生告诫他要少喝酒。恰逢老白回外地单位上班了，从此杜老板的泡吧生涯告一段落。

　　杜老板继续无所事事。他约了那个喝十瓶啤酒的女孩子出来，一次逛街、一次看电影。最后一次杜老板和她有过肌肤之亲。在凌晨一点的时候她胃痛得厉害，豆大的汗珠滴落在床沿。她强忍了半小时，在杜老板坚持下被送到最近的医院，挂急诊时她疼痛突然消失了，杜老板建议她做个全面检查，她说不用。

　　除此之外杜老板和她好像再无故事，和她相识在酒吧这一点总让杜老板心怀芥蒂。三个月后，她走了，消失得无影无踪。据说有人在南方某医院的病房里见过她。也有人说她在一处名山上出家为尼。她不善言谈，言语比我还少，杜老板能想起最多的是她失神落寞的样子。

听完了杜老板深情的讲述。第一个和第三个女孩的故事细致生动，杜老板显然动了感情，但庄眉这段，有些牵强，我感觉他是在"将"我的"军"！"我都记得庄眉，你怎么一点都不记得，"杜老板说，"难怪他们都说你无情无义……"

"无情无义？"这话实在过分！连身边朋友都这样评价我，看来我该做深刻的自我反省了。罢了，罢了，往事不堪回首。我这人，其实是个古板无趣之人，始终抱着无所谓的态度，好比不可雕的朽木，更别说付出了。难道我真是他们私下所说的那种无情无义的橡皮人？

有时候在有限的几次自我解剖中，连我都讨厌我自己！

八十五

讲完故事，杜老板欢快地重新投入酒局中。"喝喝喝！"他们
仨不管我，热烈地举杯相碰。我好不容易从自我解剖的沮丧情绪
中慢慢缓过神来。

"我郑重而且是最后一次给你解释，庄眉是我在报社就认识
的，比你早一年！"我斩钉截铁地对杜老板说，"不存在截和的说
法！""你说的不算！"杜老板强词夺理道。

"说一说你大前年给庄眉和谢薇同时表白的事吧！"我话锋
一转。

杜老板愕然地看着我。他知道谢薇什么都说了的时候，脸涨
得通红。他伙同谢薇捉弄我的事情我并不计较，倒是他对表白庄
眉和谢薇的勾当全部败露，显得有些紧张。

"混大了，越来越有出息了，连兄弟的女朋友都敢撬。"我说。
"江河，你别多心。你和庄眉闹翻了，我去劝劝。"杜老板很紧张。
"有跪下劝人的吗？"我严厉地说，"杜老板，我一直把你当好兄
弟，当作最好的朋友，可你……""我也一直把你当好兄弟，最好
的朋友。庄眉是我先认识的，被你抢了我都不计较。"他辩解道。

"你和庄眉还有来往吗？"我问。"没有了，后来庄眉换了手
机，她的消息都是通过谢薇得知的。"杜老板说。

我说："我想见庄眉，但是谢薇不让，她是个作家，想知道咱
们的故事。""主要是你的故事，"杜老板趁机把话题转移到我身上，
"你为什么要打庄眉？""我怎么知道！"我说。"一般来说，人发
怒是因为感到屈辱和受到伤害而产生的情感宣泄，难道是庄眉伤

须
尽
欢

害了你？"杜老板自作聪明地推理道。

"伤害？"我说，"伤什么害？""那就不清楚了。"杜老板说。
"你是说她在感情上伤害了我？"我问道。"应该不会，"杜老板说，
"庄眉那时候就跟你交往呢，再没别人。"

庄眉在和我交往时没有和一个异性朋友来往这点是确信无疑
的。她无甚朋友，手机偶尔响起多是办公室同事打来的。她能怎
么伤害我呢？我不愿细想下去。

"咱们这样揣测庄眉是有点不好，但是反过来想，也只能做
出这样的判断，"杜老板说，"你打了庄眉那次，是不是发现了庄
眉对不起你，所以你借酒发疯，报复她？"杜老板突然做出了这
样的判断。"也有可能。"我说。

但是，为什么我一点印象都没有了呢？我是不是遗忘了这段
记忆？

八十六

我在电脑上输入"遗忘"二字进行搜索，显示出了词条。

遗忘分为暂时性遗忘和永久性遗忘，前者指在适宜条件下还可能恢复记忆的遗忘，后者指不经重新学习就不可能恢复记忆的遗忘。

遗忘还有一种类型，为选择性遗忘。选择性遗忘——selective amnesia。

我对着词条对号入座，有一部分记忆丧失了，我点开了"选择性遗忘"。页面上出现了数千字的解释文字，我从中寻找符合我的情形部分：

遗忘是有选择性的。根据心理学研究成果，人们所忘记的事情与情感因素有关。人会很快忘记漠不关心的事，相反，那些能引起强烈情绪反应的事情则难以被忘怀。能引起正面情绪（愉快）的事情会较长久被保留，而引起负面情绪的（不愉快）事情则不然。往日的时光因此多是美好的时光，因为这种选择性会将负面以及一般的事情剔除，而保留正面的内容。

此外，还有一种遗忘是由于心理因素引起的。在癔症与反应性精神病中，可以出现一段时间生活经历的完全遗忘，但此前与此后的记忆保持良好，称为阶段性遗忘。阶段性遗忘的时间可为数日至数月，偶有达数年的。

另有一种选择性遗忘或创伤情境性遗忘，是指患者对极伤心的事会忘得一干二净，叫人很费解。如果问他，他会极力否认曾有过这件伤心事。通过催眠暗示等心理治疗之后，此种遗忘症状可以完全消失。上述心理性因素遗忘都是可以完全康复的，它的产生是由于大脑皮质功能暂时受到抑制所致，并没有器质性损害。

词条中的文字其实并不严谨，对遗忘的分类甚至有些含糊，选择性遗忘、创伤情境性遗忘、阶段性遗忘这三个名词纠缠不清。但我还是大体弄明白了——我十有八九属于阶段性遗忘，我忘记了一段时日。

可是我为什么会忘掉一段时日，到底发生了什么事？

词条上说人脑在遭受外伤或有器质性病变时，有可能造成失忆。此外心理因素也可能造成对记忆的遗失。那么，我究竟是怎么回事呢？

更为重要的是，我怎么才能寻找回那些丢失的记忆呢？这的确是个难题！

八十七

　　我远远地跟随其后，她在春天的街道前行，花瓣掉落在她身上。我跟随她进了五月酒店，我从楼道探出身去，看见她进了537房间，五月酒店的537房间。

　　梦境常常到此戛然而止。一周时间已经是第三次做这个梦了。这个诡异的梦境，之前我明明没有到过五月酒店，却常常无缘无故地做起这个梦。后来我去五月酒店实地查看过，甚至和程柏霜有过未遂的经历，那段时间五月酒店从我梦境里消失了。我还庆幸我终于摆脱这段噩梦，不料它只是暂时歇息了，待它精力充沛时又卷土重来。

　　连日来睡眠不足带来了极度的不适。我去一家诊所开了点药。医生40岁左右，戴着眼镜文质彬彬的样子。他给我进行详细的诊断，开了些中药说要长期治疗。我问他老做梦是不是衰老的表现，他说，那倒不是，现在有心理问题的年轻人很多，你这还是轻的。

　　"轻的？"我表示疑惑。他说很多年轻人因此自杀。自杀有点骇人听闻。我对他的话很多不以为然。唯有一句，看似和药理无关。"很多心理问题还要自己解决，"他说，"药物只能缓解症状，但根本的治愈还在于找到心里病根，自我调节方能痊愈。"

　　"病根？"我表示疑惑。"是的，比如你常常在梦中见到五月酒店，你必须搞清楚这五月酒店到底有何奥秘。你去过那里？那里发生过什么事没有？"

　　只要搞清了五月酒店，一切都将迎刃而解！可是，除之后来的两次，我实实在在没有到过五月酒店，千真万确。

如何搞清五月酒店和我的渊源呢？"五月酒店建于1987年，有港商投资，因服务好在酒店界小有名气。港商聘请了内地总经理打理，总经理和财务沆瀣一气，做假账蒙骗港商。后来换了女总经理。港商不靠这酒店赚钱，所以这酒店生意一直平庸。房价常年不变，服务也一成不变。"网上能搜出来的，除了五月酒店简短的介绍再就是花边新闻，对我毫无帮助。

我决定再去五月酒店。我驱车到酒店门口靠边停下，抽了一支烟，打量这酒店。我能看到靠窗户的537房间，窗户紧闭。我走到前台，虎牙小姑娘像是卖给了酒店，我随时来她都在。

"先生，住宿吗？"她彬彬有礼地问道。"不住。"我回答道，免得她再给我登记537房间。我说："问个事，我想找一下537房间的住宿记录。"姑娘怔了怔，笑了："不可以的，你是警察吗？只有警察才可以查看的。"我一脸失望："再没办法了吗？"她笑笑："你找我们经理吧，他或许有办法。"她拨了个内线，给那边说了下，"客房部，你找我们刘经理，看他能不能帮你。"

须
尽
欢

八十八

我和韩大鹏在茶馆见面。我问他有没有老贾的消息，他说老贾这家伙藏得很好，要么就是死了，一直不见露面。但是他说他有预感这家伙会在西安出现，一定会被他逮住的，他一定要为他死去的同学许汉军讨个公道。

我说许汉军一直甘愿和老贾混的，韩大鹏不同意我的观点。他说如果不是老贾的拉拢，许汉军也不会误入歧途，更不会客死异乡。

我俩在茶馆里点餐，他点了一份竹筒五味鸡饭，我点了份红烧排骨饭，要了瓶红酒。我俩相谈甚欢，大概是秉性相投外加红酒调剂的缘故，韩大鹏话说得多了些。

"老贾很可能会来找你。"他突然神秘地说。"找我？"我说，"找我干吗，我可和他没有关系。"我想会不会杜老板或者老六向他透露了我和老贾一起神秘失踪的事，韩大鹏开始怀疑我了。

"放心，"韩大鹏从烟盒里抽出两支烟，一支给我，一支自己点上，"你不知道吧，老贾对你印象一直不错，还说要见见你呢。""见我？"我说，"你搞错了吧？""没错，"韩大鹏说，"外省的警方抓到跟随老贾逃亡的一个小喽啰，他交代说老贾多次提到想见你一面，所以我们估摸老贾最近会来找你。"

"真的假的？"我说。"当然真的了，"韩大鹏说，"这也是我今天找你的原因。""他要找来，我马上通知你，"我说，"这家伙把我们骗惨了。""很好，你不必害怕，我会派人暗中保护你。"韩大鹏说道。

我目送韩大鹏起身离去，心想老贾找上门也好，至少我可以问问他我们失踪那一周，到底去了哪里，发生了什么事。

八十九

我从五月酒店客房部刘经理这得到了2011年4至5月537房间的信息。

这房子的入住率在70%以上，以散客居多，大都是居住一两晚，三晚的都不常见。最近的一个人，住了10天，登记时间是4月27日至5月6日。他的名字是"许汉军"！

许汉军？难道是我认识的许汉军？

许汉军，38岁，西安人——我看见了他的照片，非常熟悉的许汉军的照片！我拿纸的手猛地一抖，打印纸掉在脚下。

就是那个从前跟老贾一块混的，跟我还比较熟悉的前警察许汉军。他用身份证登记了五月酒店537房间。

怎么会这样！我驱车回办公室，脑海一片混乱。我梦中的五月酒店537房间原来是许汉军在住，在我梦中庄眉为什么去了这537房间？庄眉——许汉军——五月酒店！这中间有什么必然联系？我靠在宽大的老板椅上陷入深深的迷茫当中，许多线索像线团在脑海盘绕，却无法完美地理成线条。

为什么以前没有查一下五月酒店？我梦中的五月酒店暗藏猫腻，直到现在我才若有所悟！

我不时检查手机是否信号饱满，甚至用座机打自己的手机，确认通信正常这才放心。

许汉军死了，死无对证。我在等待一个电话。虽然现在还不能完全搞清楚，但我知道，我正在一步一步接近真相！

九十

我和杜老板，以及他两个伙计在树岛咖啡的包间里玩牌。我的手气一直不佳。"牌背上厕所啦！"杜老板调侃道。这孙子刚和了我一个清一色带一条龙，心情极好。

"扯淡，"我说，"真的内急！"

厕所在吧台左侧，我从包间出来沿着隔挡向前走。隔挡那边坐满了人，我听见有人在电话里夸夸其谈："哥，你听我说，我账上只有3000万，你缓我两天，马上还有一个亿进账……"

我一看乐了，原来是开大奔的方董，上次带我去环山路看路灯，隔几天又问我借钱被我直接拒绝了，不知又在忽悠谁呢。"嗨！方董！"被我一拍肩膀，方董吓得一激灵，电话差点掉到地上。"江老弟呀，来，坐、坐、坐！"方董热情地招呼我道。

我不客气地坐下，瞥见对面两个咖啡杯子，还有两个女士的包堆在沙发角落。"方董又在祸害哪个女老板呢？"我调侃道。"江老弟说笑了，两个妹子，正点得很，给江老弟介绍下！""没兴趣，"我说，"走了，杜老板还等我打牌呢！""别价呀……"方董说。

我刚起身，看见两姑娘从洗手间出来，向这边走过来。竟然是程柏霜和她闺蜜。程柏霜小跑着过来："你怎么来了？"我还没回答，方董惊讶地问道："你们认识？""这我妹子！"我伸手一把将程柏霜揽过来。"大水冲了龙王庙啦，误会啦误会啦！"方董解释道。

"方董有个模特公司，想和我们签约呢。"程柏霜的闺蜜说道。"方董你不立广告牌改做模特公司了?"我问道。"广告牌还在批!模特公司这是新项目,我们不但走秀,还网上带货,横店有个剧我们模特队还要出镜,这个剧我们公司也有投资啦,主演是×××,×××你知道不,现在最火的流量小生!"方董侃侃而谈。

"我靠,躲这来了!"杜老板找了过来,冲我嚷道。"杜总好!"方董热情地和杜老板拥抱,甩了个响指示意服务员加个凳子。

牌自然是打不起来了,牌场两人等不及先走了。方董和杜老板两人惺惺相惜,聊得不亦乐乎。我对方董充满了不信任感,不停地揶揄他,这孙子一看就是身经百战的江湖老油子,一点都不恼,总是淡淡一句:"江总您说笑了。"好比拳头打到棉花上,一点劲使不上。

最后还是交警帮我们打破了僵局。我们从窗玻璃上放眼看去,方董的大奔正在被交警指挥着被拖车拖曳。"坏了!"方董一拍脑门,赶紧向楼下奔去。杜老板紧随其后追了下去。我反正跟交警不熟,想着也帮不上忙,便坐着未动。

"江总,你对我们霜儿是咋想的?"程柏霜的闺蜜突然发难道。"什么咋想的?"我疑惑不解。

"你看吧,"她说道,"我们霜儿年纪也不小了,家里一直催婚……""姐,你说这干吗?"程柏霜阻止道。我拿起桌上杜老板的手机递给程柏霜:"给杜老板送下去一下,他找人肯定用得上。""好吧。"程柏霜拿起电话噔噔噔下楼去了。

"你和我们霜儿是不是在谈恋爱?"闺蜜继续发问。"没有!"我回答道。"明白了,"她说,"原来你和杜老板是一类人!""我和他不一样！"我辩解道。"没有的话就不要耽误她！"她说，"女孩子年龄大了是要寻找归宿的，需要安全感，你给不了她。"

"说的是！"我汗颜道。"别不服气，我可是修过一年的心理学的！"她继续剖析道，"你们啊，身体早过了青年期，心理却还停留在那时候！""青年期！"我说道，"有点道理，我感觉我迷失在那里了，出不来了。""哪有出不来的道理！"她咄咄逼人地说道，"是你不想出来而已！""有什么办法？"我问道。"得找到某种诱因……"

"这孙子，竟然买了个走私车，手续都没有，车牌也是套的！"杜老板不合时宜的归来打扰了我的讨教。"被没收了吧？"我说。"没收还是轻的，搞不好还得进去待几天！"杜老板说。

九十一

"江河吗？"电话里响起了一个苍老的声音，"我是你贾哥呀。"

我终于等到了这个电话。"贾总啊，"我惊讶地说道，"你回来了吗？""嗯，我回来几天了，想跟你见个面。"他说道。"好啊，在哪？"我问道。"老地方，"他说，"半小时后见。"像是怕人偷听，他突然挂断了电话。

我不知道韩大鹏他们是否监听了我的电话，但老贾比较狡猾，用公用电话打给我，约的见面地点也很隐蔽。

"老地方"在含光门里，是个茶馆，名字就叫"老地方"，以前老贾经常带我们去。我下到院子里发动汽车，开了出去，我偷偷瞄后视镜，确定没有人跟踪，这才加大油门向含光门驶去。

"老地方"在环城巷里，较为偏僻。茶馆里人还不少，我四处打量，没见老贾的影子。我找了处靠窗户的位置坐下，能观察到门门口的动静。我不停地看表，离约定的时间过了半个小时，还不见老贾。我起身想去洗手间，却被人按住了，我侧头一看正是老贾。

"贾总。"我招呼道。"坐。"老贾说。几年不见，老贾苍老了许多，两鬓已生出少许白发。看来逃亡的日子很难熬。但老贾从来衣着比较讲究，虽然逃亡但还算光鲜。"没带人吧？"老贾笑道。"当然。"我说。我明白老贾指的是警察。"想你了，叙叙旧。"老贾说。

"听说你们去东北了。"我故意问道，"许汉军呢，他怎么没和你一块？""他后来没跟我，去了西山，听说和小流氓打架，死了。"老贾说。

"许汉军身手不错，死在流氓手里，太可惜了。"我说。"是很可惜，"我的感慨勾起了老贾的思绪，"强龙不压地头蛇，没办法。我们融资的事快成了，结果有人等不住报警了，说我们诈骗。结果被警察通缉了。"

"还是到花旗银行换民国资金的事吧，"我顿了顿，笑着说，"你觉得靠谱吗？""唉，我也被骗了，"老贾略略沉默了几秒，"我上头还有人，好几层呢，他们骗了我，我也是受害者。"

"是这样啊，"我开玩笑道，"那时候我们可对你很信任啊，期待你带我们致富呢。"

九十二

"唉，一言难尽啊。"老贾感慨道。

"你有什么打算？"我看着前面这个曾经玩我们于股掌之中，手头流过上亿资金的骗子，现在走到穷途末路。

他从裤兜里摸出一个皱巴巴的烟盒，我说抽这个吧，我将面前的芙蓉王给他推了过去。他抽出一支芙蓉王点上，猛吸了一口。"混背了，"他吐出一大口烟圈，"我有件事求你。""求我？"我心想老贾大概是想问我借钱吧，"你说吧，只要我能帮上忙。"

"我有个女儿在西郊上中专，我希望你以后能帮我照顾她。"他说，"我迟早会进去的，这逃命的日子不好过。"老贾还有个女儿，在本市上学，我们竟然没有一点消息。这家伙保密工作做得太好了。

"没问题。"我说。对于一个垂暮的老人我动了恻隐之心。"好，好。"老贾想不到我这么爽快地答应。他很感激地说道："我这一辈子最信得过的人就是你了。"他递给我一张纸条，上面写着她女儿的学校地址、姓名、班级，手机号码。

我粗略扫视了一下，发现他女儿姓张，姓没随他。"姓张？"我说。"随她妈姓了。"老贾解释道。"小事一桩，"我说，"朋友之间相互帮忙是应该的。""那是那是。"老贾殷勤地给我倒水。

"老贾，我想问你个事。"我说。"什么事？"老贾说。"最后那次，咱俩是不是被人弄到外地去了？""是被人绑架了。"他说，"我欠了人100万，没来得及还。后来凑够了，他们把咱送回来了。""是这样。"我略有所思。"怎么，你记不起来了？"老贾说。

"我脑子出了点问题，以前的事有些记不得了。"我说。"问题不大吧？"老贾关心地问。"没事，记忆出了点问题，不影响，打牌、泡妞一点都不影响。"

"那就好。"老贾说，"那个庄眉现在还跟你吗？""没有。"我说。"哦，那女娃不错的。"他说。"不错？"我说，"听说她和许汉军有一腿。"我在引蛇出洞。"不会，不会。"老贾说。

"我有证据的，"我说，"许汉军在五月酒店有长包房，你还记得不，2011年五一咱最后一次在外贸宾馆聚会那次，之前4月27日晚上庄眉去了许汉军那，凌晨1点还没出来。"

"有这事？"老贾说，"你听谁说的？""谁说不重要，"我说，"许汉军跟你混的，你们这样做，怎么对得起我！你们知道庄眉那时候跟我的！""你都知道了。"老贾颓然靠在椅子上，"这事我没弄好，对不起你！"

我没有说话，用无声的沉默制造压力。

九十三

　　"事情不是像你说的那样。"老贾开始慢慢讲述，一个令人惊诧的真相浮出水面：

　　2011年4月底，老贾上线的一个重要人物来到西安，来老贾公司视察。看见了庄眉，指名让她陪。但庄眉是个正派女子，老贾说换一个，公司别的女孩，或者从外面找个来。但那人不肯。无奈之下老贾先把那人安排到饭店吃饭，派许汉军去试着做工作，说多少钱都行。许汉军这人深谙人性弱点，他知道庄眉父亲患病在身，需要大量花钱。

　　至于许汉军怎样谈的，我们不得而知。但最终成功诱惑了庄眉，老贾派人给许汉军送去了10万现金。这10万元许汉军有没有全给庄眉我们不清楚。老贾说以许汉军的做派，肯定会截留，所以他多给了点。

　　我不知道庄眉是如何备受这诱惑煎熬，最后她终于被金钱俘虏，她竟然答应了！庄眉怀着忐忑不安的心情，想必还有对我的强烈内疚，拿着许汉军留在五月酒店前台的房卡，去了537房间等候。

　　但是事情往往出乎意料，席间那上线喝高了，搂住一个女服务员不放，嚷着让这服务员陪。这时候老贾才知道上线是个随地叫春的货色。这服务员竟也答应了。

　　庄眉在五月酒店等了一夜，没见人来。第二天一大早老贾接到上线的电话说有急事，叫老贾送他去机场，一溜烟飞机消失在蓝天，再没回来过。许汉军试探说把钱要回来，老贾说算了，就算给庄眉的奖金。"反正那时候来钱容易，何况大资金马上就下来了，对小钱我们也不在意。"老贾说。

"唰！"我端起茶泼到老贾脸上，茶叶、茶水沾老贾一脸，"你们他妈的还是人吗！"我勃然大怒。响动太大，四周的茶客纷纷朝这边看。

"对不起，那是许汉军干的。"老贾狡辩。"你不出钱，哪有这事！"我冲他吼道。"后来不是没事嘛，"老贾说，"我白给了她10万元，算作补偿。"老贾依然用他这混账逻辑和我狡辩。"闭嘴！"我说，"别人我不管，你他妈的不知道庄眉当时跟我的？！""许汉军干的，当时我也没想这么多。我那上线说了，事成之后多给我这西北区100亿，我想着回头多给你分些。""你们他妈的尽做美梦！"我气极，脏话连篇。

"要是庄眉不愿意我们也不会强迫的。"他说。

这话一下子击中了我的软肋。我找不出话来反击。10万元，庄眉出卖了自己，她自己愿意做，我又能如何呢？老贾不愧是老江湖，他一下子瓦解了我的士气。

"不过也有一种可能，许汉军和你那庄眉合伙在骗我！"老贾觉察到我神色不对，换了一种说法。我不置可否。老贾继续说道："也不是没这种可能，许汉军饭桌上把人灌醉，重新找个女娃代替！"

"这事许汉军干得出来！"老贾说。

须
尽
欢

九十四

我靠在椅子上，不再说话，一支接一支地抽烟。

服务员过来添满水。老贾观察我半晌，才小心翼翼地说："对不起，江河，我女儿的事还得麻烦你。"他说。

我低头不语。"我打个电话。"他接着说。我依旧不理他，他犹豫了下还是伸手抓过我的手机，起身向里到没人的卡座上去打电话。

庄眉背叛了我！虽然肉体上未能出轨，但从她接受许汉军给她的钱的那一刻，她精神上已经出轨！我陷入了深深的悲凉之中！这恐怕是任何男人都不愿接受的事实，但的的确确发生了。我在最后一次聚会上伸手打了庄眉，这已经显露了蛛丝马迹，老贾的讲述完全做了印证！如果她内心有被污染的潜在因素，就算那时不出事，以后也会出事。这么一想，我对老贾的愤恨减轻了不少。

老贾打完电话回来，将电话推到我面前。"杜老板，还有你那朋友叫什么来着……""老白——白纲吧？"我说，"他们现在都不错，杜老板开了家装修公司，日子很滋润。白纲现在升到支行副行长了。"

"不错，不错。"老贾由衷地赞扬道。"咱一块的还有老六，前些天我俩还说起你呢。他还是老样子。"

我俩回忆了会儿从前的人和事，气氛逐渐缓和。

这时候来了条短信，手机嘀嘀嘀地响。"我们到了，你现在借口离开座位，我们要行动了，免得他拿你做人质。韩大鹏。"

他怎么知道我们在这，莫非他跟踪了我？我放下电话，端起茶杯喝了一口，看见有两个结实的年轻人朝我这边走来。那边吧台边上有两个人朝这边扫视。看来便衣已经布控了这家茶馆。

我说："我去洗手间。"说完起身向里走。刚过了三个座位，便听见巨大的响动。我回过头看，两个年轻人已将老贾按倒在沙发上。那边吧台两人飞快地过来增援。前后不到半分钟，老贾已经被铐住了。我看着老贾，他竟然对我咧嘴笑。他肯定以为我告发了他，带警察过来了。但我确实没有。

"没事，警察抓人。"服务生大声解释道。胆大的茶客跟着向外看热闹。我也跟了出去，门口停着两辆警车。老贾被塞进后面这辆。

韩大鹏从车前绕了过来："江河，你这次立功了，回头我们通知你来领奖金。""什么奖金？"我迷惑不解。"你直接给我打电话就行了，为啥拨110呢？不过一样，这案子归我管，"韩大鹏说，"回头我给你请功。"

看着警察远去，我怔怔地站立原地，一句话都说不出来。

九十五

"本台最新消息,今天下午,我市警方成功抓捕了一个跨国诈骗团伙西北区的头目。该诈骗团伙在全国十五个省份进行诈骗,以兑换花旗银行民国资金为由骗取市民不菲的手续费用。涉案总金额高达80个亿。现在国际刑警组织已经介入,案件正在进一步深挖之中。"

"本次抓捕逃犯成功,是由于警方线人的及时举报。警方在此呼吁广大市民提供该诈骗案的线索,对于发现线索破案的举报人,将视情况给予3万到10万元不等的破案奖金。"荧屏上是10张在逃犯罪嫌疑人的照片。画面下方提供了举报电话。

我和杜老板坐在茶馆里收看了这条新闻。"老贾落网了。"杜老板说。"嗯,我举报的。"我说。"真的?"杜老板说,"那你立大功了!""老贾用我的电话给警方报案,留的也是我的名字。"我找出我的手机里拨打110的通话记录。

"老贾为什么这么做?"杜老板不解。"他求我照顾他在西郊上学的女儿,可能想让我领举报奖金作为照顾费用。"他的那些脏钱可能花完了,也可能被警方冻结了,也可能逃亡中被人弄走了。

"原来如此。看来老贾良心还未完全泯灭。"杜老板说。"整天东躲西藏的,日子不会好过。所以自首也是必然的。""他找到你,是因为你值得信任,别人就难说了。""信任——"我顿时想到了庄眉,我像被毒蛇咬了一口突然心神不定。我无比信任她,她却背叛了我。

"庄眉这姑娘咋样?"我问杜老板。"很好啊。""是吗?"我说。"怎么了?"他觉察到了我语气的变化。"没什么。"我决定将庄眉的事永远埋藏心底。"没什么,今天和老贾见面,突然想起了庄眉。""我也怪想她的。"杜老板说。

九十六

老贾的讲述，画龙点睛般将众多的场景串联了起来。原来一直在我梦中反复出现的五月酒店的场景竟然是真实的过去。我只不过选择遗忘了它。庄眉去了五月酒店，进了537房间。而我，一路跟踪了她！往事的碎片被庄眉和五月酒店激活了，像电流通过的实验场，一切鲜活起来……

我想起来了，慢慢地想起来了。过去排山倒海翻腾而来，像巨浪般将我扑倒在地。我努力爬起来，跌倒了再次爬起来，像《老人与海》里和大海抗争的勇敢的渔夫。

终于我抗拒到最后，风平浪静，面前海阔天空。我闭上眼睛，我的头脑一片宁静，再无一丝杂念。像穿梭了时空，来到这曾经忘却的记忆里！

记忆之门浑然洞开，里面景物历历在目。是2011年4月27日，5点30左右，我办事路过庄眉办公室，上去找她。她情绪不好，说是感冒了要早回家。我便送她回住处。她说要早早休息。

我告辞下楼，在楼底下我看见有堆人在下象棋，便过去看了会儿。参战双方棋艺太臭，我忍不住支了几招，结果一方把棋盘一推，嚷着你来你来。我当仁不让地坐下，任凭他们车轮战和我厮杀。

从小就接触象棋，上大学时获过我们年级象棋比赛亚军，自然不把他们放在眼里。我连下五城，遥遥领先。他们各有见地，意见不甚统一，到后来我走完一步，他们要争执半天。我点上一支烟得意扬扬地东瞧西看耐心等待。

突然，我看见了庄眉。她换了衣服下楼朝小区外面走。她不是身体不舒服，怎么会出门去？我装作没看见，没将对方马口下的车移走，失手被他们吃了。"输了输了。"我边说边起身离开。

疑惑之下我跟踪了她。她好像心事重重，走得很慢。我远远地跟在她身后。四月底正是花草芳菲的时节，街上槐花开得正热烈。马路上车水马龙。

她转向了体育场，走向五月酒店。我不紧不慢地跟着她，用视线将她牢牢锁定。她进了五月酒店，我快步赶上。

她在前台停留片刻，然后径直进了电梯，我走到电梯前，看见电梯指示灯在五楼停下。我从旁边楼梯快步攀上。我看见她的背影，她朝楼道最里面走。我侧身在墙壁后面，看见她走到楼道尽头，停下，掏出门卡，打开了房门进去。我走了过去，门已经被关上了，我看见门上醒目的"537"字样。

九十七

她到这酒店干什么，是找人吗？可是她在前台拿了房卡。我思考要不要敲门进去，但这样是不是有点唐突？正犹豫间，楼层服务员过来了。

"先生，有事可以帮你吗？"她彬彬有礼地暗示我不可造次。"没事，我找人，记错房间号了。"我退下楼来。我在前台问接待小姐，能否帮我查下537房间的客人。前台小姐微笑着说："不能查。"我说："我朋友让我来的，但好像弄错了，他不在537房间。""你朋友叫什么，我帮您查一下。"接待小姐说。"姓高，"我说，"但不一定是用他的身份证登记的，他说住在537，你查一下他是否姓高。""不是，"她说，"这是个长包房。"前台小姐再次对我微笑，"你一定是搞错了。"

我在酒店大堂沙发上坐了片刻，终于下定决心给庄眉打电话。电话里传来"您拨打的电话不在服务区"。我乘电梯上至五楼，还好楼层服务员没在。我按537的门铃，良久无人应声。再敲门，还是无人应答。

我蹲在酒店对面的花坛边上，一支接一支地抽烟。我在等庄眉出来。庄眉一定是在办什么重要的事情，很快就会出来。我如此安慰自己。时间一分分过去，我注视着五月酒店的大门，期待着美丽的女友庄眉出现，但是，直到凌晨一点，庄眉也没有出来！

我的心情越来越沉重。我在心底里告诫自己："不会的，不会的，庄眉不是那种人。"但伤痛像潮水般袭来、退去，再来、再退去，一浪高过一浪！我终于悲哀地意识到，庄眉背叛了我！——一个漂亮女孩子，向男朋友撒了谎，独自一人来到酒店，深夜不归。房间主人是个男人！种种要素无可争议地指向着一个事实——庄眉背叛了我，他和一个陌生男人在此偷欢……

　　愤怒、悲哀两种情感在体内剧烈冲突，最终还是悲哀占据了上风。她背叛了我，就算我此刻去踹开房门，只会突然被人嘲笑。面对服务员、酒店保安、客人，我会颜面无光。巨大的无助悲伤之感紧紧摄住了我。像被毒蛇缠绕着，我几乎喘不出气来。

九十八

第二天，庄眉打来电话，我一直没有接。她的电话仿佛只是随意打的，两次之后便不再坚持。我想她定是心里有愧，草草打来只是敷衍我。否则她会坚持，直到我接为止。但我心底里很矛盾，若她再打来，我接还是不接。

她再也没有打来电话，我在悲伤中度过了一天一夜。第二天中午接到了老贾的电话，通知晚上在外贸宾馆聚餐。

晚上在外贸宾馆二楼宴会厅，我见着了庄眉。我和杜老板、老白在一块闲聊，庄眉走了过来坐在我身旁。她和我说话，我没有理她。她一定是心里有愧，没再纠缠我。和杜老板说了几句，她被同事叫走去张罗招呼别人。

"你们吵架了？"杜老板问我。"没有。"我说。

宴会气氛很好，老贾做了开场白，他怀着很夸张的喜悦心情说大事将成，大家等着分钱吧。虽然即将成功的事老贾许诺过很多次，但这次他搞得很隆重，还在酒店搞聚会犒赏大家，因此大家还是有些激动，看来这次是真的要成了。

因我报社执行总编的身份，得以和老贾坐在一桌。

老贾特意叫我坐他身旁，他小声对我说，他给总部汇报了，决定给我们报社再追投一个亿！

即将成功的喜悦使我内心膨胀，相比庄眉的背叛几乎微不足道了。此时我心底对庄眉充满鄙夷。我和许汉军在老贾的带领下巡游到各桌敬酒，在即将到来的成功的喜悦加持下，大家尽兴放开了喝。我频繁去给人敬酒。敬到杜老板那桌，被他按在座位上。

我挣扎着举杯要和大家碰。

老白叫来了庄眉。"江河，别喝了。"她拿走了我的酒杯。没关系，我顺手抓起茅台酒瓶朝嘴里灌。"别理我，烦着呢！"我嚷道。庄眉过来抢下我的酒瓶："别喝了。"

"给我！"我步伐不稳，指着庄眉。"给我！"我加深语气说。这个美丽的脸庞此刻在我面前是那般丑陋，因为她刚刚背叛了我。

九十九

"江河，别发疯了。"庄眉说。

她竟然说我，一个背叛我的女人，有何资格说我。我怒从心起，顺手给了她一巴掌，打在她曾经美丽的脸庞上！

响亮的一掌，所有人都看我。

"江河，你！"老白赶紧拉住我，防我下一步的举动。庄眉因我的举动愣住了。短短几秒的迟疑之后，她夺路而走。"庄眉，"杜老板没叫住庄眉，看看我，"江河，你是不是有病啊！"说完，他追了出去。

"没事，喝酒喝酒。"我当作什么也没发生一样招呼大家继续喝。老贾看到了这一幕。他把我叫了出去，在楼道上他问我怎么了。我说没事。"走，到门口透透风去。"他说。

我和他下楼来，拐了几步，他在旁边的小巷子口买烟。他给烟贩100元，烟贩给他找回一堆零钱。我俩转身返回，被几个人拦住去路。

"贾总，发了吧，连电话都不接了。"为首一个光头说道。"是你啊，这么巧。一起喝一杯。"老贾故作镇定。

"回去喝，"光头说，"我们老板让我把你请回去。"老贾看看我："江河，你回吧，我处理点私事。"老贾示意我赶快走。"啥事？"我说，"有事好好说。"我冲上前去，挡在老贾前面。

"没你的事！"光头指着我说。"你少横，这是我的地盘。"我血气上涌，不甘示弱。"废什么话，一块弄走！"旁边一人说。从旁边又冲上几个人来，分别把我和老贾一架，朝车上塞。

"放开老子！"我嚷道。但无济于事，三个人将我半提半拖弄上了一辆三菱越野。啪的一声关上车门。前面，老贾先被弄上车，他一老头自然没法反抗，不像我在车上还挣扎，甚至大声嚷叫。"老实点！"其中一人掏出一把明晃晃的匕首搁在我颈前。寒光一闪，好汉不吃眼前亏，我倒吸一口凉气，老实了许多。

　　越野车跟着前面的帕萨特，一路向西驶去，出了市区，直向甘肃方向而去。

一百

我们被绑架了。我酒醒了一大半。我在路上暗暗思考对策，脑海里还想着警匪电影里的场景：跳车，乘人不备夺路而逃。好像不太现实。两边各坐一个，将我夹在中间。现在夜幕已经降临，四周黝黑一片，只有车灯扫射之处才见光亮。像是在沿山公路上行驶，就算跳下去，掉下山沟恐怕会一命呜呼。

只有伺机而动了，我放弃了抵抗。身体没有了追求，疲倦和酒意双双袭来。我靠在后背上，半醒半睡迷糊了过去。

路面颠簸得厉害。车在崎岖的山路上奔驰，天亮时分，终于停了下来。是半山腰上一片开阔地，建有简易房屋。房前堆着大片木材，看来像是林木加工厂之类。

我和老贾一前一后被押解进屋，分别关在两个房子里。房间很小，砖混结构的房子，十分牢固，逃跑是不可能的。他们没收了我的手机、钱包。我被孤零零地关在一个陌生的地方。我不知接下来会发生什么事。

其实也没人管我，我只是陪衬，他们的目标是老贾。但我还是不能束手待毙。我使劲捶门，立刻有人过来。

"干什么？""我要上厕所。"两人一前一后抓住我的胳膊把我带到门外，在房屋一侧的草地上停住。"就在这。"一人说。

我解完手，慢腾腾地提起裤子。因为我要提裤子，他俩放松了抓我的胳膊。我抓住这千载难逢的机会，猛地挣脱，向前狠命地飞奔。其中一人被我撞倒在地，另一人醒悟过来飞奔过来追我。但逃生的欲望给了我强劲的爆发力，我将他远远地甩在身后。

我朝着来时的路飞奔，但还是未能如愿逃脱，因为我忘了他们是有车的。几分钟后，三菱越野追上了我，堵在我面前。三个大汉跳下车向我围堵过来。前有追兵，后有堵截。我向两边看去，左手边是高坎跃不上去的，右手边是斜坡，虽然坡度很大，但跑下去不是没机会。

　　我毫不犹豫拔腿向坡地奔去，但没跑几步，脚下被石块一绊，我像足球一样射飞了出去，在惯性作用下滚下山坡。石头、树桩毫不留情地撞击着我的身体……

　　我醒来时全身疼痛得厉害，手上，腿上全是擦伤，所幸脸上无甚大碍，只是头部隐隐地痛。我记起了，是头撞到石头上，摸起来还有血迹，稍稍一按，疼得厉害。

　　我和老贾被绑架了，我还保持着清醒的意识。但是头痛得无法细想，是剧烈的疼痛，意识即将丧失的疼痛。像是梦境一般，身体像是被注射了麻醉剂一般，隐隐约约，似睡非睡，渐渐地，意识再度迷失。

一零一

我再度醒来，是在医院的房间里。老贾在身边，旁边还有光头、追我的那帮人。

这是怎么了，我们不是被绑架了吗，怎么老贾和他们相谈甚欢？但我想不起来了。迷迷糊糊的影像在现实面前变得虚假起来。

"没事，江河，你掉到沟里去了，碰着了头。"老贾说。我没有反应。"江河，你没事吧。"老贾伸出手指在我面前晃动，"这是几？"

"一、二——三！"我数着手指，老贾晃动的手指阴影部分浓厚，我好不容易才看清楚。

"嘘，你吓我一跳。"老贾说。"没事。"我说。"咱们准备回呢，你能行吗？""没问题。"我一跃跳下床来。脑子有点迷糊，但脚下一点都不含糊。

三菱越野护送我们安全到家。一路上老贾和他们言谈甚欢，从谈话间我才知老贾让人把钱打到他们卡上了，所以他们和好如初，只有我傻不拉叽，逃跑受了伤。

我回到租赁的房子里休息了两天。手机被收走了，拿我手机的人追我不知给掉哪去了。老贾派人给我配了新手机，附带办了神州行新号，一时无人打扰。只有杜老板和老白找过来看了我。他们问我去了哪里，我只说和老贾办个事。

脸上还有伤痕，我没法出门去。第三周，老贾给我送来了鼓鼓囊囊的一背包的现金，这钱是我这边筹措的给老贾的投资款，他都退了回来，说是给的返本。他说投资马上成功了，事成之后给我们报社投两个亿，给我个人500万。就连揣摩这数字，我的头脑都立刻会疼痛难忍。

"好、好。"我无意识地应承着，脑海一片空白。什么都不想的时候，身体才属于我自己。

说完他走了，我再也没见过他。

一零二

第二周，庄眉来了。那天天气灰蒙蒙的，从窗外看去，楼宇、街道都仿佛笼罩在一层细密的尘网之中，看上去脏兮兮的。

她来了，站在门口，表情淡然。我犹豫了片刻还是给她开了门。

她显然是来和解的，但她却连句对不起都不说，只是拿出两张顺山的门票，说朋友给的，问我去不去。我没有回答。她呆立片刻扭头就走："不去算了！"她气焰嚣张，丝毫没有和解的诚意。但我还是让步了。

"去，去！"我说，"去还不成吗！"

我们在小南门坐上教育专线到火车站，在车站广场的汽车站坐上去顺山的班车。她坐前排，我坐在后排，一路无话，谁也不肯理谁。就这样默默到达顺山，她在前面，我跟在后面约莫10米远的距离。我们慢慢穿过刻有"顺山福地"的那块牌匾，就是在此处被远处的人用广角镜头偷拍，后来发到了网上。然后穿过长长的进山路。山势渐渐陡峭起来，我们缓缓向山上进发。途中她有回过头来看我，我假装不知，装着鉴赏两旁的林木。她便又回过头去，向山上攀登，不再停留。

终于到达山顶，已无退路。山顶是一处较为平坦的所在，建有一座凉亭，下得凉亭是一处突兀的大石板，我踏了上去，探头看见周边是深不可测的谷底，我倒抽了一口凉气，退了下来。她在凉亭上坐下，双腿并拢，靠着柱子坐在凉亭的条栏上，望着远山。

须
尽
欢

"不想对我说点什么吗？"我说。"说什么呀？"她说。"五月酒店537房间！"我说，"作为你男朋友我总该知道点什么吧！""去见了个人，公司的客户，我去接待下，"她辩解道，"这点自由我还是有的吧。"

"骗我说不舒服，却偷偷跑去酒店，"我说，"任何正常人都不会认为其中没有问题！""随你怎么想！"她说，"反正又没发生什么！你别乱猜好不？"

"别乱猜？"我说，"你是不是有什么见不得人的勾当！""你不信任我！"她生气了。"怎么信任？大半夜的怎么信任？信任你没和人开房？"我恶毒地说。

……

她不再言语，我看见她的脸庞有泪滴滑落，我有一秒钟的心软，但她走进五月酒店537房间的那一幕清晰地浮现在脑海，我的内心重新被愤怒占据。"分手吧！"我说，"从此江湖路远不再相见！"我故作潇洒竟然说出了一句电影里的台词。

她没有说话。我看了她一眼，转身向来路返回，尽管内心充满悲愤，但我坚定了信念，绝不回头。我不知她会怎样，有那么瞬间的担忧，但想起她的所作所为，我的心间便又坚如磐石。

须
尽
欢

一零三

　　她已和我再无关系，她做什么已再也和我无关。我下得山来，坐上返回的班车，回到朱雀门外的长途汽车站。已是晚饭时分，意外碰见了在溜冰场玩的齐悦，她和另外一个姐妹以及她们带来的男孩子在场上疯。我也加入其中尽情释放心中的不快。记不清是她主动还是我主动，我和齐悦手拉手在场上一圈圈地旋转，赢得满堂喝彩。其间好像和场中一对男女发生了碰撞产生了争执，我们人多势众把对方撵得落荒而逃。

　　从溜冰场出来，我们在旁边夜市吃烤肉，点了两打啤酒，我们一杯接一杯地狂饮，直到喝得恍恍惚惚不辨东西。后来我好像和齐悦搂肩搭背一路向南，走到她家楼下，然后一同上去。似乎一上去就醉倒了，不省人事。

　　凌晨两点，我迷迷糊糊醒来，发现自己躺在卧室里齐悦的床上，齐悦侧卧在客厅的沙发上。我陡然清醒，蹑手蹑脚从屋子里出来，悄然关好房门，下得楼来，向我租的房子的方向走。那时候下起了沥沥细雨，我在细雨中漫步，让雨抚慰我迷乱的心境。在兴善寺东街夜市摊上，听到有人指着我说："就是他，给我打！"我仓皇反击，寡不敌众，只好掉头逃遁，但被他们追上围殴，但我不服软！我一遍遍地站起，被他们打倒在地，我再行站起……感觉一切都迷离起来，头脑里一片朦胧，耳畔似乎有嘈杂的人声，但眼前已漆黑一片，像是听见大雁塔打更的钟声，城墙上呼啸而过的风声，以及刺耳的警笛声，这些声音越来越弱，直到渐渐失去了感觉……

醒来时已经置身医院的病床上，杜老板、齐悦他们有来看我。也有警察问询，但我想不起什么了，确实想不起什么了。我的记忆好像停留在某个遥远的地方，我记得最近的时光，像是老贾他们公司的庆功宴上，我跟着老贾一桌一桌地和大家碰酒，有些熟悉的面孔，老六、齐悦、杜老板、许汉军、人大刘主任、电厂的冯厂长……当然还有庄眉，但是她熟悉又陌生，她的面容在我脑海里定格四五秒就会幻化成一张我不认识的面孔，以至于我怀疑有没有这么个人存在……

我努力不再想起什么，三个月后，我慢慢地恢复正常。但是，我彻底忘了一些事。被绑架的往事，甚至还有庄眉的背叛。相比荒唐地被人绑架，被背叛更让人感到耻辱，于是在头部受到外力撞击，记忆模糊之际，我选择了将它们一块遗忘！

事实上，很快老贾、许汉军这一干人等突然人间蒸发了，有人说他们去了东北。齐悦也消失了，说是去了深圳。至于庄眉，她连我病床旁都没出现，她不但在我记忆里消失了，也从我的生活中彻底消失了，只是恍恍惚惚中听说她也跟老贾去了外地。只有杜老板在，他任劳任怨地照顾我，直到我恢复正常。

但还是留下了后遗症。无法否认的是我的记忆出现了问题。有些遥远的往事我记得格外清晰，但还有一些却不记得了，例如五月酒店跟踪的情节，跟随老贾被绑架的片刻，我和庄眉在山中盘桓的短暂数小时光阴，以及之后溜冰场以及去齐悦家的场景，甚至出来在街上被人围殴的往事都统统忘记了，就像记忆的光碟被黑客抹去了数据一般，无法恢复了。

背叛、绑架以及被群殴，像爆炸之后的碎片，这些残余被我打进了记忆的冷宫，永不再召唤！如同搜索词条上所说的，我将引起我极度不愉快的这些负面的情绪渐渐排除在脑海之外。

就这样，我真的忘掉了它们。

须
尽
欢

一零四

我真得忘掉它们了！但是，没想到它成了我的梦境！"太奇异了，"副驾驶座位上的杜老板说道，"你可以选择遗忘，却无法阻挡它成为你的梦境！"

"嗯。"我附和道。杜老板这话很有哲理。刚才我还是忍不住对杜老板讲述了我选择性失忆的事情。如此难以置信的真相我必须找个人诉说，一吐为快。但是，有关庄眉背叛，去了五月酒店背叛我这事我只字不提。在他心目中，庄眉是那么好的姑娘，我不忍心破坏她的完美形象。

"选择性遗忘了过去一事，连我自己都不可思议。人生真是奇妙。"我说。"那是，"杜老板说，"人生就像一部小说，跌宕起伏。""杜老板的文学修养越来越深厚了。"我说。"那是，"杜老板说道，"兄弟勤奋好学，已非昔日吴下阿蒙了。"连"吴下阿蒙"都知道，看来我得重新审视杜老板了。

车在一所技工学校的门口停下。我拨了一个电话。一会儿，一男一女两个学生从里面出来，走到我们面前。我看着他们，两个人都留着短发，其中男生染着黄发。

你是×××吧，我说出了老贾女儿的名字。"是我。"打扮得很男性化的女生说道，"你谁呀？"

"我是你爸爸的朋友，他委托我照顾你，"我说，"每月我会定期给你1500元生活费，直到你毕业找到工作为止。"韩大鹏打电话让我去领举报奖金，我拒绝了，给他说出了真相，是老贾用我的电话自个举报的，我不能欺骗政府。我决定从我公司账上每月给这女孩支付，资助罪犯子女，也算是给政府分忧。

"才1500啊，这么少！"她不满地嘟囔道。"不少了，"杜老板插话道，"我上大学时一个月200元都花不完。""你老土呀，早就该out了。"女孩说。男生在一旁附和咧嘴笑："大叔，现在是公元2017年，你别搞笑了！"

"你一块给我吧，不麻烦你每月给我送。"女生说，"老贾以前都是一次给我几年的。"她叫她爸老贾，看来父女间关系有问题。"不行。"我说。"你不会借送钱来泡我吧。"她坏笑道。

"要不是你爸求我，我才懒得管你！"我生气地说，"你把卡号发给我，我每月给你按时打卡里。""切。"女生不屑地说道，"一会儿发给你！"说完和男生勾肩搭背，向学校里走去。

"回来，"我说，"对你爸你连问都不问一下！""他像个当爸的吗？他抛弃了我妈，几年也不见他来看我，他死了也不关我的事！"她狠狠地说道。不过她还是问了一句："老贾出事了吗？"

"进去了，什么时候咱去看看他。""再说吧。"她敷衍我道。

我发动车，原路返回。"你知道我想干什么？"杜老板说。"干什么？"我问。"我想抽她。"杜老板说。"老贾坏事干多了，这也算是报应。"我说。

一零五

杜老板开车拉着我去接胡大师。

我以为胡大师只是个江湖骗子，不料他却替杜老板约到了某房地产公司的总经理。杜老板的电影需要大投资，期望从地产公司这打开缺口。这家地产公司我知道，城南、城西都有他们开售的楼盘。胡大师和他们有些交情。

我说："人不可貌相。"杜老板说："每个人在这世上都有生存之道，大家互相帮衬点，就没有做不成的事。除了胡大师，开套牌大奔的方董也给我介绍了不少资源。"

我说："你的电影筹备得怎么样了？""差不多了！"杜老板说，"后座上有资料！"

我侧身拿过后座的文件袋，里面是电影的策划书。电影《须尽欢》，导演：杜斌，编剧：谢薇，类别：青春都市，方式：院线，计划投资3000万。

"你们行呀！"我说。"瞎折腾，瞎折腾。"杜老板谦虚地说道。

胡大师在小区门口等着我们。他穿着灰色唐装，布鞋，看上去和蔼可亲。

不一会儿，我们驱车到达房产公司楼下。"这公司挺有实力的，"胡大师说，"这栋楼都是他们的。顶层自用，其他的都租出去了。""是，是，他们开发的楼盘有很多。"杜老板附和道。

总经理姓唐，他亲切地招呼我们入座，亲自给我们沏工夫茶。寒暄一会儿，切入正题。胡大师说："杜总你把电影的情况给唐总讲一下。"

杜老板把策划书放到唐总面前，开始介绍："这部电影叫《须尽欢》，是一部都市青春电影，对标的是《阳光灿烂的日子》，也有点像电视剧《与青春有关的日子》……"

　　"《阳光灿烂的日子》，看过，"唐总说，"姜文导演的，里面那女的叫——米兰！对不对？""对，对！"杜老板附和道，"《与青春有关的日子》，好像也看过，里面一帮部队大院小孩叫什么……""高洋、李白玲、方言、高晋、汪若海！"杜老板说。"还有一个爱哭的男的，叫什么？"唐总说。"冯裤子！"我补充道。"对对，"唐总说，"这名特别……"

　　开场谈得比较投机，但对演员阵容唐总有了异议。"导演是你啊？"唐总问。"暂定是我，待投资到位，再请名导来。"杜老板解释道。"咱陕西不是出了很多名导嘛，你随便请一个来，多的是人给投。"唐总说道。"是这样，"胡大师接话道，"这些大导演在国内都是顶尖的了，咱也不好请，人家随便一部都是投资几个亿，咱预算达不到。"

　　"那演员呢？"唐总问道。"演员准备起用新人，电影学院的新人，形象气质佳的。"杜老板说。"总得请几个明星吧？"唐总说。"那是，那是，"杜老板说，"我们准备请些老戏骨来配戏……"唐总说："咱陕西有几个明星，像妮老师、嘉老师，我们董事长特别喜欢看他们的片子……""行，行，我们努力！"杜老板说。

　　谈了将近半个小时，杜老板就投资回报事宜也做了讲解。看来唐总对电影比较感兴趣。最后唐总表示，今年这房子没往年好卖，公司账上闲钱不多，要是电影后面挂个名，几十万他就批了，但大投资还得和董事长汇报。"感谢，非常感谢！"杜老板和胡大师异口同声致谢道。

"不错，算是不虚此行。"我说。"最起码30万挂名费有了。""格局，注意格局。"杜老板说。"唐总的想法也对，能请几个大牌演员来，投资会容易很多！"胡大师说道。

须
尽
欢

一零六

将近一个月的时间过去了，他们都仿佛消失了，"须尽欢"群里也没人说话，杜老板的电影也没有消息。

直到一天上午，我接到一个陌生的电话。"喂，江河老师吗？""是我，你是？"我是云起山庄，明天上午我们有一个微电影开机仪式，我们老板交代一定要请你出席……

"云起山庄？"我问，"你们老板是谁？为什么要请我？"

"我们老板交代的，说您一定会来的。""喂喂……"电话挂了。我拨过去，是占线的忙音。

云起山庄？我感觉有些耳熟。突然想起是在出租车顶的LED广告屏上看到过，和玫瑰会所的广告一前一后。

我正欲给杜老板打电话，齐悦电话也过来了。"有个微电影开始仪式，说是你也去？""云起山庄吗？"我说，"刚接到邀请！去，咱都去，看看有什么惊喜！"

齐悦和我都被邀请，而且是电影的事，想必又是杜老板在玩什么花招。果不其然，微信群里已经炸开锅了，几乎每个人都在说受到了邀请。

不单杜老板，连谢薇、程柏霜、老六、老白，甚至群里的常总都受到了邀请。"你们去吗？"我问。"去啊！"他们纷纷回复道。除了程柏霜说她回老家去不了。

"好，明儿我弄一个考斯特，一车装了。"杜老板说道。"你怎么去？"我私信问谢薇，"我开车过来接你？""不用，我开车。"谢薇说，"这地离我近，你们不用绕路。"

杜老板表现出了极高的组织才能，调度车辆，安排人手。第二天，杜老板找的中巴车绕了一大圈把所有人接上了。车从高架快速干道上西潼高速，一路疾行数个小时，沿着导航提示出了高速，穿过黄河大桥向右转向，看见了路边广告牌上的硕大广告文字：

"每一个不曾迎风起舞的日子，都是对生命的辜负——云起山庄欢迎您！"这广告语改了尼采的名句，加了"迎风"二字倒也和山庄的名字很贴切。

顺着广告牌指示的方向，走了半小时乡间公路，远远看见了"云起山庄"四个大字伫立在一片郁郁葱葱的房舍建筑之上。

云起山庄到了！在繁花似锦的大门口，一个如花似玉的姑娘在微笑着迎接我们。竟然是谢薇，她先我们而至了。她俨然东道主一般热情地接待我们，收齐每个人的身份证给我们登记住房。"现在大家先各自回房休息或者先四处转转，六点半一楼餐厅用餐……"她安排道。

谢薇忙着招呼大家，杜老板指挥人从车厢里搬东西，齐悦和程柏霜及杜老板的小秘在商议着什么。没人搭理我，我便出了酒店大厅，四处闲看。

山庄掩映在绿树繁花之间，亭台楼阁流水潺潺，令人称道的是十几间小木屋镶嵌在山坡林中，枝叶伸手可触，耳畔鸟鸣虫吟，好一处乡村别院！

"开饭了！"杜老板在群里"@"所有人。

一零七

一桌人坐齐，一个自称山庄副总的干练的女子做了开场白。

"今天，我们很高兴邀请到各位嘉宾光临，我代表我们董事长对大家的到来表示热烈的欢迎！"

"你们董事长是？"

女子莞尔一笑："江总先不要急，我们董事长由于身体原因不方便作陪，明天正式活动会亲自招呼各位。稍后我们总经理会来招呼大家。"

"好的，好的，喝酒，喝酒。"杜老板反客为主，起身招呼大家。我看看谢薇，看看齐悦，她俩微笑着不置可否。"既来之则安之。"向来沉默的常总开口了。"好吧，喝酒喝酒，"我说，"都满上……"

既然有人接待我们便放开畅饮。酒酣之际我问服务员："你们总经理是谁？""我们总经理姓许，"服务员说，"叫许汉军。"

"不会吧？"我惊讶地说道，"肯定是重名吧，我们认识的许汉军已经死了！""就是，听说就在你们西山，被人砍了十三刀！"杜老板说。"快把你们许经理请来！"我说，"一定是重名了。"老六说道："不管他，喝，喝，喝！"

约莫五分钟时间，我听到楼道里有人过来的声音。我们都侧过身子面向门口，等待着谜底揭晓！

"大家好，大家好！"来人还未踏进包间，洪亮的声音先入耳际。是我们熟悉的许汉军的声音！惊愕间许汉军走了进来。是我们认识的许汉军！但是和从前不同的是，他是一瘸一瘸地进来的。

许汉军招呼道："各位兄弟姐妹，好久不见了！""你，你不是已经……"杜老板惊讶地说道，"你不是被人砍了十三刀已经……""哈哈，命大，阎王不收我。"许汉军说。

"咳，我们都以为你已经死了！"杜老板说。"没有，没有，"许汉军笑说，"想念大家，舍不得走啊。"边说边上前和我拥抱。"江河，想死哥们了！"许汉军说。"我也是！"我一语双关地说，"你可把我害惨了！"

许汉军没有意识到我的一语双关，松开我。"真的是想念大家了，咱都有五六年没见了吧……""坐、坐、坐，"杜老板招呼大家，"坐下说。"想不到和许汉军还有重逢的时刻。传说中他误入歧途，和人斗殴，被砍了十三刀，身中乱刀而亡。没想到却还在人世！

因为老贾讲述的他用金钱引诱庄眉的事，我对许汉军其实是心怀愤懑的，但看见他瘸着腿的一刹那，我对他却产生了怜悯之情。其实许汉军也是上了老贾的当了，听说他最多的时候给老贾拿了50万。老贾狡诈，他只和上线单线联系，单独收钱行骗，身边其他人都被他蒙骗和利用，许汉军也只是给他办一点闲事，确实没牵连到老贾的诈骗团伙里，否则他早被绳之以法了。

"我终于明白了，"我举起酒杯对谢薇和杜老板说，"你们早知道他没事，合伙来骗我吧！""我不知道。"齐悦举手表明立场。

谢薇和杜老板含笑不答。

"我猜你们董事长是庄眉吧？"我说道。"江河还是聪明，瞒不过啊！"许汉军说，"确实是庄眉！""哦。"我表面故作平静，内心却已经激流奔涌。谢薇不肯告诉我的庄眉的消息，马上要从许汉军这里得知了。

"说来话长，"许汉军点上一支烟，"这事还挺复杂的。"烟雾袅袅升起，在他的讲述中，一切真相大白，我们慢慢陷入遥远的往事中去……

须
尽
欢

一零八

那年国庆过后，也就是我和庄眉顺山之行之后。我以为庄眉坠入山崖，内心充满了恐惧，独自下山，遇见齐悦，在溜冰场和人发生口角，凌晨时分被人围殴，重力损伤之下住院治疗，选择性丧失了部分记忆。这期间老贾感觉到风声不对，仓皇逃离西安，庄眉跟他们一起上了火车，但车过这个小镇时，庄眉突然改变了主意，趁列车在小站加水时独自偷偷下了车，不辞而别。

老贾和许汉军发现时车已经开动了。因为内疚，也可能是出于对一个单身姑娘孤身在外本能的担忧，许汉军给当地他一个老板朋友打电话，希望照顾照顾她。

那老板是本地有头有脸的商界人物，人在外地出差，便安排他公司副总也是他的儿子带人去车站找寻。

庄眉下了车，出了简易的候车室。大概是饿了，在路边摊上点了一份当地的小吃。向摊主打听了一下县城的风土人情，决定前往县城。她在路边等通往县城的班车。一个单身的，面容姣好的姑娘，还在站台里就被人盯上了。一辆面包车停下来，两个小混混下车围了上来，调戏庄眉说带她到县城玩。庄眉拒绝说"不去！"小混混们软磨硬泡，想把庄眉朝车里拽，就在这危险时刻，许汉军朋友的儿子冯毅带人到了，他们撵走了小混混，说明了来由，把庄眉接到镇上许汉军朋友开的五金厂。

庄眉一时没有去处，便在厂里留下了，干干办公室文秘的活。许汉军朋友的儿子冯毅是省城大学生，毕业后家乡发展，计划开发家乡的旅游产业。和庄眉算是有共同语言，他俩一同为建设山庄出谋划策，连"云起"山庄的名字也是庄眉起的。三年以后云起山庄落成了，庄眉总算走出了过去的阴影，和冯毅日久生情，确定了恋爱关系。冯毅很仗义，将山庄董事长换成庄眉，将山庄交给庄眉打理。

"那你怎么又回来了，你这腿……"我问道。

"别急嘛。"许汉军喝了一口茶，继续讲述。

须
尽
欢

一零九

许汉军和老贾在东北待了三年，老贾干的还是和在西安时干的差不多，吸纳形形色色的人等，筹集资金去美国花旗银行兑换民国资金。老贾天天给人许诺事情马上成了，可是一等再等，三年过去了，丝毫见不到资金的影子。许汉军终于认识到上当受骗了，便决意离开老贾。他想到了他这位朋友，便决定过来看看。

想必是以前帮过这位朋友的缘故，加之许汉军做事很得体，老板把他奉为座上宾，封为副总，负责企业集团的安保和外联工作。

然而天有不测之风云，许汉军回来半年后，老板家族被盯上了，犯罪集团绑架了一起外出的老板的儿子冯毅和庄眉，索要50万元，扬言如果报警就撕票。

许汉军开车装上50万元，到劫匪指定的野外某处赎人。劫匪拿到钱后只放了冯毅，把庄眉挟持作为人质，说是害怕警察追踪，要转移到安全的地方再放了庄眉。劫匪出尔反尔不值得相信，许汉军担心庄眉的安危，指示冯毅报警，自己驾车孤身追踪，最终将载有劫匪的车辆逼停，双方展开了殊死搏斗，对方八人和许汉军互殴，许汉军展现了良好的技战素养，最终拖到警察到来，自己却身中十三刀，左脚脚筋被歹徒残忍地砍断……

许汉军谈笑风生地讲述，我们却陷入长久的沉默中。类似警匪片里的传奇故事，却真实地发生了。我们相信许汉军的讲述，相信他的侠义，他为了解救庄眉和歹徒搏斗。

"谢谢你，"杜老板说，"庄眉也是我们共同的朋友！""没什么，"许汉军说，"换作你们，也会这样做的。""后来呢？"齐悦问道。

"后来庄眉和冯毅就专心经营山庄，"许汉军说，"你们市内广告牌上有我们山庄的广告，你们见着没？""看见了，"我说，"我在机场高速进城入口处看见过，'每一个不曾迎风起舞的日子，都是对生命的辜负'，这广告词很好啊。"

"我呢，因为身体的原因，就来山庄担任总经理，这活轻松。"许汉军说道。"山庄做得不错。"谢薇说。"那庄眉呢？"我问道。"后来，庄眉就和谢薇联系上了，后面的事情她讲吧。"许汉军说。

"前年，庄眉才和我联系上。她来我们厂，我才知道她来这了，运营这个山庄，做得不错，我们衷心地替她高兴。"谢薇说，"我和她去云南旅行，在世博园老六见到的确实是我和庄眉。"

"噢，明白了，"我看看杜老板又看看谢薇，"那杜老板和你又是怎样认识的？"谢薇看了一眼杜老板，注视着我说："大概大前年吧，杜老板找到我们厂里了，寻找庄眉的消息……"

"好啊，杜老板，"我故意说，"你都瞒着我干些什么了？""庄眉是我们的朋友，我找她很正常啊！"杜老板辩解道。"找她应该，但是你俩为什么合伙捉弄我？"我说，"我都被你们弄得快抑郁了！"

"开个玩笑，"杜老板说，"你不觉得你的生活很单调？给你增添点色彩而已。""这么说，我还应该感谢你！""那是……""后来呢？"我问谢薇。"后来，庄眉的身体出了点问题。"谢薇说。"什么病？"我关切地问道。

"阿尔茨海默病。是家族遗传的病，她父亲就是得了这种病。""怎么会？"我看过报道，一般来说中老年才会得这种病，可庄眉还年轻啊。"庄眉年轻，这个病轻微的确不算啥。但她同时又有抑郁症，这就麻烦了……"

在两种疾病的交叉折磨下，庄眉的身体每况愈下。头晕、失眠、发呆、记忆衰减、身体消瘦……男朋友带她多地求医，但都束手无策。医生说这病只能缓解，阿尔茨海默病是一种以进行性认知障碍和记忆力损害为主的中枢神经系统退行性疾病。首先要带她到以前非常熟悉的环境当中，重复以前在一起说过的话，以及找到以前特有意义的事情，去激发她。因为过往的记忆感知会对身体的康复有好处。

"光是阿尔茨海默病就很头痛了，至于这抑郁症，更难办，吃了许多药，也不太见效……"谢薇说。"所以你找到我，是想帮助庄眉恢复记忆？"我说。"是啊，但是担心你不原谅我们，所以才绕了这么大一个圈。"许汉军说。

"怎么会，早说嘛。"我说。"那，庄董呢，怎么还不接见我们？"杜老板说。"她身体不好，服了药，早早休息了。"谢薇说。

一一零

"《迷失在青春的日子》微电影开机仪式现在开始，"主持人说道，"有请导演杜斌老师，有请编剧、美女作家盛夏的栀子花谢薇老师发表感言。"

"青春是什么？是一种经历，是一种财富。青春是不完美的，但也是不会后悔的，无论怎么浪费，它依然是美好的。我很荣幸地作为这部微电影的赞助方之一和摄制方，衷心祝愿这部电影在网上火起来。"杜老板脱稿侃侃而谈，颇有风度，着实令我惊讶。杜老板的院线电影《须尽欢》投资没有到位，他先搞了个小号的定制版《迷失在青春的日子》，确实能折腾。

"这个微电影是取材于身边的朋友们的真实故事，他们拥有一个值得回忆的青春，我被他们的故事深深地感动了。是他们让我们懂得了什么是爱，什么是美好。我感谢他们。"谢薇发言了，主打感情牌，令人动容。

"下面有请电影的原型，也是云起山庄的董事长庄眉女士和董事冯毅先生！"主持人说道。我心头猛烈震动，庄眉？是我梦中时常出现的庄眉吗？我看着台上的杜老板和谢薇，但他俩含笑目视观众席，根本无暇顾及我的感受。

我看见一个微胖的男子推着庄眉走了上来，他身材健硕，应该是庄眉的男朋友。他风度翩翩地致辞："感谢大家的光临，感谢大家对云起山庄的厚爱和支持，感谢杜斌导演和谢薇老师，通过这部电影让更多的人知道我们云起山庄。同时，今天我和庄眉小姐举办盛大的订婚仪式，我们想得到在场所有人的祝福。只有得到你们的祝福，我们的幸福才是完美的！"

不知谁带头，响起了经久不息的掌声。"谢谢，谢谢！"庄眉微笑着致谢，她的目光徐徐扫过全场。扫过谢薇、扫过齐悦，扫过杜老板，也扫过我，但是没有停留。我知道她已经不记得我了。

但她的微笑我记得，像春风拂过水面，依旧那么温柔，那么美。

但她已经病了，她的面容苍白。我怀疑她已经不记得我了。当然，也无须再记得我了。

简单的致谢已经耗费了她太多的精力，回到房间，她便陷入了无意识的沉睡状态。谢薇坐在她身边，我和杜老板站立在床前。我们默默地注视着她，她偶尔睁开眼睛，她的眼神已不复清澈。

"是杜老板和江河吗？"庄眉低声询问道。"是我。"杜老板近前去。"这么富态了，听说你当老板了，看来生意不错呀……""瞎混呢，"杜老板说，"这么多年都不和我们联系，你不知道我们有多想你……"

"我也想去看大家，这不病了嘛。"庄眉微笑着说。"江河也来了。"杜老板说。"你好！"我走上前去。"你好！"庄眉微笑着说，"好久不见！""五年了。"我说。"对不起！"她说。"是我不好，那时候不懂事！"我说。"你能来我很开心。""怎么会，是我没能照顾好你……"我说。"谢谢……"

"你们在说什么？我怎么听不懂？"杜老板疑惑地问道。我不理会他，谢薇也不言语，而庄眉，她嘴角带着笑意，突然又坠入虚弱模式，她又慢慢睡着了。

门轻轻地开启，几个人悄然进来了。"前几天刚做完手术，本来病情已有所好转，谁知突然就恶化了。"一位医生模样的人说

287

须
尽
欢

道。"谢谢大家来看她,"谢薇说,"庄眉很希望见到大家。"庄眉的男朋友冯毅说道:"过几天我们要去英国,有朋友介绍了一家医院,在这方面很有研究,我们想去试试。"

……

"每一个不曾迎风起舞的日子,都是对生命的辜负!"我看见路边广告牌上云起山庄的宣传语,像一把尖刀瞬间扎进我的心田。

我们驱车在连霍大道上飞奔,把音量调大,任凭音乐台的歌声在车里肆意流淌。往事一幕幕在脑海翻涌,我们个个都陷入沉思中,谁也不说话,每个人都好像心事重重,默默地追随高速车流奔向前方。

我驱车穿过熙熙攘攘的长安路大街，拐进四海饭店东侧的停车场，停好车，看见一个熟悉的女孩身影。她穿着墨绿色大衣，迈着欢快的步伐走进了饭店的大门。

"庄眉！"我呼喊她，可她似乎没有听见，径直向前走。我快步跟上前去，远远看见她走进了走廊最里右手边的包间，门口的服务员友好地向她点头示意。我尾随其后走了进去。看见了包间里的男男女女，他们坐在大圆桌旁，酒菜摆好，已经等候多时了。

"江河你怎么才来？"最里边位置上的杜老板发话道。我定睛一看，乐了，在座的竟然都是熟人。老白、齐悦、常吉林、周主编夫妇、老六和他媳妇，还有刚才我在门口远远瞧见的绿衣姑娘。我走过去，在杜老板和齐悦之间的空位坐下。"怎么？有什么喜事？人这么齐！"我寒暄道。

"好，人齐了，我说两句。"杜老板说。"今天是我的生日，大家能来我非常感谢。"杜老板双手合十做感恩状。"你生日不是2月14日的吗，怎么提前了？"我插话道。"别打岔！第二个主题就是，"杜老板停了停说，"我们的网络电影《迷失在青春的日子》已经取景开拍了！当然，下一步我们还有院线电影《须尽欢》！"

"祝贺，祝贺！"大家不约而同地祝贺道。"谢谢，现在我郑重向大家介绍一位重量级人物，"杜老板踌躇满志地说，"第一位是小说的原作者美女作家盛夏的栀子花，也就是我们大美女谢薇，她担任我们电影的编剧。她今天没在场，但她在我们须尽欢群里看我们的直播。"

"我们鼓掌祝贺。第二位，我们电影的女一号小庄眉——"杜老板故意拉长语调说，"是庄眉的扮演者潘懿阳！"对面的紫衣女孩站起来，怯生生地向大家致意。她脱掉了紫色大衣，上身穿一件黄色毛衣，丰润异常。留着齐耳短发，脸型像极了当年的庄眉。

"从哪找的，这也太像了吧！"我说。"像吧？"杜老板得意地说。"这不瞎胡闹吗！"我"@"谢薇道："你怎么能让杜老板拿庄眉胡闹？""我觉得这挺好，"谢薇回道，"能在影视作品中流传下去，这是好事啊。""我这是爱屋及乌，"杜老板诡异地笑道，"不像你，叶公好龙！"

"来，大家举杯，为了我们的电影，也为了我们的友谊，干杯！"杜老板提议道。

大概是好久没有欢聚的缘故，我们都很兴奋。杜老板指示小庄眉给每个人依次敬酒。那女孩酒量不俗，高脚杯半杯红酒先干为敬，气势豪爽。在她的影响下，每个人都起身一圈圈地碰杯。

酒到酣处，不知谁又提到了庄眉，谢薇便在须尽欢群里发了一张庄眉的照片，庄眉在大本钟下的照片，她戴着顶红色的帽子，穿着黑色的大氅，坐在椅子上，沐浴在阳光下，神情娴静，是那么的美！

"庄眉刚做完手术，病情稳定，请大家放心！"谢薇在群里说。

"太好了。"常总说。"真美！"周主编的媳妇说。"美吧？"杜老板问我。"美吗？"我说道。

"江河这孙子最大的毛病就是口是心非！"杜老板故意在微信群里说，"故意给人添堵！""说得一点没错。"谢薇紧跟着在群里附和道。"你们厉害，我惹不过，"我回道，"我躲还不行吗！"

我去包间的洗手间，结果里面传来老六媳妇的声音："有人。"服务员说楼道东侧也有洗手间。我跟跟跄跄朝外走，差点撞倒在小庄眉的椅子上。小庄眉说："江总要不要我扶你？"

"要啊！"我说，我将一只胳膊搭在小庄眉肩上，向着杜老板说："你老不介意吧！""不介意！"杜老板大度地说："把江总服侍好！"

酒意上涌，喉间异物感越来越强烈。我双手支在厕所洗漱台上，欠着身子努力想呕吐出来，但徒劳无功。我满脑子都是刚刚许汉军给我发来的微信内容："庄眉的情况不太乐观，医生说可能撑不了三个月！"酒精的刺激加上用力干咳的原因，我眼里盈满泪水。

"另外，这件事我一直想给你解释来着，当年我们就想从老贾那诈一笔，只是让庄眉扮个诱饵而已，根本不会出事的！"许汉军继续发微信说道。

我没有回复。喉间不适越发强烈，我猛烈地咳嗽。"江总您没事吧？"小庄眉关切地问道。"没事，呛着了。"我说，我伸手到感应龙头下，水流了出来。我捧起水浇在面部，镜子里一个中年男子的面容浮现于前，微胖、沧桑，如你所见大多数庸俗的面庞一样。

"唉。"我在心底里叹了一口气。已经到了告别青春的年龄！尴尬的年龄，似乎是什么都能做，却什么都做不了，什么都想拥有，什么都无法拥有……

我驱车去见谢薇。三个小时的车程与我想从她这里探究谜底的迫切比起来简直不算什么。

"还有什么瞒着我？"我问她。在她们厂区的咖啡馆里，我们靠窗而坐。店里传来《卡萨布兰卡》舒缓的曲子。"只是不想让大家担心。"谢薇幽幽地说道。本来阿尔茨海默病不算什么，要命的是庄眉的抑郁症，已经是重度了，从而加重了阿尔茨海默病病情，庄眉现在吃不下饭，睡不着觉，时常处于迷乱状态，连说话都成问题了。

"国外专家已经会诊，基本宣布放弃了。最多只有三个月时间，所以冯毅（庄眉的未婚夫）就带她在英国到处旅游，留住这最后的时光。""哦，你能不能把庄眉的情况系统地给我讲一讲？"我说，"我总觉得有什么东西还没有理清楚！""好吧。"谢薇说。

在谢薇的讲述中，一些迷雾渐渐清晰起来。庄眉是三年前感到身体不适的，起先是微微的头痛，不能思考和回忆，一用脑就头痛，慢慢地记忆也衰退，进食量也递减。多方检查，诊断为神经衰弱甚至抑郁症之类。但服药后概无好转。后来找心理医生说有可能是心病的原因。谢薇便揣测和我有关。于是谢薇便把我的猫抱了去，但猫的到来没有一点帮助，相反庄眉似乎还不喜欢猫。于是他们又把猫还了回来。猫神秘失踪又神秘归来，给我造成了巨大的困扰。谢薇想从我这得知究竟过去发生了什么事，这事可能给庄眉造成了永久的伤害。但我记不得。然后他们又想到拍青春微电影的办法给庄眉带来愉悦，但终归效果甚微，不得已才到英国会诊，不料英国医生也回天乏术。

难道是五月酒店那件事造成的永久伤害？可是老贾和许汉军都已证明那晚并没发生什么，许汉军用10万元诱惑庄眉作陪老贾的上司，老贾的上司因为酒醉叫了饭店的服务员作陪，第二天一早就因总部的召唤匆匆返回。这件事，许汉军不说，庄眉可能也不会自个说给谢薇，我也是最近才回忆起来，谁也不会给说。

按理说，这种不良的青春回忆，每个人都会有歉疚，庄眉心理再过于敏感，不至于因此成疾吧。我想。

"我表姐命真苦！"谢薇说，"小时候娘就撇下她离开了，刚工作父亲就进了监狱，好不容易遇到个对她好的人，马上结婚了却得了怪病……"

"我虽然不懂医，但按理说这种抑郁症，吃吃药，精神上调理调理应该会有好转的啊？"我说。"最早医生也这样诊治过，但一直不见好转，后来还变本加厉了！"谢薇说，"后来还出现了幻觉！"

"幻觉？"我问道，"什么幻觉？""她跟我偷偷说过，她经常做梦，老梦见五月酒店、高山之巅呀什么的。""五月酒店？高山之巅？"这不是我梦中的情形吗？我急切地问道："还有什么？详细点！"

也就这，详细的我也没多问，谢薇说："医生说这都是睡眠不好的症状而已。""对了，"谢薇接着说，"有一次我表姐说她见着了一个小人儿！"

"小人？"我问道。"不是小人，是个小人儿！"谢薇说，"是房间里出现了一个小人儿，倒立在天花板上，还能够说话！"天花板上的小人儿？这不是曾出现在我房间里的"梦中人"吗？"她

须尽欢

确定不是在梦中？"我问道。"我也怀疑她在做梦，但她非常肯定不是在做梦，她说是醒来时看到的！""哦！"我应承道。

"不单是我，包括医生也认为她是发烧后的癔症，打了退烧针。后来她不提这'小人儿'了。"谢薇说。

然而从这之后，庄眉的病情每况愈下，后来发展到难以入眠，一闭眼，眼前就有一串无边的灯火在闪亮，庄眉睁睁地看着它们挨个在眼前熄灭。那仿佛是生命之灯，你在房间里，它们挨个在墙壁上排列，你在野外，它们在林间，在田野里依次排列，看不到尽头，逐个熄灭。你一睁眼它们都消失不见，一闭眼，它们又纷纷回来，依次自杀式熄灭……

"你说恐怖不恐怖？"谢薇说。

我未言语，我陷入深深的孤独中……

一一三

我能做些什么呢？发生的已然发生，过去的已然过去，谁又能够改变？

我想起了梦中人。我在心中默默念叨它的名字。记得它说过，召唤它才会来。它也许是梦境，也许是真实的存在。但无论我怎样热切地想念它，它根本不予理会，半点影儿都不见。

罢了，罢了，可能是大白天的缘故，梦中人不便现身罢了。当然，还有一种可能，是诱因不够的原因，梦中人没有足够现身的契机，所以不能出现！

我仔细梳理了近期出现的人和事。梦中人的现身、夜进派出所、猫在星期二下午失踪、老白的婚礼、被警察韩大鹏问话、顺山牌楼下的照片、遭遇齐东短信勒索、谢薇的圈套、杜老板的内应、老六的跟踪、齐悦的饭局、老贾自首、云起山庄的相逢、许汉军的瘸腿、庄眉眼前的灯盏逐一熄灭……

每一件事情似乎都有深意，都有所指引，甚至都有所关联！我总感觉结果呼之欲出，但还稍欠一点火候。

难道是我遗漏或者忽视了什么？

我在纸上列出一串名字，麦总、呼延院长、开老式大奔的方董、光头李总、奇石馆常总、五月酒店前台小姑娘、我公司接电话的胖姑娘、警花韩卉、酷似庄眉的小演员潘懿阳，我以莫须有的罪名将他们一个个仔细排查，最终徒劳无功。

直到我看见钱包里玫瑰会所的贵宾金卡。那次我们误入该店，消费后被免单，出门时被送了这贵宾卡，说是可享受七折优惠。原以为只是店里的促销措施，现在看起来十分诡异！

"玫瑰姐！"我举起金卡端详，"该去会一会这玫瑰姐了。"

玫瑰姐早已在宽大的茶台前等着我。

"江总您终于来了！"玫瑰姐笑着起身相迎。平头、短袖、长裤，一个干练的中年女性。

"玫瑰姐好。"我伸出手去和她礼貌性地相握。玫瑰姐的面容说不上多好看，但也精致。尤其留着小平头，一下子有了几分英武之气。

"江总不认识我了？"玫瑰姐微笑着问道，"绿茶还是红茶？"

"绿茶吧。"我说，"有点面熟，一定是见过，但想不起来了。""想不起来也正常，"玫瑰姐笑道，"像我这种姿色平常的女子，江总和杜老板自然是不会记在心上的啦……"

"杜老板你也认识？"我惊讶地问道。"岂止杜老板，还有你们那骗子老贾，我都认识，"玫瑰姐神秘一笑，"你女朋友庄眉还好吧？"

"你是谁？"我愈加吃惊。看来我的第六感没错，玫瑰姐必有故事！

玫瑰姐微笑不语，起身走到老板桌后，从抽屉里取出一张照片递给我。一张泛黄的老照片，照片中一个长发女子在海鲜大排档里摆出V字手势，露出灿烂的笑容，背后是成箱的啤酒。

"是你啊！"我说，"想起来了，那时候我们常去你们那吃饭，每次都点你的酒！""算你有点良心，还能记起我。"玫瑰姐笑着说。

"你那时长发多好，怎么剪掉了呢？"我说。"老了，该剪短了！"玫瑰姐说道。"剪短也好，有种英武之美！"我说。"切——别哄我！"玫瑰姐说道。

一一四

当年留长发的玫瑰姐是啤酒厂的促销小姐。我们在东新街夜市吃海鲜的时候见着她的。东新街沿街全是夜市门店，有四五家啤酒厂的推销小姐在来回穿梭，向客人推销各自品牌的啤酒。其中有一个长相甜美，还有一个身材性感，自然备受客人青睐。玫瑰姐面容青涩，又不太会说话，被人拒绝了便讪讪的不知所措。我实在看不过去了便招呼她过来："来一打，今天换个牌子喝！"老贾说："要得。"她一路小跑将啤酒搬了过来："谢谢各位大哥！"杜老板说："你不敬我们老大一杯？"

"行。"她用杯子倒酒，被许汉军阻止了："拿瓶喝！"她犹豫了一下，举起瓶子一口气喝干……"好！"众人喝彩道。从那以后我们每次去夜市都自然地要她的酒。老贾的追随者众多，几乎每天都有饭局，有时候几十号人一起，慢慢地，她和我们熟了。

"你后来做什么了？"我问道，"我再去东新街怎么没见你了？""后来改行了，跟了一老板。"她说。"哦。"我说。

"别想歪了，是跟了一老板，替他做事。"她笑说，"像我这种没有姿色的人，不可能被别人包养。""我没多想。"我说，"老板是做什么的？""一个做口服液的老板，当时我还在东新街卖酒，有一天他找上门来，找我替他做事。""做什么事？"我问道。"让我做内应，打探老贾的消息。"玫瑰姐说。

原来这老板给老贾投了100万，老贾说马上事成了，让他追加500万，许诺事成之后给他5个亿。500万不是小数目，这老板为保险起见，便想从内部打探点消息。偶然间得知玫瑰姐和老贾

297

须
尽
欢

许汉军他们熟悉，便找到她，给了她一笔报酬，让她给提供情报。

"后来呢？"我问道。"我不过是个推销啤酒的，"玫瑰姐说，"老贾这么狡猾，内幕消息肯定不会让我知道。"

玫瑰姐能告诉那老板的无非是老贾的小道消息，吃饭时又见了些谁，老贾又找了哪个小姐之类。重要的消息一概没有！直到有一天他们又来夜市吃饭，酒到兴头，老贾从包里摸出一叠文件，上面都是英文，老贾说资金解冻的协议已经和花旗银行签署了，只等FBI象征性地做个国家安全审查，就可以放款了！大伙凑过头去瞅了一眼，老贾立刻神秘地放回包中。那口服液的老板也在现场，就让玫瑰姐想办法搞到这文件的复印件，如果签约是真的，就立马给老贾投那500万。

但是老贾把这包看得死死的，尽管大家轮番给他敬酒，但老贾酒量奇大，怎么都不醉。玫瑰姐找不到机会下手。于是她几天后潜入到老贾在五月酒店的房间里。老贾行踪诡秘，也不买房子，一直住酒店。三天两头一换，这次是住在了五月酒店。

"五月酒店537房间？"我问道。"是啊，这也是你最关心的事吧？"玫瑰姐神秘地笑道。"我只是好奇，没啥关心的。"我说。

"谁不知道我们江总最近在调查五月酒店，在寻找一个过去的老朋友。"玫瑰姐笑着说道。"呵呵，"我憨笑道，"杜老板说的吧。"

"我潜入到五月酒店，进入到537房间，什么都没找到，不过见到你那老朋友！"玫瑰姐神色突然凝重起来。

"你是说庄眉？"我惊讶地问道。

玫瑰姐说："就是她！"

一一五

玫瑰姐寻得机会，得知老贾和许汉军在云豪大饭店宴请前来视察的上司，便用提前复制的房卡打开了五月酒店537房间的房门。她潜入房间仔细搜寻，但遗憾的是房间里什么都没找到。老贾拿出来炫耀的文件根本不在这房间里！

她十分失望，走到门口准备拉开门离开时，门口却传来刷卡的嗞嗞的声音。难道是老贾和许汉军他们回来了？玫瑰姐惊出一身冷汗。所幸这门不太好开，刷了好几次都没成功，这给玫瑰姐留下了藏身的机会，她闪进了衣柜里。

门开了，却不是老贾，也不是许汉军，而是一个女性，从轻盈的脚步声可以推测得出。

玫瑰姐不敢贸然出柜，她待在里面希望听见房中人去洗手间的声音，以便有机会快速出门。但房中人很安静，不出一点响声，无法判断她在干什么，所以无法行动。

十几分钟过去了，突然传来清脆的门铃声，然后是急促的敲门声，然而房中人却没有开门。门外人等不及了，在门口大声呼唤房中人的名字，让她开门。

然而房中人还是没有开门。玫瑰姐十分纳闷。又过了几分钟，她听见门外人失望而去的脚步声。玫瑰姐将柜子轻轻推开一条细缝，便于观察门口的情形。但房中人没有到门口探视。房间里甚至没有一丝响动。

人在干吗？难道是睡着了？确定房中没有动静，玫瑰姐好奇心上来了，她轻轻地推开衣柜，蹑手蹑脚地走到过道挨近客厅的墙角窥探，客厅里竟然空无一人！客厅后卧室的门大开着，能看见床上被具整齐，床上也空无一人。洗手间正对着衣柜，当然没人进去。那么，人呢？

人去了哪里？玫瑰姐在房间里再度搜寻，各个角落，甚至打开窗户查看，没有一丝房中人的踪迹！

"你是说人在房间里凭空消失了？"我说。"是啊，"玫瑰姐说，"准确地说，是你的前女友庄眉在五月酒店537房间里神秘失踪了！""你怎么确定房中人是庄眉？"我说，"你在衣柜里又看不见人！"

"我虽然看不见，但是我能听见敲门人在喊庄眉开门！"玫瑰姐说，"而且那个人是你！""是我？"我说，"我怎么不记得？""你的声音我记得，自然能分辨得出。"玫瑰姐说，"当时我就在想，你俩可能闹矛盾了。"

"当时我确实跟踪了庄眉，去了五月酒店537房间，但是我不记得敲门了，"我说，"我得了一种遗忘症，有些细节不记得了。""选择性遗忘症吧？"玫瑰姐微笑道，"这其实挺好，把美好的都记住，把糟糕的都忘掉，这多好啊……"

"五月酒店这些事请替我保密！"我说。"说一个人在房间里神秘失踪了？"玫瑰姐说，"我又不傻，说出来人会觉得我傻了！"

"那是。"我说，"人怎么会凭空消失？一定是她出门你没察觉！""也有这种可能。"玫瑰姐说。"谢谢你，我要走了。"我说。"把杜老板叫来，我请你们吃饭？""改天。"我说。

一一六

我走进五月酒店大堂，径直走到前台。

"开537房间！"我说。"对不起先生，537已经有人住了。"前台小姐抱歉地说。她是新来的，我并不认识。"那他什么时候退房？"我问道。"这是长包房，开了一个月，这才住了一周。"她说。"开536吧。"我说。"好的。"她麻利地给我办好卡，微笑着递给我。

我拿上卡，走向电梯口，迎面碰上从东边办公区域走来的虎牙姑娘。她换了制服，从胸前的铭牌上看是升为了大堂副理，我微笑向她示意。不料她主动和我打招呼："江总又住537啊？""想住，可惜被人住了！"我说。"最近很奇怪，好几拨人点名要住537房间！""啊，都谁呀？"我问。"不认识。"她微笑着说，"我在上班，不能聊天，再见！"

"好的。"我说。"祝你入住愉快！"她向我摆手作别。"好几拨人点名要住？"我在心中暗自思忖，"都会是谁呢？"

我开了536房间，房间陈设和537无甚差别。我打开窗户看了看，正对着体育场，能看见场馆内的红白相间的跑道。场外广场上停满了车，夜幕下花花绿绿的人川流不息。再从窗户探出头去看537房间，窗户关得严严实实。我屏息静听，房间里没有一点声音，哪怕是歌声、说话声、咳嗽声也好，但是统统没有，透露不出一点讯息。

"会是谁呢？谁长包了537房间？"终于好奇心占了上风。我打开门走到537房间门口。伸出手去，郑重地敲门。没人应声。再按门铃，也是良久无人应答。看来是没人在房间里。

我下楼到大堂，想找虎牙领班打探点消息，却没见到她。记得上次找她打印537房间入住记录时曾加过她的微信，我翻出来，给她留言："忙不，在旁边夜市吃个饭去。""上班呢，走不开。"她迅速回道，外加一个害羞的表情。"好吧。"我说。

我步出五月酒店，走出体育场广场，拐进旁边的小巷子。看见一家川菜小馆灯光明亮，便走了进去，靠窗户坐下。点了三个菜，一瓶啤酒，自酌自饮。

小菜馆里人声鼎沸，放着熟悉的老歌，先是《恋曲1990》，再是《追梦人》《最真的梦》《挪威的森林》，现在是《我要找到你》。老板看来是个老歌控，这些老歌并不在一个专辑里，一定是他下载在一起的。

我随着音乐小声哼唱，一边欣赏外面街道上来来往往的人流，在马路霓虹灯变幻的灯光下，每个人都被抹上一层瑰丽的颜色，恍惚如故事里的角色……

突然我看见了庄眉！她依旧是那般明朗的面庞，短发齐耳，风采依然。她孤身从小菜馆外走过，眼光扫过窗玻璃，有意无意冲我暖暖一笑……

"庄眉！"我蓦然惊起。如是这般短暂三两秒，庄眉离开了视线。"结账，老板！"我将100元大钞撒在吧台，冲了出去。

我在人流中搜寻庄眉的身影，所幸她还在。她着漂亮的一字肩衫朝前方走去，步履不匆不忙。多么熟悉的背影啊，梦境里她曾引领我朝五月酒店走去！而这次，她要去哪儿？

一一七

我注视着她的身影，跟随着她！

她在前方右转，拐进了体育场广场。我跟着她。她在五月酒店门口微微停顿，走了进去。我远远地跟了进去。她径直进了电梯。我跟了过去，还好没见着虎牙小领班。

电梯显示在五楼，我按下上升键，电梯迅速从五楼降下，我走了进去，快速升到五楼。我迅速走了出去，看见她的身影，她在楼道的最东头，她走进了房间！竟然是537房间！

我走到537房间门口，迫不及待地敲门！门开了，庄眉出现在门口！庄眉，确切地说是酷似庄眉的一个年轻姑娘。"江总好！"那姑娘和我打招呼。"是你啊！"我说，我认出她是前几天在杜老板饭局上见过的女孩小庄眉潘懿阳，她是杜老板的网络电影《迷失在青春的日子》的女一号。

"你怎么在这？杜老板呢？"我进得房间四处端详。"他没在。"小庄眉说，"这是我们剧组的办公室。"

"不错，不错，"我看见房间墙壁上《迷失在青春的日子》的海报，小庄眉在城墙上倚着城垛凝望着城市的点点灯火。设计得还不错。

"开拍了？"我问，"啥时候上线？""刚开机，得拍三个月。"小庄眉说。"不错不错。"我说。

"江总喝茶，"小庄眉手脚麻利地沏好茶，这是企业赞助的茶，"您尝尝。"我看着屋子里堆放的茶叶和酒，佯怒着说："杜老板这孙子，也不给我送点去！"

"听杜总说，你和庄眉姐是这部剧的原型呢？"小庄眉笑着说。"是吗？我咋听说这孙子是男主角的原型。"我笑说，"有剧本没？我看看。""没有剧本，"小庄眉说，"是以谢薇姐的小说做原型，杜总自己在构思，已经好几个结局了，定不下来。""这孙子肯定是给自个拍自传！"我笑道。

"江总您说拍成喜剧好还是悲剧好？"小庄眉问。"喜剧观众多，悲剧有感染力。都好。""不过我觉得都有些平淡，"她说，"我认为像《迷失东京》里那样能表现一些生活的不确定性可能会更有新意！"我怔怔地望着她，想不到她能说出这么深刻的话来！

我和小庄眉聊了一会儿。我正式向她提出了即刻起征用537房间一晚上的通知。她略有诧异，但还是愉快地接受了。我让她住536房间，她说她晚上不住这，要回学校去住的。

"有些事情，我想搞清楚，所以要实地感悟。"我说道。想必她从杜老板那里听到过这个房间的故事，猜想我在寻找过去，因而对我的话没有丝毫惊讶。

"江总再见！"她和我告别道，"您要是想到什么新颖的结局一定要告诉我哦！"

一一八

是时候了。是时候召唤梦中人再次出现了。

它曾出现在我的房间，出现在顺山的宾馆屋顶上。也可能是在梦里，也可能是我臆想的结果。但无论是哪种都不重要了。我需要这种不确定性！平淡的按部就班的生活让我失望，缺乏激情。而一切都如流水般逝去，有的已然消失，有的正在消失，我恐怕要做些什么，才能握住这离我而去的年华！让一切向着积极的，有利的一方发展……

我关掉灯，静靠在椅子上，闭上眼，努力屏除杂念，让思维入定。

房间里没有一点声音，也听不见屋外有任何杂声。然而，梦中人却不出现！二十多分钟过去了，我头脑一片清醒，别说进入梦境了，连一点睡意都没有。

罢了，罢了，看来一切得随缘才行。我起身打开房灯。明亮的光芒瞬间充满整个房间。还是光亮的世界好啊。我看见了门口的衣柜，镶嵌进墙壁的衣柜。我突然想起了玫瑰姐，她曾在里面躲避。

我轻轻拉开衣柜，里面空悠悠的，只挂着几个衣架，空间蛮大的。我钻了进去，面靠墙壁盘腿坐下。缓缓拉上门，光亮消失了，世界重归黑暗。狭小的衣柜里的黑暗不同于偌大房间里的黑暗，因为狭小，四周触手可及，竟然有几分温暖的感觉。

怎么说呢，这狭小的空间给了我安全感，让我产生了放松的心境。我闭上眼，渐渐沉浸在这种心境散发的惬意之中，往事就像老电影开机时出现的画面杂波，在眼前不停闪烁。童年里老家长满松树的山岗，人潮拥挤的城市街头，字迹模糊的站牌，看不清面孔的女孩的背影……

我突然看见梦中人在房间里！它胖圆的身躯蹲在椅子上，一言不发，微笑着看着我。它的面孔如同身躯一样，也是圆嘟嘟的。

"你终于肯来了！"我说。"不是我肯不肯，是你愿不愿意让我来！"梦中人平静地说。"此话怎讲？"我疑惑地问道。

"我只是你的潜意识，化身为人形而已！随你的意识而生，随你的意识而灭！"

"不懂，"我说，"你是真实存在的，还是虚拟世界来的？""既真也非真。"梦中人话锋一转，"这个重要吗？""重要也不重要，"我说，"你能回答我几个问题吗？"

"试试看。"梦中人漫不经心地作答。"你相信有看不见的意外时空存在吗？""信，也不信。"梦中人说。"怎么才能到达意外时空？"我问。"这要看机缘！""什么机缘？"

"不知道。"梦中人说，"我要走了，再见！"

嗖的一声，梦中人陡然消失不见。椅子上空荡荡的。"等一下！"我大叫一声，猛然惊醒，原来是南柯一梦，我还在柜子里。睁开眼来，周遭一片漆黑。

我缓缓拉开柜门，光亮弥漫开来。我从柜子里出来，活动了一下筋骨。突然听见裤兜里手机短信嘀嘀的声响。

我拿出手机点开短信来看。是一条陌生的短信，内容只有短短两个字："救我！"

"什么意思？"好奇心驱使，我给这个号码拨了过去。却没有任何声响，没有接通的声音，也没有"对方不在服务区"之类的提示音，是一打就断掉，蛮不讲理的这种情形！

真是奇怪！我坐在椅子上发了会儿呆，对着梦中人坐过的椅子说道："梦兄你在吗？"没人搭理我，梦中人看来真走了。

一定是梦中人给我的恶作剧。我笑笑。进了套间，倒头睡去。

须
尽
欢

一一九

阳光从拢着薄纱的窗户上照了进来，我踢开被子，下得床来，去卫生间洗漱，然后坐在椅子上拿起手机浏览朋友圈的新动态。

奇怪的是手机竟然没数据，显示网络连接不可用，朋友圈显示的还是昨天的内容！我关机重启后依然如此。奇怪！可能是欠费了。我找出杜老板的电话拨出，和昨晚拨不通的情形一样，一打就断掉！

怎么回事？我拿起手机端详，却惊讶地发现屏幕上方的时间一栏，停止在昨夜10点11分！难道是手机坏了？

我用座机拨给前台，可是无论怎样拨号，都是一打就断掉这种情形！见鬼！只好找服务员了。我走到门口，伸手去拧把手，然而明明把手就在前方，可我伸手过去，它却像海市蜃楼一样，消失不见了，我自然触不到它，握了个空。门还在，只是和墙壁浑然一体，找不到一丝缝隙。我从猫眼看去，是混沌的一团光亮，却什么也分辨不出！

我退后几步，门把手又出现了，我小心翼翼地走上前去，伸手握它，它旋即消失了，我张开的手心什么都没有握住！

"有人没？"我大声喊，可声音似乎并没有传出去，反而嘹亮地在房间里回荡。我使劲击打房门，可无论我怎样用力，就像击打在棉花上的感觉，没有声响！

幸亏还有窗户啊，昨晚入睡前我将客厅的窗户拉开了半边，作透气之用。现在它成了救命稻草。我飞奔到窗户跟前，伸手去触，还好，手指穿过去了，竟然没有阻拦！

窗户是开着的，它和空气相连，没有阻隔！我伸出头去，看见了体育场广场，看见了广场上的行人，密密麻麻的停车。

还在人间！我欣喜万分，大声向楼下呼救："有人吗？"

没人应声！声音是含混的，似乎被什么吸蚀了。如此呼喊数次之后，我泄了劲，去卧室抽出床单，回到窗边，甩动床单挥舞，模仿电影里舞动红旗求救一样，向楼底下的人们发出信号。然而，无论我怎样卖力，怎样花样翻新，都没能奏效。他们就像看不见我一样！

得换个方式。我看见一辆轿车驶来，将要从我下方路过。我用力将床单掷下。可是，床单虽然落下，但并没有掉在地上！下方似乎有个看不见的透明的黑洞，床单被吸食进这个黑洞里，化为乌有。

镇定，镇定，遇事一定要镇定！我在心里默念道。稍稍平复了几分钟，我从电视机旁酒店配备的小商品中，选中一瓶矿泉水，我深吸一口气，下蹲，俯仰45度，将矿泉水瓶向前方扔将出去！然而，和床单的命运一样，它飞行了短暂两秒，也可能两秒都不到，像被导弹精确阻击了一般，消失了！我又拿来电视遥控器扔将出去，这次像《赌神》里的飞牌绝技一样斜掷了出去，遥控器没飞多远，也是被透明黑洞吸噬消失了！

一二零

"好吧！"我沮丧地瘫坐在椅子上。看来我是被困在537房间里了。我再次拨打电话，当然还是不通。给杜老板发信息："我被困在五月酒店537房间里了，速来救我！"一行红字出现于手机屏幕，显示信息未被发出！

我明白了，我点开昨晚从衣柜里出来后手机收到的"救我！"的奇怪信息，应该是有人在537房间，和我一样被困住了！电话不通，房门不开，他像我一样发短信求救，但信息并未发出。直到我进入这怪异的空间，这才收到。

要是能出去，得找到这个人，和他聊聊。可是，怎样才能出去呢？我仔细查看房间里每一处陈设，座椅，甚至墙壁都仔细查看，可惜并没有查出暗道！这怎么出去呀？和外界相连的只有这打开的窗户，可惜被什么在空中阻断，如果非要从这攀爬下去，就算不摔死，也会被这看不见的透明黑洞吸噬！想到这里我不寒而栗！

现在只是困局，而非死局。我还有梦中人可以相求。想起了圆嘟嘟的梦中人，我觉得它可爱极了。

"梦中人，你在哪里？"我大声呼喊梦中人的名字，"梦兄，快来救我！"

可是，无论我如何焦急地呼喊，梦中人都没有来。

可是我不能就此罢休，重复刚刚的求救动作。我将方便面甚至房间里配备的避孕套都从窗户扔出去探路，它们都被透明黑洞所吞噬。我再次寻找隐秘暗道，甚至站在椅子上，仰着头用手仔细敲击天花板，寻找逃生可能。

突然我听见门口磁卡刷动的声音，"嗞嗞——嗞嗞……"如此反复几遍，门开了！门竟然从外面被打开了！杜老板、小庄眉和服务员走了进来。我惊愕地看着他们。

"哥！你这是要上吊？"杜老板走过来惊讶地说道。"绳子呢？没绳子您上什么吊啊？""天花板太脏，我擦一下。"我从椅子上跳了下来，"你们怎么来了？"

"还说呢，"杜老板说，"一大早给你打电话你不在服务区，敲你门又不开，这才让服务员来开门的。""是嘛。"我说。我打起手机一看，手机信号竟然满格，微信数据也有了。我给杜老板拨过去，手机也通了。

"有烟没？"我问杜老板。"有啊。"杜老板从兜里摸出烟盒，自己叼上一只，抽出另一支给我。我接过烟。走到窗户前，将那支烟扔了下去。这一次，透明黑洞消失了，烟径直掉落下去，依稀能判断掉在草丛中。

"你在干吗？"杜老板疑惑地问道。"烟盒给我！"杜老板将烟盒递给我。我接了过去，用力抛了出去。烟盒划了一个优美的抛物线，落在一辆越野车顶上。

"江总这是在练习远程砸车吗？"杜老板笑道。"锻炼锻炼臂力。"我说。"哈哈。"小庄眉乐得笑出声来。

我将房卡递给小庄眉，"房间完璧归赵了，只是有些东西我练习砸车了，让杜老板给赔。""赔，赔赔赔，"杜老板笑嘻嘻地说，"江总中午请我们吃什么？""你想吃什么？"我笑吟吟地对小庄眉说。

"嗯，火锅吧。""没问题，"我说。"咳咳，重色亲友！"杜老板嚷道，"你可别把她当庄眉，这姑娘狡猾着呢……"

"你们电影进展咋样了？""广告拉得差不多了。"杜老板说，"这可是我们大家的青春追忆，江总您不赞助点？"

…………

　　我在杂物箱里翻出一个旧通讯录，第二章上赫然记着庄眉的老号码，尾号是74，可能就是昨晚我在五月酒店537房间收到短信的号码！我给这个号码拨了过去，是一个陌生中年女人的声音："谁呀？""对不起，打错了。"我说。

　　一切都清楚了。我收到的求救短信是5年前庄眉被困在537神秘的意外空间里发给我的，直到我5年后进入到这个空间时方才收到！至于如何科学地解释这种空间里的传输已不重要，重要的是确实有这么一个奇异的空间存在！玫瑰姐目睹庄眉消失在537房间里了，她不清楚这意外空间的存在，还以为是没留心庄眉出去了。我也亲自撞入到这个空间，要不是杜老板强行打开房门，将空间拉了回来，我恐怕凶多吉少！永远消失了也未可知！

　　究竟发生了什么呢？

　　5年前的晚间，我尾随庄眉进入五月酒店。我出电梯口远远看见她进入最里间的537房间。我怀着她可能出轨的猜疑，以及难过的复杂心态，在酒店外久久徘徊，终于决定给她打电话，可是她不在服务区。我鼓起勇气上前敲门，可是良久没有应声。我觉得她是故意为之，最后悻悻离去。

　　事实上，她此刻已经闯入到这意外空间中，信号不通，和这外界失去了联络。她比我不幸的是早早发现了这空间的诡异，陷入巨大的惊恐中去。漫漫长夜，不知是如何度过的！

　　她最终离开，估计是在第二天中午，打扫房间的服务员打开

313

房门，不经意间将空间拉了回来，她这才重新回来。

　　然而，这一夜的诡异，给她造成了永久的创伤。她以为是命运给她的惩罚，因为她为金钱出卖了自己的灵魂。她懊悔、自责，但创伤已然形成，像梦魇一样挥之不去，一生缠绕……

　　唯有阻止她进入这诡异的537房间，或者在她发现这诡异之前尽早引导她离开才行！

　　可是这怎么能够实现呢？我又没有传说中的月光宝盒，怎能穿越到那旧时光？……

一二二

我驱车重返体育场，在五月酒店门口注视良久。五月酒店像山峰一样沉默。我的目光投向537房间，阳光从楼顶斜刺下来，不带一丝温情。这诡异的537房间，只有我和庄眉步入它的意外空间！是单独对我们的警示吗？或者是某种特殊的隐喻，我不得而知。

站立有半小时之久，我从体育场东门驾车出来，穿过二环立交，旋即右拐，进入南二环向东疾驶，十分钟后在太乙立交向右驶入曲江大道，然后进入曲江高速入口，向左上了包茂高速，沿着G65方向一路前行。两旁树木苍翠，不一会儿就清晰地看见了秦岭的轮廓，一道从东至西起伏的山峦弧线展现在眼前。

好久没这般亲近自然了！我从太乙宫出口出了高速，瞥见终南山的山形，这可是古代真人出现的地方啊。但我不修行，我只是过客。

我在进山口向右打方向，沿着盘山公路一路徐行。我喜欢这乡村的公路，两旁都是碗口粗的树木，站成林立的岗哨。种类像是杨树，偶尔也有柳树，苍翠的枝条四散开来，都要拂到车顶了。路上行人较少。有车辆开过，我们相互鸣笛礼让。后视镜瞥见后方来车，我放缓速度让它先行。我没有目的地，我就这样漫无目的一路开着，将要去向哪里？我不知道。我说过，我只是过客……

我驱车继续前行，看见左前方山脚下禅寺的庙宇若隐若现。我左拐，顺着庙宇东侧向山峪进发。山路变得狭窄起来，S形弯道

须
尽
欢

蜿蜒朝上。迎面一个红底白字的警示牌，提示是事故多发地，小心慢行。

我略微走神，方向盘打得慢了片刻，车子偏离了路面向坡边倾斜，片刻翻滚下去，我感觉头被车顶撞击，而后身子翻倒，如此反复，车子总算停住了，应该是被坡上的树木拦住了。我感觉身子被卡住了，动弹不得。车子倾斜着，头倚在门上，有温热的液体沁了出来，是血！

我摸手机，手机不在裤兜里。我感到冷，是血液离开身体的寒冷。我感到倦意，我闭上眼，我想睡去。

却看见梦中人斜坐在车头上。"你的任务还没完成呢！"它说。"什么任务？"我问道。"你必须把她从房间里带出！"它说。"哪个她？"我问。"你知道的！"它强调道，"必须赶在零点之前！"

"为什么是零点之前？"

"没有为什么，这是规定！"

"谁的规定？"

一二三

在春天的傍晚，我看见她沿着街道独自前行。

她左手边是徐徐行进的车流，各种品牌和颜色的车汇成的车的洪流。她右手边是一排五彩缤纷的店铺。店铺前有槐树站成岗哨模样，结着漂亮的紫色花串，淡雅的香气携着温凉拂面而来。有花瓣落下吻她的头发、衣衫，再轻轻跌在地上。

她着蓝色的一字肩衫，短发齐耳，是散发着春天气息的清爽打扮。有小青年经过她身边或吹口哨或盯住她看，有女孩回头偷偷打量她。她有着姣好的面容和曼妙的身姿，这是吸引他们的原因。

她心无旁骛地向前走，没有注意到我的跟踪。她在前面第一个十字路口右转，进了体育场大广场。广场上立着酒类的大广告牌，中间是花卉摆出的图案造型。她无心欣赏，我也是浮光掠影地瞄上两眼。

五月酒店就在右侧约100米的距离，有五层高，楼顶的金字招牌在夕阳的余晖下熠熠闪光。我看见她走入酒店的大门，我尾随其后，她在前台稍作停留，然后径直走向大堂左边的电梯。我略作停顿，侧身佯装看商品展柜。电梯合上，我立即跟了过去，我看见电梯指示灯亮在五楼，指引着她的位置。我从楼道快步飞奔上去，再次捕捉到她的背影。她踩着红色的地毯，走向楼道的尽头。她开门进了右侧的房间。我跟了过去，看见房间金色的537号牌……

我知道这是真实的过去，但现在它是梦。在梦中我又回到了五月酒店，回到537房间门口！我在门口久久徘徊。梦中人就在我身边，一言不发，像是沉思着什么！

怎么才能救她出来？我问梦中人。

它还是不说话，手搭在嘴唇边做了一个禁言的手势，又陷入沉思的状态。

时间已经所剩不多，我怎么才能带她出来？

"去山顶！"梦中人突然说道！

梦中人捉住我的手臂。我随着它飞升，像乘坐热气球一般，转眼间就越过五月酒店楼顶，越过体育场广场，越过城市林立的高楼……

很快，我们置身一处高山之巅，在梦中无数次出现的高山之巅。在梦里，我似大鸟一般不由自主地张开双翼飞向深不可测的谷底。

"跳下去！"梦中人命令道。

"跳下去？"我疑惑地看着梦中人。

"是的，跳下去！这是过去的入口。"梦中人平静地说道。

须
尽
欢

一二四

　　我向前一步俯身查看，幽深的谷底泛着青光，深不可测。我感到来自心底的深深恐惧以及喘不过气来的巨大压抑。

　　"再没别的办法了吗？"

　　"没有！"梦中人斩钉截铁地说道。

　　"你不会引诱我自杀吧？"我说。我想起看过的一部电影，魔鬼引诱人从天台一跃而下，摔得浑身稀烂，场面惨不忍睹！

　　"你要相信我！"梦中人说，"也是相信你自己！"

　　"此话怎讲？"

　　"我说过，我是你的意念的一部分，"梦中人解释道，"我就是你，你就是我！"

　　"好吧。"虽然我不甚明白，但我被他的坚定态度所折服。

　　我深吸一口气，闭上眼，纵身跃下！

　　我感觉到身体下沉的声音，耳畔还有风的声音。

　　且听风吟。我感觉在这虚空的下沉中过了很久很久。突然遭遇到剧烈的拽拉，像是飞机在空中遇到强气流的剧烈抖动，有强烈的撕心裂肺的疼痛感，疼到无法承受的关口，突然感觉双脚踩到柔软的物什，似云朵，似棉花，又似蹚开淤泥的柔软感。

　　一声巨响。是身体触底的声音。我安全降临谷底了！

　　我揉揉麻木的双腿，尝试着站立起来。这哪是谷底，谷底应该乱石突兀，杂草遍地才是。可这分明是楼板，一节一节脉络清晰。我向边上摸过去，赫然看见了体育馆的庞大身躯，以及广场下密密麻麻的停车。原来我又回到了五月酒店，现在置身在酒店的楼顶上！

梦中人呢？我环顾四周，发现它站在楼顶边缘上。

"应该是这里！"我听见它在喃喃自语。没等我走近它，它突然纵身跳了下去……

一二五

我蓦然惊醒。原来是南柯一梦！

我醒来时，是在医院的病床上。杜老板庞大的身躯映入我的眼帘。

"靠，你终于醒了！"杜老板说。

我没有急于发声。经验告诉我，要先预判一下身处的环境，才能从容应对，游刃有余。记忆，也可能是梦中的情景，栩栩如生，呼之欲出。我不知道是在梦中的青春时光里，还是在现实的医院病房里。

"要不是树丛挡着，你小子已经掉进水库喂鱼了！"杜老板嚷道。

想起来了，我独自驾车沿着环山公路向峪口古寺进发，车翻在坡地上。我想起我被卡在车里的情形，还好被救了大难不死！

原来村子里的人救了我，把我送到镇上医院，他们用我的手机挨个给通讯录里的号码打，打到了杜老板这，杜老板这才驾车飞速赶到。

我因头部受伤失血过多导致昏迷，其他尚好。在医院将息了几日，并无大碍。其间杜老板找人把我的车拖上来送进了修理厂。我这才能够静下心来思索。我在失血昏迷之际产生了幻觉，梦见了梦中人，梦中人指引我从高山之巅飞下，落在五月酒店楼顶。梦中人却突然从楼顶跳了下去……梦醒了。

是梦，为何如此栩栩如生？尤其楼顶的细节，这般详尽？还有梦中人，它指引我从高山之巅坠落到五月酒店的楼顶，它却纵

须
尽
欢

身而下，是何寓意？

　　我活动了下筋骨，发现并无大碍，只是头有些痛。但是一思考，头痛的情形愈加严重。罢了，罢了，五月酒店楼顶的事只能暂且放下，眼下先静养为好。

一二六

重返五月酒店是在七天之后。

我从小庄眉这里再次征用了537房间。她不在，我从前台那里取得她留的房卡，打开了门。

房间客厅里多了成箱的矿泉水，饮料，想必是他们剧组弄来的赞助物品。其他无甚变化。我的注意力并不在房间里。

我看了看时间，已接近傍晚。是时候行动了。

我在门口端详片刻，楼道里空无一人。我快步走到电梯口，向左上了楼梯，这里通向楼顶。被硕大的铁门挡住。锁有烟盒大小，没有工具休想砸开。但这难不倒我，我从兜里掏出细铁丝，从锁眼里捅进去。拨弄了半分钟，锁开了。

我推开铁门走了进去。是五月酒店的楼顶上，空旷的楼顶，没错。望下去，能看见体育场广场上密密麻麻的停车，能看见体育馆里椭圆的跑道。

我回忆了一下梦中的场景，梦中人携我从山谷坠入这里，然后它在楼顶西南边上跳了下去！我走到梦中跳下的地方，探下头看。这是酒店的西边侧墙，下面是楼道的窗户。

明白了！这是楼道顶头537房间边上的窗户。

"就是这里！"突然有个熟悉的声音说道。我定眼看去，是梦中人，它胖嘟嘟的身躯出现在我的身旁。

"你没死啊？"我惊喜地说道，"我梦见你从这跳了下去！"

"我怎么会死，"梦中人毫不介意地说，"我说过我只是意念，意念怎么会摔死？"

"也对啊！"我附和道。

梦中人坐在楼顶边缘上："就是这儿，能通向意外空间！"它斩钉截铁地说道。

"意外空间？"我惊讶地说道，"你怎么知道有意外空间？"

"我说过，我是你意念的一部分，你知道的我当然也会知道！"梦中人说道。

"哦！"我说。

"你要不要试试？"它诱惑我道，"从这窗户跳进去，说不定会到达你想要去的地方！"

"从这里？"我惊讶地问道，"万一掉下去会摔死的！"

"看你啰！"梦中人耸耸肩，不置可否。

"怎样下去？"我问道。

"自己想办法！"它说，说完，嗖地跳了下去。又不见了。

好吧，我可没有梦中人时空军国兵般的瞬时转移之功，只能想想别的办法。我走到楼顶进出口左侧，这儿有个铁皮搭建的窝棚，里面放着些杂物，有太阳能玻璃管、纱窗、马桶，还有一团尼龙绳索！我把绳索抽出来，粗细和长度还行。我使劲拽了拽，结实度也不错。

我走到楼顶西头。西头有几个废弃的太阳能装置。我将绳索的一端拴在太阳能底座的铁棱上。绑定之后，确定十分结实。我走到边上，探头看了看五楼窗户的位置。估算了长度，将绳子绑在腰间。一切准备就绪，我从栏杆边缘吊下，双手抓住绳索，一点一点下移至五楼窗户边。窗户是打开着的，我用不着破窗而入。我稍微荡开身子，借用惯性，双腿先入，跳将进去。

一二七

我借助身体腾空带来的惯性张力，用双脚探路，向窗户荡去。窗户是开着的，但我感受到阻力，好在阻挡并不强大。像是在淤泥里穿过一般，先是脚，再是腿，然后是躯干，再是头部，都有顺软的滑腻感。持续有十来秒，紧接着是坠地的声音，咚的一声，我摔在了楼道的红色地毯上。

"嘘！"我定睛一看，梦中人在旁边，做着噤声的提示。

"恭喜你已经来到过去！"梦中人小声道。

"过去？"我疑惑道，"什么过去？"

"五年前的五月酒店！"梦中人微微一笑，"庄眉现在就在里面。"

"不会吧？"我低头看看腕上的手表，时间竟然是2011年4月28日8时16分！难道真如梦中人所说，回到了过去？

"你要相信我，要相信你自己。"梦中人说。

"那要怎么做？"我问道。

"该怎么做就怎么做！"梦中人不耐烦地说。说完嗖的一下又不见了。

看来真的是重返了五月酒店！

我注视着537房间的金色铭牌。庄眉就在里面，可我不能见她。梦中人早早叮嘱过不能惊吓她。她也许已经陷入意外空间中去了，也许还没有。我现在能做的是让她迅速离开。

我下到四楼的服务间。酒店为节省开支，两层共用一个服务员。这我清楚。我说我不方便，央求服务员帮我一个忙，让她帮忙给537房间的姑娘传一个字条。服务员应允了。

我在字条上写道："计划取消，请即刻离开房间，也不要打电话，我有要事在办。非常重要，请立刻照办！"落款"许汉军"。我见过许汉军写字，特点是棱角分明，因而十分容易模仿。

我从电梯里下来，看见酒店前台的确不是虎牙小姑娘她们在值班。前台的钟表上显示的时间确切是五年前。看来真的是穿越到了从前。

我步出酒店，躲在斜对面大树背后，紧张地注视着酒店门口。突然有人捏捏我的衣角。我惊讶地发现是梦中人！

"嘘！"它竖起手指在嘴边。

10分钟后，庄眉出来了。

她着一字肩衫，短发齐耳。夜色下看不清她的表情。

我和梦中人远远跟着她。她出了体育场东门，穿过车流不息的长安路大街，沿着人行道向北。一路上店铺都还营业着，唐乐宫门前金碧辉煌，草场坡上夜市灯火通明，吆喝声此起彼伏。

她孤身一人，踯躅独行。我们看着她走进边上的小区，看她的身影消失在楼道里。

"我们这是穿越到过去来了吗？"我问道。

"你说呢？"梦中人面无表情地说道。

"我想去见见过去的我？他在哪儿？"

"不能见，规定不能见的！"梦中人说。

"为什么不能？"我问道。

"没时间了，你还有正事要办！"梦中人说。

"好吧！"我说。

梦中人说:"我要守住那窗户,还有那绳子。"

"守它们干吗?"我不解。

"从哪里来的,必须从哪里回去!"梦中人慢悠悠地说道。

"你办完事,一定要赶快回来。"它强调道,"一定要赶快回来!"

"为什么?"我问。

"这也是规定!"它说道。口气不容置疑。

一二八

我招手拦车，一辆绿色的出租停下。我拉开车门，坐在副驾驶位上。"云豪饭店！"我说。"好嘞！"司机简练地回应道。

我给玫瑰姐打电话。电话里玫瑰姐的声音很年轻。"放心吧，云豪饭店老板我熟，已经找人给你要电话去了。这姑娘以前跟我一块卖酒的，后来干陪酒了。1000块，保证完成任务。""谢谢，"我说，"钱明天给你转卡上。""不急。"玫瑰姐说道。

车在云豪饭店门口停下。我径直走上二楼中餐厅去，穿过人声鼎沸的大厅，走到888豪包门口，对服务员说找人。服务员将门轻轻推开一条缝隙，我看见老贾、许汉军，还看见了老贾那上线，肥得像一团烂泥的一个老男人，他身边坐着一个花枝招展的女子，女子极尽妩媚之态，不停地给他们敬酒……

短信嘀嘀响了，玫瑰姐发来那上线的手机号，一定是这女子刚刚要来的。我走出饭店大门，拨通了这个电话。

"你好！"我说。"您是？"那上线问道。这家伙看来是酒林高手，看样子喝了很多，接电话却很清醒。

"我是来帮你的，"我压低声音说，"你换个没人的地方说！"

"好。"那上线迟疑了片刻还是按我说的办了。我听见电话里传来窸窸窣窣的声响，是那上线朝外走的响动。

"好了，先生请讲。"那上线说。"许汉军是警察的卧底！"我说。"哦？"那上线惊讶道。"他是不是晚上在五月酒店给你安排了个姑娘？"我说，"那是陷阱，他们找不到你的证据，准备先用这个把你弄进去！"

"先生您是?"那上线小心翼翼地问道。"别管我是谁!"我说,"听我的,别去五月酒店,饭店隔壁有个王座酒店,你在这住,我保你安全住一晚,明早一大早赶紧走!"我边说边观察王座酒店,外观看上去富丽堂皇还行,比五月酒店档次要高些。

"我怎么相信你?"那上线说。"你们早已被警察盯上了,三个月后老贾会撤到东北,老贾在龙江还发展了一摊,对吧!"

"龙江的事你也知道?"那上线说,"兄弟我信你了!""好,今晚你住王座酒店,我绝对保证你的安全!"我说,"但你明天7点35一定要离开,因为7点40警察会出现!""好,我信你!"那上线说。

我给韩卉打电话。"江总编好!"韩卉说。"这么晚了打扰你,"我说,"有个事求你。""什么事?"韩卉说。"这样,电话里说不清,"我说,"明早7点40,在王座酒店大厅,咱见面说!"

"明早我上班啊。"韩卉说。"王座酒店在你上班的路上,"我说,"你一定要帮我这个忙,非常重要!"

"好吧!"韩卉说。"谢谢。"我说。

一二九

我招手叫出租车，去五月酒店和梦中人会合。然而在南二环朱雀桥上发生了五车连撞的大堵车，堵得严严实实，一步也挪动不得。我被搁置在这桥上，感到胸闷，呼吸越来越急促。我仿佛听见梦中人在耳边说："快，快，时间不多了！"

"下车，下车！"我对司机说道。

"哥们，这是桥上，不能下！"司机说道。

"我快不行了！让我下去！"我威胁道。

我穿过拥挤的车流，几乎是一路小跑冲下了桥，翻过护栏冲进了体育场。虽然感到呼吸急促，心跳加快，但还是不紧不慢地走进五月酒店，乘坐电梯上到五楼。

楼道里依旧空无一人，梦中人握着绳索蹲在窗户下。它抱怨道："快快快！你怎么才回来！"我对它蹲在那一点也不奇怪，因为我知道除了我，别人看不见它。

我将绳索在身上捆上一圈。握紧绳索从窗户攀出，梦中人蹲下身子给我做垫脚石。依然是那般柔软的滑腻感，像进入淤泥一般，这回是头部先没入，然后是躯干、脚。忽然嗖的一声，是拔地而起的感觉。我完全从淤泥里挣脱出来。发现双脚悬空，身体摇荡，悬挂在外墙之上。

我双手交替握紧绳索，向上攀爬。很快便搭上顶沿。我爬了上去。我看了看表，显示是现在的时间！我从过去世界又回来了！

咦，梦中人呢？它没有跟上来……

突然几道手电的亮光明晃晃刺向我。是酒店的保安巡检，发现了我："干吗呢，你？"

须尽欢

一三零

　　酒店的保安很好摆平，我解释我是537房间的住客，而且和他们胖子经理熟。加之没啥损失，保安部记下了我的身份证和电话号码，没再追究我。他们可能理解为这是客人梦游一般的司空见惯的行为。

　　但是，他们的突然出现惊扰了梦中人，它再也没现身。可能就此消失了，也可能是被我遗忘在过去时空里了。

　　当然，返回过去时空这段短暂的经历有点离奇，我一度怀疑这也是个梦。可是有天我在街上巧遇韩卉和她老公，我忍不住问她是否还记得五年前一天早晨，我约她到王座酒店大堂见面。

　　"你还记得啊！"韩卉说，"那天早上7点40我准时到了，可你连影子都没有，电话也不通！"

　　"我那天被坏人缠住了，找你来震慑一下！"我说。

　　"可我没穿警服，穿的是便装！"韩卉笑道。

　　"主要看气质，"我说，"你们警察气质不一样，犯罪分子眼亮着呢！"

　　韩卉不会说谎，她确实到了王座酒店大堂。她穿没穿警服已不重要。老贾那上线早已成了惊弓之鸟，他早早赶到了机场，坐早上最早一趟航班，消失在蓝天，再也没有回来过。

　　一切竟然真假莫辨！

　　幸好还有好消息。谢薇说庄眉的病情突然好转了。谢薇说庄眉告诉她眼前经常闪烁的灯消失了，也就是说不再有一盏一盏的灯火在她眼前明灭！她像放射元素一样衰减的生命不再衰减了！

　　我没有添加庄眉的微信，毕竟她只是我曾经的朋友，已经有了新的生活，我得避嫌。谢薇截图发来她的朋友圈的信息。

　　"迎来新生的平静，告别明明灭灭的灯火，感恩感恩！"配了一张英伦风情的景物照。

　　"好，好。"我说。

　　"她从那房间里出去了！"如果梦中人在的话，它一定会这样说的。可是梦中人不在，它消失了，圆胖的身躯再也没有出现。

大结局

庄眉病情好转，在国外康养中。最新一期的国际权威医疗杂志《枫叶刀》刊发了一篇论文，介绍一种RDC重型变异型抑郁症的新疗法。作者正是庄眉的主治医生，一位英籍华人教授。

一年后谢薇青春小说《迷失在青春的日子》出版，谢薇（网名盛夏的栀子花）作为国内热门的青春美少女作家，频赴各地签名售书，有演艺公司和她签约，为她量身定做青春电影，在机场、市中心广告牌上都能看到她的大幅照片。

杜老板热衷参与赌石失败，股票亏钱，入不敷出，加之公司为人担保连带欠下巨额外债，公司房产也被法院查封拍卖。债主盈门，杜老板无奈跑路。有人说他去了非洲，在埃塞俄比亚开采欧泊矿。也有人说他去了边境某国的中国工业城，在和当地军方做生意。网上有人爆料他曾潜规则女一号，女一号是艺术学院的学生。他任导演的网络电影《迷失在青春的日子》被平台下线。

电台的《青春须尽欢》栏目，因为杜老板欠了大量广告赞助费无法追回而停播。制片人甚至找到我公司来寻找杜老板的下落。

老贾因为诈骗罪等数罪并罚，被判入狱20年，在北方某监狱服刑。

常吉林因参与奇石山庄非法集资被判入狱10年，奇石山庄倒闭，其董事长潜逃国外，近日在国际刑警的帮助下押解回国受审中。

韩大鹏升任郊县某派出所副所长。

老白从银行支行副行长岗位辞职，开了一家科技公司，被评为当年开发区十大创新企业，市长亲自为他颁奖。

齐悦担任老白公司销售副总，业务做得风生水起，是科技口有名的强人女副总。

程柏霜嫁回了老家市里，生活富足安稳。

老六媳妇家的城中村拆迁，分得五套房子，用拆迁款给老六买了辆车跑起了网约车。

许汉军依旧任云起山庄总经理，把生意做到周边城市，到云起山庄度假成为一种时尚。

玫瑰姐做起了跨境旅游生意。她一直跟的大老板租了南美洲某个共和国的一座荒岛，打造成度假胜地。她负责经营，把国内游客往那带，生意兴隆。

小庄眉（潘懿阳）怀了杜老板的孩子。老六帮我们联系，去他媳妇上班的二甲医院打掉。从医院出来不久，她换掉了电话，彻底从这座城市消失了。

五月酒店被定点拆除了，537房间在爆破中烟消云散。依照规划，要在原地建一栋33层的体育大厦。

五月酒店的前台虎牙姑娘被我举荐到玫瑰姐手下当经理。这姑娘讨人喜，我说"梦中人"她信，我说我从他们酒店537房间穿越到过去她也信。

至于我，已非从前之我。梦中人和五月酒店消散如烟，我从青春迷途中走来，不惧过往，不畏将来。

后记一

这本书的名字，最早叫《迷失西安》，不可否认是借鉴了电影《迷失东京》的片名。

《迷失东京》讲述的是因为寂寞而彼此吸引的老男人和年轻女人有了一段婚外恋，最终在生活隐藏的无限可能中重新找到了信念的故事。

《迷失西安》内容和它毫无瓜葛，也没它前卫，写的是都市青春男女扑朔迷离的找寻之旅，一个自我的心灵救赎的故事。

但这篇小说的完成，简直是一言难尽。

小说开始写于2009年春天，同时连载于搜狐、新浪、腾讯、天涯、网易、凤凰网等二十余家知名网站的文学论坛，华商网首页重点推荐。然而载着载着我便才思陷于枯竭，写到一半彻底停止了。

我一会儿想把它写成《玩的就是心跳》那样的俗世追忆，一会儿又喜欢《褐色鸟群》那样的先锋迷离，一会儿却向往《了不起的盖茨比》那样的凄美绝伦。

三股势力在我脑海角力，难分伯仲。可怜我腹中文字似丧了统帅的乱军，胡乱拼杀却始终无法夺路而出。这使得我的构思之旅无比艰苦。

因过度思考，我的头痛开始加重，我不由得暗自担心我因此而"走火入魔"。经常的情况是，我打开电脑，半晌写不出一个字来。目之所及是一片耀眼的空白，刺得我眼睛生疼。

我由此判断我将不会成为一个优秀的小说家，这使我十分沮丧。

所幸时间有的是。其间磕磕绊绊，不一而足，一晃已近十年。

十年中我写了另外多篇小说，《6路车开往终点》出版并再版发行，入选2017年全国中小学生图书馆馆配书目，改编拍摄同名电影之事也纳入日程。十篇中短篇小说也集结成《如果时光留不住》出版，唯有这《迷失西安》尘封在电脑里的word文件里，已然被遗忘。

但我不能就此罢手。她像迟暮的美人，期望人揭开盖头。

于是再行动笔。然诸事耽搁，头绪繁多，陆陆续续地续写。又写了一小半，直到彻底失去了方向。

浮云一别后，流水十年间。

我们常去的文学论坛在手机新媒体的冲击下悄然关张，所剩无几，让人无限唏嘘。

电脑文档里还存着当年各大网站文学论坛的版主们分别给这篇小说写的推荐文字，当年可是文学论坛的黄金时代啊。

凡事该有始有终，有入口，必有出口。这篇始于论坛时代的小说应该结尾了，算是对我混迹论坛时代的纪念。

是时候结尾了。

十年之后的第三年，彼年新冠大疫渐去，人人宛如新生。我端坐在工作室22层的桌前，击键如飞，情节像潮水奔涌不歇，故事中的人物像老友般纷至沓来，格外亲切。

彼时已是暮春，放眼望去，南山美如眉黛，不远处电视台的塔尖银光闪亮。窗外常有鸽群造访，常有一两只在窗台上驻足，稍有动静，它们便飞开去，在空中划出优美的弧线。

物欲横流的都市丛林里，你会不会有迷失的那一刻？《迷失西安》的主题在成稿的最后一刻才清晰如初，各种表现元素跌宕跳跃。在青春暗夜里迷失，扑朔迷离地找寻，蜿蜒曲折的时空救赎！通过抽丝剥茧层层推进，最后一刻我们方知心灵的纯洁弥足珍贵。

《迷失西安》终于完稿。早先在有些论坛发布时书名叫过《寻》，大部分论坛里叫《迷失西安》。随后改成《迷失在青春的日子》，这名有影视范，也是期望和影视靠近些。再后来想到了《须尽欢》，出自李太白名篇《将进酒》中的名句"人生得意须尽欢"，且书中有电台的《青春须尽欢》栏目以及"须尽欢"微信群相呼应。再有，这名和电影名《甜蜜蜜》有异曲同工之妙！欢快的字眼背后是淡淡的惆怅和遗憾，多像逝去的青春岁月。书名之惑从此尘埃落定。

不可否认，这本书归根到底还是青春追忆之作，如果要改编影视作品，到全书第110节云起山庄大聚会后便可结束了。但若论文学，就此结尾有点仓促。便有了后面共21节的升级版内容。

须尽欢

这21节，是超现实主义的神秘所在。文学源于生活，也有超越生活的神秘性，算是一种不甘平淡的尝试吧。因为这21节是近来所写，功力应该比前十年有所长进，约莫是深一些。是耶非耶，请大家批评指正！

后记二

这本书的出版，得到多位名家大腕的支持：陕西省作协贾平凹主席，为本书题写了书名；评论界李星老师，为本书给予了珍贵的点评；著名导演阿甘、俞白眉，都给予了本书阅读推荐。

这本书的出版，得到了《时代人物》、《阳光报》、华商网等诸多媒体的支持，它们的文化栏目、读书栏目或论坛版块均给出了字字珠玑的一句话点评。

这本书的出版，得到了众多校友、朋友的帮助。有的激发了创作灵感，有的提供了故事素材，有的给予了阅读推荐，有的提供了宣发支持。

特此列出诸位姓名，以表谢忱：

贾平凹：陕西省作协主席；李星：茅盾文学奖三届评委、国内著名文艺评论家；周养俊：中国邮政作协副主席、陕西省职工作协主席；阿甘：贾平凹原著电影《高兴》导演、电影《大闹天宫》制片人；俞白眉：电影《分手大师》《银河补习班》联合导演、编剧；李建：中国机电设备工程协会副会长兼秘书长、诗词作家、北京四川音协会员；赵继强：西北政法大学教授、律师、陕西省政府行政复议与应诉专家组原成员；施水才：拓尔思信息技术股份有限公司董事长、总裁，第二届西电计算机学院校友会会长；

郑晨曲：海南斯莱克科技有限公司总经理、第二届西电计算机学院校友会副会长、海南校友会副会长；吴岚：TCL科技集团副总裁；薛开安：北京凯丰源信息技术股份有限公司董事长；刘丹：陕西盛安建设有限公司董事长；任秀军：汉中锐鑫刃具有限公司董事长、陕西瀚瑞医疗科技有限公司董事；李洪洁：陕西省政协委员、西安能康医院董事长；万波：《阳光报》社长、总编辑；张建学：《时代人物》杂志社执行社长；拓峰：西安市人大代表、《华商报》副总经理；肖刚：西安电子科技大学微电子学院党委书记、校友总会原秘书长；金晖：浙江赛创未来创业投资管理有限公司董事长；陈志义：新疆怡林实业股份有限公司董事长；程刚：西电物联网＋智慧产业行业校友会会长、西电山东校友会会长；温泽宇：原大衍生投资、京大方能源董事长；刘玉明：《应急管理》周刊总监；郭飞耀：华商网原总经理、南非《华人报》原总编辑；冯刚：野马教育集团董事长，古神、博州赛湖纯驼乳品牌创始人；刘军峰：硕士研究生导师、西安新未来文化传媒公司董事长；谢扬林：个人回忆录新锐作者；秦雪雪：《试图》《到林间云上去》作者，著名诗人；姚维博：蓄动能源科技有限公司董事长；金润培：西安星梦想音乐培训学校校长。

　　山不让尘，海不辞盈。《须尽欢》的出版，于我而言是一件大事的落地，是终点也是起点。感谢！再感谢！

国内主流网站小说论坛时任版主点评

写作艺术独特，不落俗套，比一般爱情小说更显深沉内敛。作者将小说中的人物心理刻画得入木三分，使读者看了有一种莫名的忧伤和遗憾，一种难以用语言描述的钟情，从而不得不往下追寻……

——搜狐网"小说天地"原版主 鹤月相随

你会被他书中的情节所吸引，他的文字给人以美和怡情的感觉。有一种愉悦动人的欢娱氛围，使人读后流连忘返，潜移默化地受到美和情的熏陶。

——搜狐网"小说天地"原版主 寒月月

很有悬念的故事，先抑后扬，文字素朴而有很深的意味。

——新浪网"文化社区·舞文弄墨"原版主 蝶舞寒秋

"扑朔迷离的寻找之旅，难以置信的隐秘真相，一次自我的心灵救赎！"——诚如作者所言，阅读小说的过程也恰是读者重新审视自我的过程。小说悬念迭出，对当下世情人情的展示真可谓淋漓尽致。

——腾讯网"小说散文"原版主 初初

须
尽
欢

一个悬念牵着读者的心绪，惊讶和新奇感久久萦绕在心头，让人产生一口气读完的冲动……

——中新网"文化园地"原版主 喜新不厌旧

以悬念入手，层层递进，最终谜底揭开，出人意料却也在情理之中。写情写爱写人生，样样都不落俗套。

——中华网"小说论坛"原版主 到底好不好

文字精彩，内涵深厚，富有文学底蕴，每节都给你带来意想不到的精彩，使人读后欲罢不能，流连忘返，不知不觉在潜移默化中受到一种美的熏陶。

——华声论坛"光阴故事"原版主 华京雷

有些都市情感的文字勾不起我的兴趣，而本书缜密的架构，贴近生活的文字，让人看后很舒服。跌宕起伏的情节，令人好奇心大增，不看广告看效果，自己把玩它，品味它的精彩吧！

——华商网"文学沙龙"原版主 城市犄角龙

初读被流畅的开头所吸引，再读便如涓涓溪流缓缓流淌进这轻碎的时光里，渐渐就忘记了这城市里的喧嚣与繁华，眼前浮现的是鲜活的主人公形象，加上丰满的故事，在作者厚实的文字描写下精彩不已。不仅如此，还有通俗不失风趣的对话，细腻的情感勾勒，与主人公独具特色的性格碰撞出美丽的火花，诸如此种之集合，此书当读。

——国际在线"舞文弄墨·小说"原版主 拈花也寂寞

须尽欢

语言风趣幽默，人物性格鲜明，作者很好地控制了情节的发展，峰回路转，张弛有度，带读者在迷宫般的文字里寻找一个故事的真相，让人回味无穷。

——四川在线"天府论坛·锦江风吟"原版主 水晶兰子

寻找之旅其实也是心灵的自我救赎之旅。物欲横流的都市丛林里，你会不会有迷失的那一刻？通过层层推进有条不紊的叙述，作者告诉我们心灵的纯洁弥足珍贵。

——荆楚网"东湖社区·文学原创"原版主 谷未黄

很有生活的滋味，情节中大段的描写使小说富有故事性。

——荆楚网"东湖社区·文学原创"原版主 木子佳

文笔细腻，叙事流畅，以事抒情，以情感人。情节跌宕起伏，环环紧扣，很吸引人，是一部不可多得的好作品。

——西部网"文学论坛"原版主 杜育龙

注：以上为2010年各大文学论坛小说版的时任版主点评。刊发时的小说连载标题为《寻》《迷失西安》，以及《迷失在青春的日子》，出版时改成《须尽欢》。

须
尽
欢